El disparo de argón

Juan Villoro

El disparo
de argón

EDITORIAL ANAGRAMA
BARCELONA

Ilustración: foto © Jean Gaumy / Magnum Photos

Primera edición en «Narrativas hispánicas»: septiembre 2005
Primera edición en «Compactos»: noviembre 2023

Diseño de la colección: Julio Vivas y Estudio A

© EDITORIAL ANAGRAMA, S. A., 2005
    Pau Claris, 172
    08037 Barcelona

ISBN: 978-84-339-2137-6
Depósito Legal: B. 12435-2023

Printed in Spain

Liberdúplex, S. L.U, crta. BV 2241, km 7,4 - Polígono Torrentfondo
08791 Sant Llorenç d'Hortons

A Déborah

El ojo que ve la luz pura
juzga que no ve nada.

SAN BUENAVENTURA

Un invierno lejano, cuando aún se podían ver los volcanes desde Ciudad Universitaria, el doctor Antonio Suárez interrumpió su lección de oftalmología para contar una historia que no logré olvidar:

Un hombre recorre el desierto y al cabo de días infinitos encuentra un objeto brillante en la arena. Es un espejo. Lo recoge y, al verse reflejado, dice: «Perdone, no sabía que tenía dueño».

Era de mañana, pero no de día. Un cielo cerrado, artificial. Las cosas aún no ganaban su espesura; intuí a la bailarina en el escaparate, la zapatilla rosácea apuntando hacia el cristal, las pestañas sedosas, los párpados bajos, ajenos a las sombras de la calle. Normalmente, lo primero que veo en San Lorenzo es una explosión de rótulos, cables de luz, ropas encendidas en rojo, verde, anaranjado. Ahora el cielo aplastaba las casas de dos pisos; las azoteas eran miradores a una catástrofe negra y segura.

Y sin embargo la vida seguía como si nada: un voceador se calentaba las manos en la nube de un anafre, un gendarme escupía despacio en una alcantarilla, un afilador ofrecía su piedra giratoria soplando un silbato de aire algodonoso, gastado. El olor de siempre, a basura fresca, como si por aquí hubiera un muelle, una orilla para ver el agua; respiré con ganas: un efluvio de mercado recién puesto que en unas horas olería a mierda, carbón, venenos químicos. ¿Cuánto falta para que nos desplomemos sintiendo una moneda amarga en la boca? Poco, muy poco, según el neumólogo que impartió un curso de terror en la clínica. Aunque el dato más alarmante fue su cara (una dermatitis casi teatral, de pesadilla nuclear), soltó suficiente información para convencernos de que es un agravio médico respirar este aire. Por enésima vez me pregunté qué me retiene en la ciudad. ¿Será la cultura del aguante tan propagada por mi padre, ese gusto por la resistencia inútil? Desde que tengo uso de razón he oído discursos sobre los valientes que le sonríen a la metralla y se desbarrancan gustosos en cañadas. Mi padre enseña Historia en escuelas secundarias con nombres de célebres derrotas (Héroes de Churubusco, Mártires Irlandeses, Defensores de Chapultepec) y vive para enaltecer momentos de resistencia sin visos de triunfo: el pasado es un fantástico desastre, una épica con geniales maneras de morir. Tal vez elegí la medicina como una forma secreta de compensar las heridas, la sangre caliente, deliciosa, que atraviesa sus conversaciones.

De cualquier forma, mi padre no hace sino otorgarle prestigio histórico a una tradición profunda; que yo sepa, no hay otro pueblo más propenso a infligirse molestias, a soportar una golpiza sin pedir perdón, a comer suficiente picante para perforar el duodeno, a beber los seis litros de pulque que duermen la lengua, a tener aguante. En mis noches en la Cruz Verde encontré a más de un acuchillado que me pidió que lo cosiera sin anestesia: «a valor mexicano».

Justo en ese momento pasé junto a un tablón en la acera que ofrecía artesanías. A pesar de la oscuridad distinguí las espirales de barro que imitaban excrementos; en un alarde de realismo, el alfarero había colocado semillas, aquello era el saldo de una indigestión de chile. Pensé en los dibujos de excrementos en los códices aztecas que tanto le interesan al Maestro Antonio Suárez: los pecados de una cosmogonía cuyo infierno es la vida.

Me detuve en esa mañana sin día. ¿Qué me hace respirar el aire minuciosamente inventariado por el neumólogo? Nada. Una inmovilidad mediocre como una intramitable condena burocrática. ¿Adónde puedo irme? ¿A la playa que me obligaría a un lirismo avasallante? Los paraísos reclaman médicos generales: ante tanta salmonelosis, ¿quién piensa en cirugías refractivas? Entonces mi estado de ánimo, que depende de las nubes más de lo que quisiera admitir, cambió por completo: unos papeles flotaron en el aire como manchas cremosas, un trolebús naranja sesgó el tráfico, los tiestos de un balcón palidecieron en un verde lima y al fondo, muy al fondo, un perro gris vibró como un charco vacilante. «Tenemos luz, tenemos», decía Antonio Suárez al extraer una catarata. «Tenemos luz», pensé al recibir el sol y las miradas de los vecinos que veían mi bata como si se impusiera por sí misma, como si algo mejorara con un médico caminando entre las primeras luces y el vapor de los elotes.

Filatelistas es una diagonal llena de tiendas. Número 34: la Clínica Suárez. Un par de cuadras más.

Era jueves de tianguis y una voz ultranasal clamaba:

–¡Cómo vendo y cómo me divierto!

Pasé bajo los toldos buganvilia. Una mujer que parecía llevar en su cabeza el pelo de seis personas me dijo «güerito» para que probara sus plátanos dominicos. Excelentes.

Tal vez el cansancio, el aire envenenado, los muchos pasos aflojaron mis reflejos; el caso es que vi el accidente con la impávida curiosidad de quien observa un truco de barajas: el ciclista fue arrollado frente a la tienda de cristales y tuve la extraña impresión de que moría en la calle y se salvaba en un espejo; el cuerpo saltó en una cabriola descompuesta y su imagen entró sin pérdida a la cristalería.

Un titán de pelo compacto (una especie de casco capilar) que ofrecía el *Esto* y bolsas con libros color aceituna, se dirigió al lugar del accidente y zafó la bicicleta de la defensa: los rayos giraron con muchas cuentas de plástico. La dueña del coche tenía las manos crispadas sobre el rostro, alguien le abrió la puerta, bajó a ver al atropellado.

De pronto sentí que me abrían paso. «La bata blanca.» Me agaché en la sombra improvisada por los curiosos; me sorprendió sentir el pulso en la muñeca, esperaba encontrar a alguien «bastante muerto», como dice uno de nuestros camilleros. El cuerpo no mostraba siquiera un raspón pero debía de tener fracturas bajo el jersey azul y oro. Vi el empeine de la mujer, suave, curvo; estuve a punto de tocarlo, pero me incorporé y encontré un rostro escurrido de *rímel.*

–Voy por una camilla –dije.

La mujer acompañó la camilla hasta la entrada de la clínica. Casi se desmayó al ver la fachada con un mensaje poco confortante: CLÍNICA DE OJOS ANTONIO SUÁREZ. Me miró angustiada: ¡¿no íbamos a salvar a su víctima con un examen de la vista?!

–También operamos –dije, y esto pareció tranquilizarla.

El voceador dejó la bicicleta junto al banquillo de Lupe. Le compré un ejemplar del *Esto* para el conserje y un clásico en bolsa de hule que resultó ser *El camino de la mente hacia Dios.*

Ya arriba hojeé el libro y el pulgar me quedó gris. Nuestro director no ha hecho el menor comentario sobre los clásicos semanales, y lo más probable es que ignore su existencia, pero los adquirimos con un furor que no siempre tiene que ver con la lectura; durante años hemos oído al Maestro hablar de los genios que ahora amanecen en manos del voceador. En nuestras repisas crece un segmento de libros verde oliva que al menos visualmente nos acerca a Antonio Suárez.

Salí en camiseta de los vestidores y una mano anónima me amarró la filipina. Tardísimo para la operación. Me incliné, la respiración entrecortada, sobre el cuerpo a mi disposición. El campo había sido preparado en exceso, el yodo llegaba hasta la sien opuesta. Cinco minutos más y alguien se habría hecho cargo de mi paciente. Puse las manos en el visor del microscopio y aguardé un momento, lo necesario para pensar que ese paciente no era el mío. Estuve a punto de revisar la muñequera de tela adhesiva; si no lo hice fue porque ignoraba el nombre correcto. Ajusté el microscopio: un caso idéntico al mío, ¿pero era el mío? Cuando la enfermera (¿Lupita?) me tendió el ocutomo lo tomé con cautela; el metal brillaba bajo la luz neón, un filamento superpulido, tal vez contaminado. Mis veinte minutos de retraso bastaban para colocar en la plancha un cuerpo con severa condición cardíaca, para infectar el instrumental, para ponerme en estado de alerta total. Me separé del visor y vi, en una cercanía deforme, los cinco pares de ojos que me veían sudar, los uniformes frescos, la respiración acompasada de la enfermera (sus pechos oscilaban suavemente). La madre Carmen buscó una ocupación y limpió con minucia innecesaria unas tijeras. Tal vez era el momento de arrancarme el tapabocas y gritar que estaba harto de esos cuidados excesivos, harto de la rebuscada eficiencia de los últimos días, tan parecida a una conspiración.

Alguien con más carácter se habría dejado llevar por un arrebato histérico, pero yo no; me contuve, realicé una operación normal (un caso sin complicaciones, al fin y al cabo) y luego me di un baño que acabó por preocuparme de otro modo. A los treinta y seis años la grasa empieza a cobrar su cuota; enjaboné un vientre desagradable; con ropas, me olvido de la carne cansada, que no llega a la gordura, pero que al recibir el agua o ser frotada por la toalla me recuerda mi vida sin squash, sin riesgos, sin decisiones que me consuman como una llama fría, sin complicadas alternancias eróticas. A fin de cuentas tal vez me convenga la tensión que envenena los quirófanos; cien mañanas como ésta y estaré en forma. Me vestí y a la altura del cinturón (un orificio negociado con esfuerzo) pensé en la situación de la clínica. No hay jefe de Retina y hasta los que no tenemos mayor interés en el puesto hemos caído en una rabiosa competencia. El asunto se debería haber liquidado hace ya varias semanas, pero el Maestro Antonio Suárez ha estado fuera de la clínica. La verdad sea dicha, no sé qué espera, ¿que los escalpelos se encajen con filo renovado hasta que sobreviva un primer espada? En el fondo, una sincera carnicería nos vendría mejor que esta sorda manera de cumplir *en contra* de los demás: la impecable cauterización del doctor Ferrán es un agravio al doctor Solís, no hay forma de hacer algo bien sin joder al de al lado. Nos observan, nos estudian, los ojos roturados en las paredes vigilan nuestros actos, a tal grado que hasta los menos factibles empezamos a sentirnos candidatos. Hace dos meses era obvio que nombrarían a Ferrán; ahora nada sería más ilógico que una solución «obvia». ¿Cuál es el juego de Suárez? ¿Quiere que nos sintamos incluidos por igual para activar nuestras reservas de entusiasmo, intriga y ambición? Si es así, lo ha logrado. Nunca estuvimos tan comprometidos con la clínica y nunca nos odiamos más. Incluso Ferrán, un hombre de unos sesenta años, vive al borde del colapso. Su capacidad de resentimiento no tiene límites: para él, cada día en la clínica ha sido una vejación, un desconocer su excepcional estatura; sin embargo, compite por el puesto como si creyera en la imparcialidad de la elección. Tal vez lo hace para quejarse con más rencor cuando el elegido sea otro.

La jefatura de Retina comporta pocas satisfacciones, pero Suárez la ha hecho interesante con tantos titubeos. Ugalde, el subdirector, dice que esperemos y nos da oficiosos apretones de manos. Pero la posposición ya alcanza un grado monomaníaco. ¿Le habrá pasado algo a Suárez? Hasta hace poco nadie se ocupaba de su ausencia; a fin de cuentas sus horarios nunca han sido los nuestros; le gusta asumirse como un capitán oculto en su camarote: la tripulación nunca ve al hombre que define la derrota de la nave. Ahora su presencia es necesaria para resolver algo tangible, urgente: ¿quién de nosotros empacará sus cosas para subir al cuarto piso?

Regresé al consultorio y vi el libro recién comprado. Increíble que ya tuviera una película de polvo. Entonces, por un segundo, se atravesaron dos imágenes: Suárez y el puesto de revistas. Me di cuenta de algo que tal vez había notado sin darle importancia: hace semanas, tal vez meses, que Suárez no aparece en la prensa. Esto podría ser irrelevante en otros casos, no en el de él. Durante décadas ha asistido con excesiva prontitud a todas las rondas de la celebridad; es fotografiado en banquetes y celebraciones que nada tienen que ver con la oftalmología, es El Doctor que los grandes desean tener al lado. Sí, algo estaba fuera de foco; que Suárez se mantenga lejos de sus colegas es normal, al fin y al cabo parte de su atractivo se debe a no estar del todo disponible, a convertir su presencia en un raro privilegio, pero su renuncia a la celebridad, a los festejos mundanos que le han dado una notable influencia, introduce un nuevo elemento: en verdad está fuera de alcance, Antonio Suárez se ha borrado, no sólo para nosotros, sino para las cámaras que siempre le parecieron preferibles.

Se comprenderá, entonces, el susto que pasé en El Emanado. Iba por el pasillo hacia la sala de rayos láser cuando llegué a un tramo oscuro; los focos se habían fundido y las paredes de mármol negro creaban una cámara mortuoria. Caminé despacio, aunque no había nadie por ahí; se trata de una de las zonas quietas de la clínica. El Emanado es un pasillo selectivo que admite a pocos pacientes y a unos cuantos médicos. Entonces oí unos pasos, distinguí un cuerpo en la penumbra y me detuve maquinalmente. Me recargué contra la pared helada; contuve la respiración. Lo que vi me hizo sentir una fuerte presión en el abdomen. El otro cuerpo avanzó hasta llegar a una flecha incandescente y pude ver al Maestro que apoyaba un dedo –un dedo larguísimo– sobre una bitácora. Durante unos segundos buscó un dato importante; su silueta alta y nerviosa estaba de espaldas a mí, de modo que me concentré en el pelo blanco, echado hacia atrás a la manera de un director de orquesta. Luego solté la respiración y esto bastó para que el otro se volviera. No pude ver su rostro. Me acerqué, con un andar inseguro, como cuando era practicante en la Planta Baja (las raras visitas del Maestro tenían el peso de la leyenda; lo recibíamos con una admirada estupidez, como si fuera alguien llegado del otro lado del tiempo). Las rodillas me temblaron al acercarme a la cabellera blanca, que bajo la flecha cobraba una iridiscencia eléctrica. Cuando al fin distinguí sus facciones supe que me había acercado lo suficiente para intercambiar el olor de nuestros alientos. Encontré un rostro más asombrado que el mío. Hay caras verdaderamente infelices y ésta era una de ellas; las facciones eran desagradables pero hubiera sido un elogio encontrarles un sesgo maligno; no, aquella nariz insulsa era incapaz de cualquier decisión propia, así fuera negativa. Sólo la oscuridad y mi ardiente paranoia pudieron confundirme de tal modo. Era un proveedor que por alguna razón se había puesto una bata.

—Perdón —dije, después de escrutarlo en forma insultante.

—No hay cuidado —contestó, con alivio de no estar ante un demente.

No sé qué le hubiera dicho al Maestro. Lo cierto es que ese rostro anodino, intercambiable, renovó mi ímpetu: volví sobre mis pasos, llegué al cruce con El Inactivo, caminé deprisa, dispuesto a no parar hasta el consultorio de Antonio Suárez.

Al fondo, una puerta negra. Quizá mi imaginación le agrega una solidez de bóveda bancaria; siempre me ha parecido inexpugnable, y ahora, al dar los últimos pasos, me di cuenta de lo reconfortante que hubiera sido encontrarla cerrada. Nada más cómodo que volver a mi consultorio. Pero la puerta estaba entreabierta. Lo que al principio del pasillo me hubiese parecido un milagro al final me pareció un espanto. ¿Tenía las agallas de irrumpir en el consultorio de Suárez? Estaba a un portazo de lograr dos cosas: cancelarme para el puesto y terminar con la incertidumbre. Nunca antes había tenido una oportunidad tan clara de violar nuestro severo código de privacía. En el fondo, más que de mi entereza, había que asombrarse de mi falta de opciones para complicarme la vida. Un empujón, un impulso y estaría del otro lado, en el arriesgue que me pareció tan deseable bajo la regadera. Me acerqué otro poco, un cable salía por la puerta; al fondo se oía una aspiradora, alguien hacía la limpieza. Decidí que el Maestro no estaba ahí.

Permanecí unos segundos junto al entrevero. El ruido cesó, escuché una voz. ¿Suárez? Supongo que actué de un modo inexplicable, pues al recordar ese momento son otras las circunstancias que me vienen a la mente, otras imágenes, como si hubiera estado en un quicio, protegiéndome de la lluvia, y después de dos horas decidiera mojarme.

Salí de mi escondite y no empujé la puerta; regresé con la cabeza gacha del que se mete bajo la lluvia cuando ya se había salvado.

Cuando la clínica se instaló en San Lorenzo los vecinos pensamos que el barrio cambiaría como una expansión eficiente del hospital. Ha ocurrido lo contrario. En el vestíbulo de los gases nobles no es raro encontrar vendedores ambulantes. Ayer, uno de ellos estuvo a punto de subir conmigo al tercer piso.

Salí del elevador decidido a no pensar en nada que no fueran mis pacientes. No pude. Esta vez algo agradable llamó mi atención.

Entre las puertas de los elevadores hay una silla que siempre me ha parecido perfectamente inútil. ¿Quién puede escoger ese sitio para descansar? Ella, por lo visto. La muchacha recibía el dorado resplandor de un arbotante en el techo; aunque tenía los ojos cerrados, algo me hizo suponer que no dormía. Un rostro esbelto, con suaves ojeras azules que no supe si atribuir al efecto de la luz. Sus manos pálidas, con las uñas mordidas, me hicieron atribuirle un temperamento inestable. Le calculé veintitrés años, un número impar, caprichoso.

Por primera vez encontraba a alguien en esa silla, pero no sé si esto baste para explicar los minutos que pasé a su lado. Me costó trabajo dejarla ahí, dichosamente dormida junto al tráfico de los elevadores.

El ciclista evoluciona satisfactoriamente. Ugalde, por supuesto, está furioso. El teléfono sonó con un timbrazo seco: «Bien hecho, doctor Balmes». La voz del subdirector viaja con un énfasis punzante, como si tuviera un avión secuestrado al otro extremo de la línea. Por lo demás, sus frases no siempre significan lo mismo que sus palabras. La máquina de rayos X mandó malas noticias al cuarto piso y el ciclista tendrá que quedarse una temporada con nosotros. Ugalde me felicitó por el acto humanitario que le causará grandes estorbos:

—No creo que la familia pueda cubrir los gastos, pero los centavos no importan en casos como éste.

De nuevo: «centavos» significa «millones».

Ugalde lleva la parte administrativa de la clínica. No opera desde que le fraccionó el nervio óptico a un paciente (hay quienes agregan el dato de que se trataba de la hija del secretario de Industria). El caso es que lleva treinta años dedicado a detallar trámites con tal pericia que la actividad médica parece impensable sin ellos.

Curiosamente, este trabajador tenaz es un hombre vencido por los años; tiene un marcapasos en el corazón, la calva llena de pecas y verrugas, lentes bifocales que no siempre lo auxilian. Me ha invitado a cenar un par de veces: al ver sus esfuerzos para rebanar el filete uno casi olvida su reputación, las alarmas que sus oficios suscitan en la colmena de consultorios, las secretarias que despide cada seis meses, pues ninguna le aguanta el ritmo. En una ocasión me tocó sentarme junto a su mujer. Es mucho más joven que él, no llega a los cuarenta y cinco, pero se maquilla como si tuviera que rejuvenecer un rostro de sesenta. El perfume que despedía su cabello me arruinó el gusto de probar por primera vez espárragos naturales. Ante terceros, se refiere a su marido como «el doctor»:

—El doctor trabaja tanto que se queda dormido en el dentista —comentó por lo bajo.

Esta imagen del hombre hiperactivo que se relaja mientras lo barrenan es uno de los mitos de la clínica. La verdad sea dicha, Ugalde sólo revive en el teléfono o por escrito.

—Bien hecho, doctor Balmes —repitió, en tono de condena absoluta. Le di las gracias, colgué la bocina.

Me dispuse a pasar revista a los pacientes semidormidos en la sala de espera, bajo el cuadro que no acaba de gustarme: tres caballos azules, de cuellos largos, afelpados, beben agua. En eso Conchita llamó a la puerta:

—¿No vio mi recado, doctor? —entresacó una papeleta de un altero de historias clínicas. Se metió al Privado sin decir «agua va».

Los médicos del tercer piso tenemos un saloncito inútil que sólo sirve para estimular la envidia de los pisos inferiores. Ferrán y Briones juegan baraja o encierran ahí a un nieto ruidoso; Lánder de plano instaló un aparato de ejercicios, una especie de barca para remar en seco.

No pude descifrar la caligrafía de Conchita. Le parece de gran clase escribir como farmacéutica.

Abrí la puerta del Privado y sentí un olor a fósforos

fríos. Al fondo, una mujer entreabría las persianas (un rayo oblicuo golpeaba una estatuilla). Parecía absorta en algo allá afuera. Cerré la puerta con fuerza. Ella soltó las persianas: la estatuilla se apagó en la mesa. Un crujido tenue, sedoso, indicó que se aproximaba. Encendí la lámpara del escritorio y vi un plato lleno de cerillos apagados.

Al levantar la mirada encontré a la muchacha que había ocupado la absurda silla entre los elevadores; tenía ojos soñolientos, como si el reposo la hubiera cansado. Me pareció más pálida. Un mechón castaño le tapaba un ojo, la ceja izquierda se alzaba definida, firme. De golpe me sentí incómodo: la estaba viendo con una curiosidad que me ponía en evidencia.

Se sentó en una silla antes de que yo se la ofreciera y por toda presentación dijo que se llamaba Mónica y venía recomendada por el Maestro:

–Estoy haciendo mi servicio social.

–¿Es oftalmóloga?

Mencionó una de esas carreras difusas que anuncian en la radio: licenciatura en desarrollo humano, algo por el estilo. Por lo demás, su campo de estudio le da un tedio infinito: me aplicó un cuestionario y no mostró el menor interés en mis respuestas (podría haberle dicho que operábamos con picahielo y lo habría anotado, amagando un bostezo con el dorso de la mano).

La atendí lo mejor que pude para que no subiera una queja al cuarto piso. Por sí misma no inspiraba muchas atenciones: lucía ausente, como si padeciera un cambio de horas y debiera estar profundamente dormida en otro país. No descorrí las persianas; supuse que prefería la penumbra. Aunque la luz era débil conté cuatro, cinco uñas maltratadas por sus dientes. Esto ya era distinguir demasiado en alguien que me veía con aire de calamidad. Le pregunté por los cerillos.

–Dejé de fumar y enciendo cerillos para calmarme. El olor me gusta.

Ni siquiera pude reclamar el mérito de ponerla nerviosa: no encendió ningún cerillo.

Me costó trabajo seguir mirándola, algo insólito, dado lo mucho que me gustó el cuello frágil, los ojos que tal vez la oscuridad volvía grisáceos, las piernas que habían hecho crujir la falda con un susurro que prometía un material muy superior al rayón que llevaba puesto. Ahora que escribo me siento capaz de hacerla desmerecer: una muchacha prepotente y aburrida, delgada en exceso, con movimientos abruptos (debía de ser pésima bailarina). Sin embargo, recuperar la franqueza del momento es ver las piernas cruzadas, el zapato que se zafa en el talón y la mano que juega distraídamente a calzarlo y descalzarlo. ¿Por qué esos gestos mínimos hacen pasar saliva y borran los otros, que deberían ser más significativos: sus frases descompuestas, su mirada indiferente, como si el cuestionario fuera una solicitud de mi parte?

Al despedirse sonrió sin despegar los labios y me tendió una mano bastante tibia. En San Lorenzo las manos tibias pasan por afectuosas. La gente con sangre de pescado se sopla mucho vaho antes de saludar a alguien. En otros tiempos, cuando aún podía tocar una mano sin diagnosticarla, los dedos de Mónica me habrían parecido amables. Ahora, su temperatura me hizo pensar que estaba ovulando.

Los fósforos quemados por Mónica y el hecho de ingresar a un ciclista a la clínica me trajeron una época dura y enganchadiza de la que ya no trato de librarme. Los cerillos me recuerdan a Lucía. Es difícil perderle la pista a alguien de San Lorenzo; sin embargo, ella logró el milagro de no tener familiares ni conocidos que le inventaran una desaparición interesante.

No recuerdo a nadie tan fugado. La conocí, o mejor dicho la vi, en los tiempos en que la necesidad y una condición física que ahora me resulta inexplicable me hacían pedalear en bicicleta para entregar los recados de la Estética Masculina Max.

La vida de Maximiano Luengas se repartía en las tres secciones de su establecimiento: la peluquería propiamente dicha (un sillón de cuero guinda y un tablón lleno de revistas despellejadas), la vitrina con sus trofeos de ciclista y, ya al fondo, el refrigerador donde enfriaba pollos y trozos de cerdo para los puestos de tacos de calzada Anáhuac. Más o menos del 67 al 74, los años terribles en que el pelo largo estuvo de gran moda en San Lorenzo, Maximiano mantuvo abierto el negocio gracias al refrigerador y a que le puso nueva cadena a su bicicleta y me contrató de recadero.

Mis primeros servicios al gremio de Hipócrates ocurrieron en bicicleta. El doctor Felipe tenía pies planos y me llamaba como quien llama un taxi. Si se trataba del doctor, Maximiano no me reprochaba que regresara con retraso. Alguien le había hablado de la época en que los barberos también hacían de cirujanos.

El doctor Felipe sabía escuchar con infinita atención todo lo que no le interesaba. Aunque su título debía de ser tan inencontrable como su apellido, la colonia se acostumbró a confiarle sus enfermos intermedios, los que no se aliviaban con tés de poleo, ajo o boldo ni ameritaban cirugía. Era soltero y vivía con su madre, una vieja jorobada como una alcayata. Tenía un cuerpo delgadísimo que apenas pesaba en la llanta trasera de mi bicicleta; siempre llevaba el mismo traje, luido y negro, de escribano de principios de siglo. Los médicos «de bata» le merecían el mismo desprecio que otros uniformados.

Los domingos no salía a la calle y se emborrachaba a solas. Entre semana bebía en la cantina, con método: sorbía su tequila muy despacio y se daba tiempo en pedir el siguiente. Nunca había sido levantado de una zanja, pero los lunes tenía un aire huidizo, los gestos inseguros de quien se ha salvado de milagro.

Su dispensario estaba en los altos de una tortillería, según demostraba su saco lleno de lamparones harinosos. Sus mejores cualidades eran la paciencia para oír conversaciones hasta que un síntoma asomara la oreja y la resignación para aceptar un manojo de perejil, una canasta con un guiso, un corte de pelo, los dispares pagos de sus pacientes. Sin embargo, su reputación local se debía a algunos casos de mediano asombro.

Uno de ellos llevaba el sonoro nombre de Abigaíl Ramos. Abigaíl era una muchacha horrible y perfeccionista que hacía flores y barcos de migajón. Por lo menos dos veces a la semana yo transportaba sus fragatas minuciosas a Los Apeninos, la tienda de regalos que lleva veinte años ofreciendo el oso gris que Olaf Pruneda cazó en la Sierra del Nido. En ocasiones, me pedía que le regresara un barco: había olvidado ponerle una insignia.

Aunque el mundo no parecía muy ávido de flores ni barcos de migajón, Abigaíl trabajó a un ritmo febril hasta que el calvo empezó a rondarla. Era un tipo de mirada sombría, sin contactos en la colonia. Nadie sabía qué se le había perdido por aquí.

Una tarde Abigaíl me recibió con una cuchara humeante:

–¿Le falta epazote? –preguntó.

A partir de entonces me usó de catador de sus platillos. Todos eran estupendos pero a ella le preocupaba el epazote:

–¿De veras, de veras te gustó?, ¿de veritas? –y me miraba con aire equívoco.

Fue este nuevo afán de perfección lo que anunció la boda con el calvo. La noticia se propagó con sus recetas. Sin embargo, cuando le llevé la factura de la sastrería, no quiso abrir la puerta.

El calvo desapareció como había llegado. Todo mundo

fue a ver el ajuar en la vitrina de la sastrería y Abigaíl Ramos decidió ponerse a salvo de las calamidades de este mundo. Curiosamente olvidó su gusto por las cosas bien hechas: se comió un barquito que le dejó espantosas marcas de color en las encías y el fósforo de un sinfín de cerillos (alguien le dijo que era un veneno segurísimo). El doctor Felipe le lavó el estómago y al poco tiempo las fragatas volvieron a circular en el aire polvoso de San Lorenzo. Después de unas semanas creí prudente preguntarle quién le recomendó lo de los cerillos.

—Lucía —contestó una Abigaíl a la que ya no le importaban los mástiles sin insignia.

Lucía era una muchacha desgreñada, de hombros fuertes, que según mi padre estaba medio loca porque le había sucedido algo horrendo. Se pasaba el día descalza, cultivando flores de pétalos carnosos en la macetera de su ventana; el vestido se le untaba al cuerpo, lleno de manchas de agua, y las flores despedían un olor raro, a toalla húmeda. Su mirada tenía un brillo de asombro. En una ocasión me pareció verla chupar un cerillo.

—El fósforo alumbra el cerebro —me explicó el doctor Felipe; por lo demás, sus «explicaciones» eran bastante vagas: sabía mucho y no aclaraba nada, como si el conocimiento fuera algo intransferible. Quizá por eso me entusiasmaron las clases de Antonio Suárez, para quien la sabiduría consistía en descubrir, cada vez con mayor precisión, la medida de la ignorancia; su forma de hablar a través de historias, de proteger la verdad al no hacerla aparente, se emparentaba con los rodeos del doctor Felipe, que desaconsejaba ciertas píldoras porque hacían «soñar con pollos». Una intuición lenta y fuerte lo llevaba a curar un mareo crónico prohibiendo la ingestión de plátanos. El diagnóstico preciso salía sobrando. Mi vocación se decidió al compartir los misterios del nitrato de plata que sanaba los sarpullidos y las ventosas ardientes aplicadas en casos de incertidumbre. Me bastaba asomarme al dispensario y ver el caduceo de yeso junto al retrato de Juan XXIII con el que alguien pagó sus consultas, para sentir la imantación de los secretos médicos.

La vida de Felipe no era del todo solitaria, pero tenía los manierismos de los hombres solos. Cada vez que necesitaba algo rebuscaba en todos los rincones y se quejaba de no tener ayuda. Se cosía sus botones con destreza y le preparaba a su madre unas papillas espantosas que él llamaba «nutricias».

Cuando le quitaba algún cliente al destino festejaba con un cuarto de gomitas de anís. Eran gomas durísimas, dignas de su paciencia. De sus derrotas no se quejaba mucho. Por lo demás, los familiares del enfermo se limitaban a decir «ya estaba de Dios que se mudara al *otro barrio*», es decir, a una colonia con hospital o al más allá. La expresión fue acuñada antes de que Suárez abriera su clínica y muchos juzgaron agraviante que el primer hospital llegara tan especializado y trajera a ciegos de tantas colonias, una seña de mal agüero, sin duda.

Conocí cada rincón de San Lorenzo en mis años de recadero; casi siempre con el doctor a bordo. El primer acceso de tos le dio en mi bicicleta; era tan raro que hablara que creí que en esa carraspera había palabras; me detuve para oírlo mejor pero sólo escuché un vahído metálico, un anuncio del enfisema que finalmente lo vencería.

Todavía alcanzó a padecer la ola de modernización que hizo que la tortillería se llamara «tortilladora» y la panadería «panificadora», como si hubiera mayor virtud tecnológica en las palabras forzadas. Se quejó de ese nombre absurdo en la planta baja de su casa, una intromisión tan vulgar como la del médico «de bata» que llegó a verlo. En medio de su delirio me entregó una moneda y dijo «tortillería», como si quisiera comprar la palabra.

Después del sepelio, la madre juntó las pertenencias del doctor en una caja de detergente. Le pedí que me vendiera el caduceo.

Ahora adorna la repisa superior de mi consultorio.

Desde que entré a la clínica, la gente de la colonia viene a consulta para librarse de malestares que casi nunca tienen que ver con la vista. Me pagan con los productos de su profesión, y mi madre se queja de todas las cestas de paja que le regalo. Muchas veces sólo vienen a hablar un rato, a contar chismes que también dejan en los pasillos: las enfermeras y los médicos están asombrosamente enterados de lo que pasa en el barrio. Abigaíl sigue haciendo prodigios de migajón: me trajo un ojo de horrorosa exactitud que no me he atrevido a exponer en mis repisas. Recibo a los vecinos sobre todo para ver si entre ellos llega Lucía.

Las flores carnosas se marchitaron en su ventana al poco tiempo del incidente de Abigaíl y nadie volvió a saber de ella. Hasta los más insidiosos perdieron la oportunidad de ofrecer los detalles de su fuga con el calvo. No, aquellas dos figuras no cuadraban. Tampoco supe cuál fue el asunto que la «enrareció» para siempre, pues mi padre jura haberlo olvidado. Sin embargo, el vestido untado por el agua y el pelo revuelto se me grabaron como sólo pueden hacerlo las imágenes que estimulan las primeras masturbaciones. Tal vez no la reconocería si regresara a San Lorenzo. De cualquier forma, no pierdo nada con imaginar que regresa y me paga con esas flores que no he vuelto a ver. Daría lo que fuera por tenerla ante la lámpara de hendidura, por ver sus ojos brillantes y sentir su tibio aliento a fósforo.

La callada dignidad con que el doctor Felipe fingía entender todo lo que ignoraba me confundió hasta la admiración. Una tarde, a la altura del arroz con leche, expresé mi deseo de estudiar medicina. Esto dio oportunidad a que mi padre soltara palabras de fantasía; habló de «galenos», «nosocomios», médicos «de verdad», y me ordenó que dejara el empleo que estaba arruinando mi vida.

Por aquella época Felipe había empezado a silbar sobre mi oreja. «¡Ah que neumotórax!», decía. Me pareció atroz dejarlo sin bicicleta. Mi padre habló de mi futuro y señaló el piso con su tenedor, como si las losetas salpicadas de arroz cubrieran la cloaca por la que se fugaba mi destino.

Al poco tiempo empezó a llegar con folletos que anunciaban carreras al vapor para reparar motores de aire acondicionado.

–De técnico no pasas –vaticinó–, igual que Amirita.

Amira, mi hermana mayor, estudiaba para cosmetóloga y olvidaba en la mesa y los sillones una mano de yeso con las uñas pintadas en distintos colores. Aunque la escuela de cosmetólogas diera anillo de graduación, él quería expertos, títulos que respaldaran nociones cuánticas, nucleares. Nuestro futuro sin licenciatura le parecía una ofensa personal; para jodernos, llamaba «licenciados» a los perros callejeros:

–¡Denle de comer al licenciado! –me mandaba con una escudilla de arroz a alimentar licenciados de lengua morada.

Pese a todo, me aferré al manubrio de la bicicleta.

Tal vez en verdad seguiría repartiendo recados para Maximiano de no haber ocurrido lo del menonita.

Aquel episodio llegó en camioneta. Un modelo amarillo abrió sus portezuelas junto a la Estética Masculina Max y un poderoso olor se impuso a los perfumes del negocio. En las ventanillas, varias cartulinas proclamaban la causa de tal supremacía: Queso menonita de Chihuahua.

Maximiano salió a la calle armado de una tijera que soltaba hebras de pelo. El conductor de la camioneta resultó ser un tipo de mejillas color ladrillo en busca de un refrigerador para sus quesos. Se quitó el sombrero y habló de rentar «el freezer». Desde su última vuelta ciclista, Maximiano no sale de San Lorenzo. El vendedor de Chihuahua le tocó alguna fibra localista porque se enfrascó en una disputa en la que insultó a foráneos, masones y herejes (en ese orden), y terminó hundiendo su tijera en un queso asadero.

El peluquero es tan supersticioso que en sus épocas ciclistas llenaba sus calcetas de mejorana y otras plantas aliadas de la velocidad. El «menonismo» le pareció sospechoso: una secta que profesaba su fe con quesos no podía llevar a nada bueno.

La camioneta amarilla amaneció en distintas esquinas del barrio hasta que Zoraida, mi hermana de en medio, decidió hacer el primer negocio de su vida: rentó la mitad de nuestro refrigerador.

—¡Les salió lo árabe! —gritó Maximiano, quien sabía perfectamente que lo único árabe en la casa eran los nombres con que mi padre bautizó a sus hijas (mi madre, por supuesto, sospecha que Amira, Zoraida y Sureya son los diamantinos seudónimos de sus vedetes favoritas).

Maximiano me despidió y prometió no volver a cortarle el pelo a nadie de nuestra ralea:

—¡Aunque viva 2.000 años!

Una tarde, ya en la Facultad de Medicina y movido por sabe Dios qué sentimiento de culpa, regresé a la Estética Masculina Max. El peluquero ya parecía haber vivido sus 2.000 años. Encontré a un hombre enjuto, amarillento, jorobado por la bicicleta de su juventud y las nucas podadas en cuatro décadas. Olvidó su promesa y se vengó de otro modo: me trasquiló con enjundia; salí con el cuello ardiente y oloroso a agua de colonia.

Mi primera actividad de desempleado no fue muy positiva. En la maderería del carpintero López compré un galón del destilado que él llama «vino de ciruela» y sabe a mercurocromo. Amanecí en un lote baldío, junto a un tipo que tenía una vistosa cicatriz en la cabeza rapada; le habían practicado un corte en forma de herradura, como para abrir una compuerta. Regresé a casa deteniéndome en las alcantarillas para ver dónde se fugaba mi futuro; ya sólo parecía capaz de emular al doctor Felipe en su borrasca alcohólica.

Lo único bueno que recuerdo de aquel periodo fue la fantástica destrucción de la Afianzadora Morelos. Unos técnicos subieron con sogas a la azotea. Después de muchas horas de colocar cargas de dinamita y de compartir tacos y refrescos con el cinturón de curiosos, lograron que el edificio se desplomara en una inmensa nube de polvo. El estruendo rompió algunos cristales aledaños y el espejito circular en el que se miraba mi hermana Sureya. Este acto de fuerza fue la primera noticia que tuvimos de la Clínica Suárez.

Según mi padre, sólo un milagro me haría aprobar el examen para la universidad. Obviamente él pensaba en una selección en pequeña escala; no sabía que el examen se presentaba en el estadio de futbol. No recuerdo situación más absurda que la de estar en las gradas, con estupenda vista de la portería norte, tratando de recordar la valencia química del uranio. Vi el lema de la universidad, «Por mi raza hablará el espíritu», y me pareció indescifrable, fuera de cualquier cálculo. En verdad merecía reprobar. Sin embargo, fueron tantos los que olvidaron tantas cosas ese día que mis magros conocimientos bastaron para calificarme.

En la Facultad supe que un aura de misteriosa admiración rodeaba al doctor Antonio Suárez. Digo «misteriosa» porque los alumnos de los cursos superiores, los mismos sátrapas que introdujeron un páncreas en mi portafolios, salían pálidos de las clases de Suárez y se referían a ellas con el respetuoso temor que infunde lo que no se entiende. Todo indicaba que el astro de la oftalmología impartía su curso en latín. En mis primeros años en la Facultad, Suárez fue dos cosas: el vengador que humillaba a nuestros enemigos y el responsable de la construcción más grande que habíamos visto en San Lorenzo. De día, una cadena de hombres polvosos arrojaba ladrillos con precisión inverosímil. De noche, los andamios se alzaban como una confusa osamenta. La hoguera de los veladores producía sombras vacilantes, un batir de alas, como si un pájaro monstruoso quisiera escapar del edificio.

Aunque no abarca más de dos cuadras, Filatelistas es conflictiva: es nuestra única diagonal y su nombre indica que debería pertenecer al siguiente barrio, donde las calles celebran profesiones.

San Lorenzo tiene un trazo de retícula, de acuerdo con la parrilla donde ardió el mártir. ¿Qué necesidad había de esa cuchilla de dos cuadras? Alguna vez Suárez me dijo que los palacios de la India tenían defectos intencionales para no suscitar la envidia de los dioses:

—*Sus* topógrafos arruinaron adrede la cuadrícula, por si las moscas —Suárez me atribuye la propiedad de todo lo que tenga que ver con *mi* barrio.

Aun sin Filatelistas, la colonia tendría defectos suficientes para sobrevivir a la envidia de los dioses; uno de ellos es justamente su falta de espacios abiertos, ni siquiera la iglesia tiene una plaza que la realce; para ver la fachada hay que pararse en la vulcanizadora de enfrente. Es un edificio menudo, de una sola torre. La puerta está protegida por dos angelotes de cemento, siempre a punto de aporrear los tambores que tienen al lado; sus labios gruesos parecen contar un compás: *¡¡seis..., siete..., ocho...!!* Acaso para contrarrestar a los ángeles guapachosos, el padre Vigil Gándara narra el martirio de nuestro patrono con una truculencia llena de citas clásicas:

—Escribe San Agustín: «Después de haber desgarrado sus carnes con garfios, y de haber lacerado sus miembros a fuerza de azotes y flagelaciones, decidieron asarlo, y lo asaron tendiéndolo sobre una enorme parrilla puesta al fuego; después, para que sus sufrimientos fueran más horrorosos, cuando su cuerpo, colocado sobre la trama de rejas incandescentes y al rojo vivo, estaba asado, dábanle la vuelta a fin de que se asase y requemase por el otro, procurando de ese modo que el suplicio fuese lento y cada vez más espantoso».

Los sermones son tan eficaces que la gente sale de misa para ir al cine Edén, que todas las noches contradice su nombre con películas de terror.

En los tiempos de la Afianzadora nadie se ocupó gran cosa de la excéntrica cuchilla. Cuando Suárez se dio el lujo de estallar el único edificio alto, la calle cobró otro interés. Félix Arciniegas, siempre en busca de una querella, inició una lucha para cambiarle de nombre.

Las paralelas a calzada Anáhuac llevan nombres de frutas y las perpendiculares de héroes difusos que cambiaron cinco veces de bando y murieron del lado incorrecto de la Revolución. La solución de compromiso era encontrar un prócer no muy acreditado y con apellido de fruta. Nadie sabe tanto de héroes como mi padre, de modo que Félix empezó a frecuentar la casa. En las tardes revisaban candidatos y comían pepitas. Para mi padre el caso cobró visos de una disputa de soberanía, como si Filatelistas llevara a otro país. Lo más próximo a una solución fue el descubrimiento de Esteban Manzano, coronel acribillado en un sembradío de Puebla.

Hubo una sesión («solemne», según mi padre) donde el Regente recibió la propuesta de que Filatelistas cambiara de nombre, pero no sirvió de nada.

El Esteban Manzano no entró a los mapas de la colonia, la diagonal siguió llamándose Filatelistas y la clínica siguió creciendo en la punta norte de San Lorenzo.

El extremo sur es demarcado por la calzada Anáhuac, donde el metro corre al aire libre. Del otro lado está la fábrica de raquetas. Las noches de San Lorenzo son iluminadas por el neón de una raqueta que lanza pelotas a la oscuridad. Según un rumor persistente, los gatos callejeros son ultimados por cazadores que venden tripas a la fábrica. Lo cierto es que gatos no hay por ninguna parte. En cambio, abundan los conejos, las gallinas y aun las cabras. Todo mundo tiene animales para el guiso o la ordeña de ocasión; como casi no hay jardines, la ganadería es una actividad de azotea. Cuando hay *norte* en Veracruz, un viento fuerte despluma los techos.

Sobre San Lorenzo se alza una nube espesa; un ciclón (las noticias hablan de una turbonada en el Caribe) y los gases industriales han acabado de cerrar el cielo. No dan ganas de salir a la calle; he prolongado mis horarios de consulta al sábado y el domingo, aunque de por sí no me gustan los días libres, soy gente de entre semana; desconfío de los que tienen muchos pasatiempos y se distraen con los primeros naipes.

El domingo se respira un ambiente distinto en la clínica, las enfermedades parecen apaciguadas, como si una orden secreta impidiera las situaciones de emergencia. Sin embargo, justo cuando me convencía de que las sorpresas estaban prohibidas en fin de semana, encontré al doctor Iniestra; de todos los colegas es el menos proclive a trabajar en domingo.

Estaba en uno de los teléfonos públicos que hay en El Extranjero. Me sorprendió que no usara el teléfono de su consultorio y que hablara en inglés. Gritaba frases urgentes, desesperadas. Aquello no era un diálogo ocasional. No entendí lo que decía pero no dudé que se trataba de un reclamo. De inmediato me puse de parte de la persona al otro lado de la línea.

Suárez bautizó a Iniestra como el Doctor Subtilis por la claridad de sus historias clínicas; en el inciso XIX suele recomendar la opinión de otro médico. Sus diagnósticos me recuerdan al padre Vigil Gándara, capaz de distinguir las seis circunstancias y los cinco géneros de fuegos que concurrieron en el martirio de San Lorenzo y las tres clases de refrigerios que lo ayudaron a soportarlo.

Iniestra ha solventado numerosas conjuntivitis, pero es incapaz de abrir un ojo sin ocasionar la pérdida de vítreo. Jamás pasará de la Planta Baja. Sin embargo, lo que para cualquier colega con orgullo profesional sería una ignominia, para él es una ventaja; estar en la Planta Baja le permite establecer complicidades con secretarias, camilleros, afanadores y otras personas decisivas para sus negocios de compraventa. Conoce todos los negocios de la zona y todas las necesidades del personal. Si alguien de Urgencias necesita medias suelas, él se encarga de que un zapatero pase por la clínica. La profecía de Félix Arciniegas de que la clínica traería negocios al menos se ha cumplido en la persona de Iniestra.

El Doctor Subtilis rezuma vulgaridad en cada poro de sus sacos de terlenka, habla de amantes de locura, generalmente inconcretas, usa un honesto bisoñé y, en los mejores días, una corbata con la torre Eiffel.

A la una de la tarde su secretaria teclea con dedos tapizados de perejil; aunque el consultorio básicamente huele a tacos de canasta, también venden empanadas de piña, jericalla y gorditas de abulón (en cuaresma). A las tres de la tarde, hasta las monjas teresianas se forman a comprar sus empanadas.

Las monjas colaboran con Suárez desde la fundación de la clínica. En la capilla consagrada a Santa Lucía nunca faltan cirios encendidos ni agapandos bajo la inscripción de *Lucis via*. Todo mundo sabe que malgastan su dinero en el consultorio-fonda de Iniestra, pero Suárez no permitió que pusieran un refectorio por temor a que proliferaran los insectos. Lo que ocurra en la Planta Baja parece tenerlo sin cuidado.

Me divirtió que el responsable de las empanadas estuviera en apuros. Lo escuché gritar sus frases descompuestas. Cuando colgó la bocina, se sorprendió de verme en el pasillo; consultó su reloj, como si buscara en la carátula algo que decir.

—Mi teléfono no sirve —señaló la cabina recién desocupada—. ¿El suyo tampoco?

—Tampoco —mentí, y me dirigí al teléfono.

El auricular se había impregnado de un olor dulzón, a desodorante de canela. De reojo, vi que mi colega sacaba un frasco de su bata, una suspensión de hidróxido de aluminio. Como *cuerpo* nunca hemos estado en peor situación; somos una red de fermentaciones y secreciones a destiempo, los que fuman encienden cada cigarro con la colilla del anterior, la madre Carmen ofrece tés de cuachalalate, masticamos aspirinas, corre el rumor de que el banco de ojos se ha quedado sin córneas (en Retina esto nos afecta poco y tal vez por eso lo propagamos con especial insistencia). No sé si el trabajo extra del Doctor Subtilis tenga que ver con la ausencia de Suárez, lo cierto es que todo parece deberse a su ausencia.

En un rato libre subí a la terraza y me asomé a ver el cielo, los nubarrones que con el sol de la tarde cobraban un resplandor cárdeno, molesto.

El plomo que respiramos debe de estar alcanzando nuestros bulbos raquídeos. A Ugalde, al menos, cada vez se le ocurren ideas más informes: nos pidió un reporte que llama «relación de partes» y nadie sabe en qué consiste. Decidí subir a verlo.

Es curioso cómo cambian las sensaciones de un piso a otro. En el tercer piso, un activo chirriar de suelas de goma, la voz tiplada que sale del micrófono: «Doctor Del Río, tiene llamada telefónica», el olor médico que abre las fosas nasales. En el cuarto piso, un perfume de pinos artificiales, pasillos vacíos, un letargo sospechoso.

Ugalde me hizo esperar media hora, un tiempo razonable si uno no está ante una secretaria que percute en el escritorio con sus uñas rojo índigo. Traté de distraerme con las revistas que colorean la mesa de centro, pero todas tienen al Maestro en la portada. Vi las fechas de publicación: la más reciente era de tres meses atrás. Suárez es tan famoso que los periodistas simulan que verlo es una exclusiva: «aunque el doctor Suárez rara vez concede entrevistas...». Hasta hace poco esas «raras veces» sucedían a diario. Es difícil concebir a nuestro director sin un entorno de propaganda (ante la prensa extranjera sus mejores años son los de su estancia en Barcelona, en la clínica del célebre Barraquer; ante la prensa nacional exagera la importancia de su servicio social en Chiapas, donde estudió la oncosercosis causada por piquetes de mosco). Cuando tenía unos treinta y cinco años, era conocido por sus inflamadas clases en la Universidad Nacional y las corbatas de moño que ataba y desataba con la precisión con que extraía cataratas. Ahora sus caprichos son ensalzados por la prensa como atributos de su genio. Es un gastrónomo severo (ha hecho escenas en restoranes que a la distancia parecen operísticas y en su momento deben de haber sido de una altanería insufrible), colecciona animales salvajes, practica la cerrajería para mantener ágiles los dedos. Sin duda la celebridad disminuye una vida. No hay vacilaciones, no hay crisis. La fama presenta a Súarez como el hombre que encajó el bisturí preciso y tomó a la mujer correcta. Las revistas en la mesa de centro eran una simplificación insultante. ¿Podíamos admirar esa mirada de suficiencia, los triunfos que casi parecían una bravata, un desafío a nuestra mediana condición? Suárez, hay que aceptarlo, ha vivido con gusto la tragedia del héroe reducido a ficha: «1963 fue el *anno mirabilis* en que pasó, de ser un médico respetado y algo excéntrico, a ser una celebridad: le devolvió la vista a un duque de Suabia de paso en Acapulco y al actor Celio Batanero; además operó gratis a varios niños chiapanecos, a un asesino múltiple que purgaba sentencia en Lecumberri y a los albañiles accidentados en un derrumbe en Iztapalapa (recibió el nombramiento de Albañil Honorario, una cuchara de oro para mezclar cemento y el derecho a ser huésped de cabecera en los convites de la Santa Cruz)». Ni una palabra sobre los miles de páginas que ha publicado en *M.E.T.* y otras revistas especializadas, nada sobre las horas de férrea disciplina, el sinnúmero de trabajos universitarios corregidos con comentarios en tres colores.

—En México hay que ser trabajador a escondidas —me dijo en una ocasión—; nadie respeta a quien sólo se dedica a trabajar.

La privacía es asunto de sospecha; quienes no reciben visitas a todas horas tienen algo que esconder: el pájaro atrozmente disecado, la delicada osamenta en el cajón, el almanaque con alfileres. Lo «importante» de Suárez es que le brindan un toro en la Plaza México, que se fotografía con leopardos y mujeres hermosas, que preside un palco en el Azteca cuando juega la selección nacional. El prestigio depende de cierto exceso público y él lleva una vida lo suficientemente tumultuosa como para que nadie piense que también trabaja en privado. Más que un hombre convencional, es un extravagante atrapado en las convenciones; de seguir como investigador universitario, jamás habría obtenido dinero para la clínica. ¿Por qué se lanzó a esa empresa? En la sala de espera recordé la historia. Una noche en que acampaba en las ruinas mayas de Yaxchilán, experimentó una viva iluminación interior: vio las pirámides comidas por la maleza, la escritura indescifrable en las estelas de los reyes y quiso dejar un testimonio más perdurable que los ojos operados que de cualquier forma se pudrirían en unos años. Escogió san Lorenzo para su empresa porque la modernidad prefiere los terrenos baratos.

La clínica es una réplica del edificio de Barraquer en la esquina de Muntaner y Laforja. En el salón de actos están las fotos de la inauguración, los ojos asombrados del obispo que bendijo nuestras paredes, el presidente en turno, el rector de la universidad, mujeres que podían o no ser actrices, médicos que por una vez trataron de vestirse como arquitectos, charros y chinas poblanas, militares extranjeros con pintas de ultraizquierda o ultraderecha.

Suárez se empeñó en que su edificio, como el del eminente Barraquer, tuviera una atmósfera secreta, reverencial, lograda con pisos ajedrezados, columnas revestidas de uralita, luces indirectas, ojos de agua en los patios interiores y muros de gres; también en que fuera una casa de los signos, aunque se permitió algunos cambios respecto al modelo original: en la entrada, en vez del ojo de Osiris, colocó el ojo de Tezcatlipoca; en el vestíbulo de espera, no rindió homenaje a los signos del zodiaco, sino a los gases esquivos que permitieron el rayo láser.

El vestíbulo es un círculo rodeado por los balcones de los distintos pisos; a lo alto, un tragaluz filtra el cielo en un falso invierno. En el frontispicio del primer nivel están los nombres en español de los gases nobles: El Inactivo, El Oculto, El Nuevo, El Solar, El Extranjero y El Emanado. Bajo cada nombre sale un pasillo. El Oculto lleva a los quirófanos y los cuartos de los pacientes, El Extranjero a consulta externa, El Solar a la alberca en la azotea, El Nuevo a los laboratorios y el banco de ojos, El Emanado a las salas de rayos láser y El Inactivo a la oficina de Suárez.

Nada más típico del Maestro que reservarse ese elemento. «El que no trabaja», insinúa la inscripción, y sin embargo se trata del argón, que activa nuestros rayos láser y llena las bombillas luminosas de la clínica. Suárez decidió que su camino tuviera un nombre inerte para los legos y lleno de asociaciones para los iniciados. El logotipo de la clínica, cosido en todas las batas, es, a un tiempo, la más simple representación de un ojo y la valencia química del argón: O.

Sara Martínez Gluck, la condiscípula del salón C-104 que vine a reencontrar en la clínica, dice que las ideas de

Suárez más que esotéricas son herméticas: sus verdades se sustentan en un secreto profundo, central, al que sólo se penetra por vía indirecta. ¡Cuántas veces nos repitió la frase de Barraquer de que *Las meninas* se pintan con intuición y no con dosis exactas de colores! En sus clases, ante cien alumnos atemorizados de respeto e incomprensión, hablaba por igual de El Oculto o El Extranjero (nunca del criptón o el xenón) que del lente de vidrio soplado de Eugen Fick o la operación de catarata registrada en el código Hammurabi; luego contaba alguna historia que podía o no ser ejemplar y en la que el abrumado auditorio trataba de extraer algo que sirviera para pasar el examen.

La primera vez que recorrí la clínica sentí lo mismo que en sus clases, el atractivo de los misterios nunca revelados. En un país donde los hospitales pecan de exceso de luz, Suárez edificó un palacio de la noche. Un par de flechas en El Solar contribuyen a enrarecerlo con destinos luminosos: *Solárium, Alberca.*

Por fuera, la clínica es un bloque oscurecido por la contaminación. La fachada es lisa, salvo por las curvaturas que semejan párpados sobre la hilera de ventanas. Es la parte del edificio que recibe la lluvia de manera directa; sólo los párpados están libres de hollín.

Sara Martínez Gluck no opera y tiene todo el tiempo del mundo para pensar en los misterios de Suárez. Según ella, los signos de la clínica trazan un discurso racional, organizado. La intuición es sólo uno de los componentes del trabajo denso, arduo, que llevan a las claves de Suárez. El Maestro no se opone a la lógica; al contrario, la cuida, aplaza sus conclusiones, coloca suficientes escollos para que el conocimiento tenazmente adquirido sea un equivalente de la virtud.

Sé que Ugalde se opuso a algunos detalles. No hay hospital mexicano sin un recinto donde ardan flamas votivas y la capilla de Santa Lucía, patrona de la vista, le pareció inobjetable, pero criticó los bajorrelieves aztecas, las efigies de Xipe-Totec afuera del banco de ojos, los globos oculares acuchillados por pedernales: «No parece que vamos a curar sino a sacrificar». Sin embargo, ya Barraquer había puesto el ojo de Osiris en su edificio y no hubo vuelta de hoja: Tezcatlipoca nos miraría entrar a la clínica. ¿Por qué escogió Suárez al más intranquilo del panteón azteca? El gusto por este dios de espanto dice más sobre el Maestro que toda la marea de elogios periodísticos. Tezcatlipoca no tiene paz, vive para complicar la vida. No es la deidad del mal, sino de la fatalidad, permanente recordatorio de nuestro frágil destino.

El ojo de piedra en la entrada de la clínica tiene una textura rugosa, es el Espejo Humeante que Tezcatlipoca lleva consigo y donde el hombre escruta su condición inescapable; es la pesadilla, el diagnóstico, la riqueza, el sufrimiento deificado.

Tal vez por eso a Suárez le gusta tanto la leyenda del hombre que recorre el desierto y encuentra un espejo en la arena. La clínica empieza con ese ojo sin párpado, el espejo habitado; al fondo de la piedra vibra, certero e intolerable, el destino de quien ahí se mira.

El Maestro ha buscado preservar el saber en su mayor pureza. Sin embargo, al construir la clínica comprometió su ideal; nada más espurio que esta zona atravesada por ductos, trámites, habitaciones numeradas. La «visión» de Suárez ha sido inventariada hasta el agravio por la realidad, a tal grado que su autor se replegó tras la última puerta de El Inerte. La administración tenía que recaer en un experto en calamidades pequeñas, y nadie mejor que Ugalde para moderar los términos de la clínica. Es cinco años menor que Suárez, fue uno de sus primeros alumnos en el desaparecido hospital

6 de Abril y antes de llegar aquí ya había complicado satisfactoriamente la vida de cuatro hospitales.

Si Suárez entretiene su imaginación con símbolos oscuros, Ugalde es uno de los muchos médicos adictos a Napoleón. En la sala de espera tiene un óleo de la batalla de Borodino. Otra vez contemplé el sol crepuscular que sacaba destellos a la nieve ensangrentada. Las uñas de la secretaria abrían otras heridas.

Cuando finalmente entré al despacho, lo primero que vi fue el busto de Napoleón en el escritorio. Es un Napoleón joven, de su época de Cónsul (nuestro subdirector lo admira tanto que aún no le perdona que se haya proclamado emperador).

—Su amigo va de maravilla —no despegó la vista de los papeles que firmaba en el escritorio.

—¿Mi amigo?

—El ciclista. Se llama Celestino Peláez. Hielero de profesión. Usted le salvó la vida al ganador de la etapa Celaya-La Piedad. Grandioso, ¿no?

Estaba en pésima posición para pedir clemencia, pero ya no había marcha atrás. Solicité que me eximiera de «relación de partes».

—¿Usted también quiere salirse de la carrera? ¿Igual que su ciclista?

—¿Cuál carrera?

Me vio de frente, luego cerró los ojos, muy despacio, y observé sus párpados arrugados. Entrelazó los dedos; sus muñecas frágiles se pierden en los puños de los que penden mancuernas sólidas, imperiales, sacadas de alguna casaca napoleónica. Cuando fui ascendido al primer piso me recibió con un fuerte apretón de manos y la noticia de que «habíamos abierto 100 ojos en unas cuantas horas»; ahora parecía incapaz de ese ímpetu para comandar los datos como si fueran las distantes unidades de sus ejércitos.

—La clínica se está oxidando, Fernando —habló con la

voz suave con que impone sus órdenes difíciles–, hay que hacer reajustes complejos; necesito su informe, ¡el suyo antes que ningún otro!, no me deje colgado de la brocha.

Me sorprendió la insistencia: Ugalde me consideraba un repentino experto en las cosas que detesto.

–Por cierto –continuó–, quiero pedirle otro favor, en plan confidencial: échele un vistazo a esta historia clínica de Iniestra, tiene una gramática bestial.

Sacó una carpeta que parecía llevar semanas en su escritorio, aunque aquí bastan unas horas para que todo se cubra de polvo. El Cónsul, por ejemplo, ya ameritaba que le pasaran el plumero: su gesto de sardónica inteligencia se convertía en ganas de estornudar.

Iba a replicar cuando el subdirector encendió uno de los cigarros extralargos, color malva, que le roba a su esposa, y empezó a divagar sobre las breves apendicectomías del doctor Gustavo Baz, el laboratorio del doctor Izquierdo en la vieja Facultad de Medicina, allá en la Plaza de Santo Domingo, «¡un templo del saber!», y otras noticias que sólo son actuales en su mente. Me levanté antes de que llegara al descubrimiento del salvarsán.

Ugalde aprovecha sus achaques para cancelar discusiones. Cuando el doctor Felipe no daba con el origen de un mal, ponía una cara de incomprensión tan noble que parecía de reflexión profunda: «hay que saberse hacer el sueco», me dijo una vez que nos pagaron con una canasta de tlacoyos por un remedio incierto. Para Ugalde, hacerse el sueco equivale a sufrir mareos y arrestos estomacales; sin el menor pudor, esquiva los argumentos adversos expectorando como un tuberculoso. Pero a veces sus males son auténticos. Ésta fue una de ellas. Me acompañó rumbo a la puerta, con pasos débiles, y al posesionarse del picaporte soltó una ruidosa flatulencia. Curioso que un cuerpo tan enjuto hiciera tanto ruido. Habló de análisis molestísimos:

–Me han metido tubos en todas las verijas. Hoy en la mañana me hicieron una rectoscopia; un sablazo a traición –intentó sonreír, pero una nueva serie de pedos lo obligó a cerrar la puerta; señaló el expediente que me había dado–: este pendejo se cree muy salsa porque se equivoca en latín. Écheme una manita con él –y me tendió una mano temblorosa.

La clínica fue diseñada como un paradigma de modernidad. Sin embargo, pocas cosas son tan pasmosas como la modernidad *detenida*. Quince años bastaron para que Suárez y Ugalde fueran incapaces de hacer frente a un mundo avasallante, donde lo nuevo sólo dura unos minutos. A veces, al ver las instalaciones de nuestros laboratorios, pienso en los días remotos en que eso fue innovador. Lo moderno no es otra cosa que lo que inventamos mientras estamos vivos, y de algún modo sobrecogedor esos muebles, esos aparejos, recuerdan las iniciativas arriesgadas de alguien que vivió hace varias décadas. Es cierto que se han seguido adquiriendo equipos, pero Suárez y Ugalde ya no los conocen en detalle. De hecho, toda la cúpula de la clínica parece regirse por un reloj vetusto. A sus setenta y cinco años, Suárez se conserva mucho mejor que Ugalde; sin embargo, según él cada año que pasa vale por siete: «¡estoy envejeciendo en años perro!», dijo en la última junta a la que asistió, hace ya un par de meses. En los departamentos especializados tampoco reina la juventud: los jefes de Glaucoma, Estrabismo y Córnea tienen edad suficiente para haber extraído cataratas con erisífaco y aun con pinzas.

F. pasó aquí la noche. Llegó tardísimo, después del cierre del periódico. Vi su silueta recortada en la ventana; al fondo, la raqueta luminosa despedía pelotas hacia la noche.

Sé muy poco de F., pero esta noche olía distinto, un olor agrio, almizcloso, que hubiera sido desagradable en una tela, tal vez incluso en otro cuerpo, pero que en ella tenía un efecto turbador. ¿Por qué las sensaciones más arrebatadas están al borde del asco? Dejó un olor salino en las sábanas, delicioso. También un recado en el plato de cereal. Se va a uno de esos desiertos primordiales donde ocurren las ferias artísticas. En alguna ocasión me mostró las fotografías que toma para la sección cultural; su periódico se imprime en una tinta tan inestable que dura menos en el papel que en las manos del lector, todo cobra un efecto de ectoplasma y daría lo mismo que no enfocara. Retrata a pintores con nombres de reputaciones: Modesto, Fortunato, Narciso.

La conocí en la clínica. Llegó con los ojos irritados y me escuchó con la atención excesiva que suscitamos los médicos y que me hace sentirme mejor. Sé que me engaño, pues los pacientes me oyen por vanidad, para enterarse del mal que sólo ellos pueden padecer. Solté unos latinajos y F. se alzó de hombros. Tiene varios agujeros en la oreja izquierda, como si en otra época hubiese llevado cinco aretes. Me pidió usar el baño y cometí el error de entrar después que ella. No podía haber futuro en un contacto que empezaba oliendo la descomposición del otro. Sin embargo, unos minutos después penetraba en su cuerpo y me veía en sus ojos infectados. Ella hizo algún chiste cariñoso sobre mi tratamiento médico, y desde entonces no deja de caer por el departamento. Sus caderas estrechas, su ropa interior de pésima calidad, su entrega sin palabras, su renuncia a buscar destinos comunes, me producen una excitación física que creí que ya no viviría. Luego me sumo en una espesa depresión. No es raro que me acerque a los cuarenta como un desastre para la vida en pareja.

A las cinco y media el despertador me sacó de un sueño borroso. F. ya debía de estar en el autobús de prensa, en el altiplano donde las chimeneas de las fábricas empiezan a mezclarse con los nopales y los magueyes, el cielo ensangrentado por el alba.

Encontré un cabello cobrizo en la cama. Un cabello muerto, lastimado por el permanente del que tanto se queja F. (ignoro cómo era su pelo antes). Se rompió cuando me lo enrollé en el dedo.

Parece mentira, pero Lánder dedicó dos horas a discutir la legitimidad del bacalao:

–¡Si esto es bacalao yo soy Godzilla! Se nota a leguas que no es pescado de agua fría. ¡Mira nomás! –señaló un trozo marinado en una salsa de origen aún más dudoso.

En los viernes de La Rogativa un letrero oferta tortas de bacalao legítimo y Lánder Ugartechea se come tres para refutarlo.

–Déme otra –le gritó a un cocinero impasible, un ídolo petrificado tras el vapor rico en cebollas.

Si a Lánder le inquieta el origen del bacalao, a mí me gusta tener en mi plato alimentos de procedencias invisibles; hay algo liberador en comer un pollo que no has visto crecer en tu azotea.

No tuve que contradecirlo para que siguiera argumentando. Lánder tiene ascendencia vasca; es la única persona que conozco que come una torta para aclararse la mente. De cualquier forma, nada mitiga su ansiedad: vive como si debiera estar en otro sitio.

Mastiqué infinitamente un tentáculo. Los viernes pido torta de pulpo sólo porque no puedo pedirla de lunes a jueves; siempre acabo renegando de los bocados indestructibles y de no aprovechar que la vigilia de La Rogativa sea tan plural: también los viernes el chorizo y la pierna adobada sahúman la estatuilla que preside el local.

–¿Ya no quieres? –Lánder se hizo cargo de mi último bocado.

Me sentí indigesto, cobré consciencia de nuestros 2.200 metros de altura, de mi presión sanguínea a 180 y mi ocular al borde del glaucoma. En cambio, mi amigo parecía capaz de hablar con la enjundia con que se despierta a golpear pelotas de frontón. Sin embargo, como las mesas contiguas estaban ocupadas por gente de la clínica, bajó la voz:

–Ayer hablé con Ugalde.

–Yo también, me encargó que leyera un bodriazo de Iniestra.

Lánder se acercó más. Sentí su aliento caliente en la oreja. Su noticia olió a aceitunas:

–Eres *el preciso.*

El pasmo digestivo se me acentuó al ver aquellas manos de cirujano en busca de más migajas bajo el papel estraza. Aun así, las palabras causaron su efecto: sentí un escalofrío en el espinazo.

–¿Qué dijo Ugalde? –le pregunté.

–¿De ti? Nada. Se la pasó elogiando a todos los demás. A mí me echó flores suficientes para que no me ofenda cuando sepa que no soy el bueno. No hay duda: eres el cincho –fue como si estas palabras le dejaran un sabor ruin: tomó un trago de Sidral, hizo buches descarados–. ¿Cómo la ves?

Bebí un trago largo, denso. Vi las moscas en el cielo raso verde.

Pensé en el antiguo jefe de Retina. El doctor Vélez Haupt era un tipo cauto, vaporoso, que trabajó sin estorbarnos ni enseñarnos gran cosa y sólo pesó en nuestras vidas al dejar vacía la jefatura. Una mañana, a las 9 en punto, después de dos operaciones, me tendió la mano. Se iba a trabajar a Houston. De esto hace dos meses. «¡¿Que ya no hay médicos patriotas?!», exclamó Ugalde, el único capaz de vincular a los ojos con la patria; Suárez se limitó a bromear sobre los «cerebros mojados» que cruzan el río Bravo; lo cierto es que nadie pudo despejar el aire de incomodidad: somos los cirujanos peor pagados del país. Mis compañeros de generación se han mandado hacer palacios, viajan en enormes coches cromados, rezuman el poderío de trasplantar riñones y extirpar tumores. En el último almuerzo de generación, Sara Martínez Gluck y yo quedamos en ridículo: se habló de catamaranes y tuvieron que explicarnos que no se trataba de un nuevo instrumental sino de veleros fondeados en Valle de Bravo.

La vida sin veleros es perfectamente tolerable para alguien de San Lorenzo. A veces paseo por nuestras calles, me llega un viento fresco y pienso en un flujo bueno y oculto, como un río inasequible. Aquí el agua es cosa de imaginación y hemos pasado una Semana Santa con los grifos secos. Los éxitos de los colegas parecen fabulosamente remotos. De cualquier forma, como dice Sara, la salida de Vélez Haupt «nos pudo mucho». De repente, el tipo que opera en la plancha de al lado se alza con miles de dólares (nos mandó una foto instamátic de su nueva casa, rutilante, como si llevara diez segundos de construida). Durante mucho tiempo Suárez pudo vender con éxito la idea de que trabajar con él era un privilegio superior a cualquier sueldo, pero el país cada vez nos resulta más próximo y jodido. La foto de Vélez Haupt llegó como un anticipo de ciencia ficción: desde ese refugio oxigenado espera nuestra asfixia; regresará a visitar una ciudad muerta, los cadáveres de bata blanca en el vestíbulo de los gases nobles.

–Qué, ¿vas a aceptar? –me preguntó Lánder–. ¿Te atreverías a decir que no? Todavía te tengo así de confianza –sus dedos produjeron un espacio en el que cabía una migaja.

Lánder desprecia tanto a los médicos cazafortunas que no podría vivir sin ellos; necesita el enfrentamiento, la diaria comprobación de que hay personas peores. Sin duda, su indignación es más deportiva que ética: compite por un odio bien ganado. Cuando regresó de Boston, con un posdoctorado en el estuche de sus raquetas, lo primero que me dijo fue: «¿Ya viste que Ampudia es oficial mayor de Salubridad?» La noticia de que Vélez Haupt se iba a Houston lo hizo feliz, le dio un motivo de ira que dos meses después aún conservaba su carga voltaica: me miró con los ojos alumbrados con los que se despidió de Vélez Haupt.

—¡Pero si soy el más nuevo en Retina! —protesté.

—¡Por lo mismo! —uno de sus recursos favoritos es contradecir afirmando—; Ugalde es un cabrón, no conozco a nadie más ventajoso, después de saludarlo tienes que contarte los dedos. ¿No te huele raro que haya ido a decirme que soy lo máximo? Lo mismo hizo con Briones y Ferrán. Lo que pasa es que está demasiado cerrada la competencia y tiene que escoger a alguien débil para ahorrarse broncas. Además, tú eres de San Lorenzo.

—¡No mames! ¡Si no es una diputación!

—Como si fuera. No eres el mejor, eres el único viable. En el país de los ciegos, el tuerto es oculista.

—Gracias. ¿Y Suárez qué pitos toca?

—¿Crees que le importa un pinche jefe de sección? ¿A un Premio Nacional, a un medallista Príncipe de Asturias, a un Albañil Honorario? Niguas. Además, hace semanas que no se para por la clínica, debe tener otras preocupaciones.

—¿Y Briones y Ferrán qué dicen?

—Están indignados, pero te prefieren a ti que a mí. Como ves, Ugalde no es tan pendejo.

—Mientras no hable conmigo... Ayer no me dijo nada, ni siquiera quiso perdonarme la relación de partes... —me interrumpí: el trabajo de Iniestra, la confesión de sus achaques y de que la clínica necesitaba ajustes, ¿eran señas de que ya me veía en el cuarto piso?

Lánder pasó los dedos sobre su pelo castaño, con energía, como si quisiera activar la circulación del cuero cabelludo. Tiene un corte en gajos que tal vez sea moderno. Agitó la cabeza. Estaría lleno de tics si repitiera sus movimientos, pero siempre encuentra otro modo de descargar los nervios: se alza un calcetín, se alisa la corbata, reta a un anestesista a unas «vencidas», golpea un casillero. Sara espera que algún día sus manos se desfoguen en ella, pero Lánder es capaz de inventariar a golpes todos los objetos de la clínica antes de asir esos pechos que, dicho sea de paso, no me parecen nada mal.

Se oyó un trueno a la distancia. Lánder me miró de frente:

—Al contrario, mano, no hay seña más clara: eres el único al que no le ha mencionado el tema. ¿O no? En este caso la ley de exclusión funciona al revés: estás dentro.

—¿Y alguien de fuera?

—¿De otra clínica? Para nada, hay que demostrar que «somos un semillero, una escuela de médicos» —imitó la voz del Maestro.

En eso la tortería se ensombreció, un vendaval desperdigó las servilletas. Lánder pidió la cuenta.

—Yo pago —bloqueó mi cartera con un palmazo seco—. Hay que celebrar tu exaltación al cuarto piso.

Estaba eufórico. «¡Otro que muerde el polvo!» No hay situación que goce más que la de un médico a punto de corromperse, y si se trata de un amigo, mejor, pues lo toma como una afrenta personal. En sus ojos no había nada como «sálvate que aún es hora» sino una invitación al fango, a ser otro enemigo meritorio. Luego dijo algo sobre una niña recién operada y se lanzó a la calle, donde ya caía una lluvia oblicua.

Lánder es uno de esos amigos que uno tiene a pesar de sí mismos. Su carácter está más allá del psicoanálisis, la meditación trascendental, el café sin cafeína, las pulseras iónicas que le quiso vender Iniestra. No hay forma de matizarlo. Ni siquiera su mujer, una sonorense de lumbre, de 1,75 de estatura, ha podido reclamar grandes triunfos. Su cerebro está dividido en una sección de grasas finísimas y células supercalificadas que lo convierten en un médico genial y en una zona de desastre de la que proviene su concepción del prójimo.

El agua golpeó su bata, la espalda que revela mucho frontenis; avanzó como un sólido centauro mientras los timoratos tratábamos de no mojarnos. Las mesas más cercanas a la acera fueron desalojadas, alguien sugirió que bajaran la cortina de metal. La lluvia cayó con tal estruendo que agradecimos el encierro. Sólo quedó abierta una pequeña ventanilla; el cocinero impasible se instaló como vigía.

Luego de un rato me asomé a la ventana. Me renanimó el rocío fresco. Al otro lado de la calle, la gente se apretujaba en un umbral. El tráfico era milagrosamente inexistente. Un mesero caminaba por la calle vacía, iba despacio, el pelo embarrado a la cara y un periódico inservible en la bolsa trasera, el agua percutía en su charola; parecía obedecer una disciplina enloquecida, ¿cómo explicar que en medio de la tormenta no tomara la bandeja con ambas manos? Tal vez era el mismo que solía ir al consultorio de Suárez. El Maestro jamás abandonaba la clínica para comer y se hacía llevar guisos que delataban un estómago de hierro. El doctor Ugalde, que padece toda suerte de disfunciones intestinales, no deja de repetir un dicho: «Más mató la cena que sanó Avicena». Suárez, en cambio, es un optimista estomacal. Detesta a los vegetarianos; los hombres que se someten a dietas le parecen no sólo incompletos, sino peligrosos.

Regresé a mi silla y alguien me tendió una servilleta de papel. Mientras me secaba rechacé dos o tres cigarros; el lugar se animaba con gestos solidarios, la rápida intimidad de los atrapados: las mujeres intercambiaron espejitos y un gor-

53

do que nadie había visto sacó unos naipes. De algún modo, acabé sentado en una mesa de dominó.

Por lo general, la gente del dominó no tiene prisa, es una forma de sentarse por años, el ruido manso de los casados. Es curioso ver solteros en las mesas, y cuando se sientan lucen tan faltos de práctica como yo. ¿De veras podía ser el jefe de Retina? Tal vez Lánder sólo quería probar si sigo siendo un amigo interesante, es decir, corruptible.

Él está descartado para el puesto: ¿quién soportaría a un jefe que no sólo en una ocasión ha abollado los casilleros con la cabeza?

Pensé en mis otros oponentes. Briones es un médico optimista; sus diagnósticos parecen una alegre invitación: «¡Tenemos una papila edematosa!, a echarle ganas, mi amigo». Si el paciente trata de indagar se encuentra con una sonrisa hermética. Briones da palmaditas en la espalda, come todas las galletas que le ofrecen y ha logrado que los efectos secundarios se borren de su mente.

–¿Puedo fumar, doctor?

–¡Si no está aquí por enfisema! A ver, convídeme uno.

Es el médico ideal *antes* de la operación. El edema del nervio óptico puede ser un indicio de tumor cerebral, pero él es todo sonrisas y dedos manchados de azúcar glass hasta que regresa al cuarto a decirle al paciente que tendrá que seguirle echando ganas en oncología.

La jovialidad de Briones parece determinada por su misma fisonomía; es un calvo tranquilo, de párpados semicaídos, recién salido de una siesta benéfica; tiene una nariz protuberante, gotosa, como la de Pablo Neruda; no puede haber agresividad en alguien tan dispuesto a olfatear, a degustar, a encontrar maravillas lentas. Jamás pone un pie en La Rogativa; dispone de una mesa fija en el restorán de los gallegos. Es bueno hablando de comida; en sus labios, una alcachofa es algo episódico, una historia intrincada y carnosa. Me sorprende, eso sí, que tenga tan mal pulso. Sé que muchos médicos incapaces de abrir el celofán de unas galletas son espléndidos cirujanos, pero en él la torpeza llega a niveles monstruosos: acomete la alcachofa con dedos vacilantes, como si tuviera que desactivarla.

Ferrán, en cambio, es un hombre reconcentrado, de facciones y gestos económicos; escucha con expresión tensa, tanto que los pacientes se alarman de ese rostro que es un espejo indiscreto del diagnóstico. Si alguien dice «se me nubló la vista, oigo un zumbido», el entrecejo de Ferrán se hunde en tal forma que resulta redundante hablar de tumores. Anuncia los riesgos de la operación con tan fría objetividad que el resultado siempre parece venturoso. Al quitar las vendas recibe los mismos regalos que Briones al diagnosticar.

Una de las cosas que más admiro en Suárez es el adecuado patetismo con que trata a los enfermos. Si Briones enfrenta la ceguera como una bagatela y Ferrán como un destino virtual, él la toma como un enemigo valioso. Las palabras resueltas que dirige a los enfermos sólo se pueden definir de manera contradictoria, como si la enfermedad fuera una tragedia con un fondo noble, digna de respeto. Nunca le he oído ningunear un mal.

El carisma rara vez se asocia con personas extremadamente altas y delgadas; la intensidad de carácter se diluye en la extensión. Sin embargo, Suárez no es una de esas lánguidas siluetas que van por la vida golpeándose en los quicios de las puertas. Hay algo compacto en su elevada constitución, una fuerza que impone silencio cada vez que entra a un cuarto (cuando sale la impresión es aún más profunda: no he sentido nada similar al repentino vértigo de una habitación sin Suárez).

Siguiendo una de las más curiosas manías de Barraquer, abrió mirillas en los quirófanos para que los familiares atestiguaran el curso de la intervención. Hace años fui su asistente. Terminada la operación, me presentaba con los familiares «para cualquier duda», y volvía al quirófano. Los peores momentos de mi vida han transcurrido ante esos ojos expectantes que me miraban como si fuera Suárez, es decir, el destino. A sus setenta y cinco años no ha perdido esa apostura eléctrica, esa manera de hacer que todos los presentes entren en tensión.

–¿Qué mosca te picó? –me preguntó mi compañero de dominó al ver que liquidaba su juego a seises.

–Perdón, se me fue el santo al cielo.

–¡Úchale, pero de vacaciones! No das una. Date de santos que todavía no estás en Retina. La raza espera mucho de ti.

Los demás asintieron. Era increíble que estuvieran al tanto.

El vestíbulo estaba lleno de hules y periódicos mojados.

Una de las maniobras más publicitadas de Suárez es el viernes de consulta gratuita. Ese día me la paso eructando pulpo y viendo pacientes que necesitan otros hospitales. Quien desconozca la miseria del país debe darse una vuelta el viernes. Atendí a una mujer con una llaga de herpes en la boca y a otra con hematomas en todo el cuerpo: el marido la golpea con un ladrillo y le apaga cigarros en la piel. Le recomendé que hiciera una denuncia. Habló de sus hijos, lloró despacito.

El México de tierra adentro emerge en nuestros pasillos y nos deja cajas de cartón amarradas con mecates; adentro hay guisos y bordados típicos de muy lejanas rancherías.

El edificio chorreó agua toda la tarde. En algún momento me asomé a ver la ciudad gris y humedecida; muy a lo lejos, en un punto del horizonte donde tal vez estaban los volcanes, relumbró un rayo verde.

Coloqué la cartilla de lectura para analfabetas. Fue inútil preguntar «¿dónde está la puertita?». Como de costumbre, la gente del viernes había esperado a tener catarata total para atenderse.

Después de una endoftalmitis salí al pasillo. La comida se me había consolidado en el estómago. Necesitaba caminar.

El diseño de los corredores tiene algo quirúrgico; al recorrerlos me vienen frases memorizadas hace años: «la órbita y los senos cavernosos, la córnea esférica, el trazo vertical fuera de foco...». Llegué a la sala de espera de los laboratorios; tres mujeres leían a la luz de unas lámparas de pantalla poliédrica. Este sitio me da la impresión de que estamos bajo tierra, un cuarto de planchas sólidas, hecho para resistir la presión telúrica.

Caminé por El Emanado hasta encontrar una forma vaga, un bulto envuelto en harapos, del que salía una mano tumefacta, casi morada; un cuerpo inmóvil, vencido por el cansancio. No advertí la menor oscilación en esa tela que parecía hecha de un costal. Está muerto, pensé, y no hice nada. Seguí ahí hasta que un dedo se movió; allá adentro circulaba la sangre. Agradecí ese gesto; resoplé hondo, podía volver con los demás.

Pasé mi residencia en un hospital destartalado donde enyesé más huesos de los que puede soportar un oftalmólogo; a falta de camas atendíamos en los pasillos; me desesperaba recibir enfermos que más que un médico necesitaban a San Martín de Porres, pero con el tiempo aprendí a admirar a quienes se hunden en la enfermedad sin chistar. La semana pasada, un chontal estoico soportó siete inyecciones faciales sin mover un músculo. ¡Qué distinto de los ejecutivos que sacan su agenda en busca de una cita que posponga la operación! Con los niños la diferencia es todavía mayor. En las tardes del viernes he visto miles de cataratas traumáticas; los niños cegados por golpes y pedradas aceptan con calma las molestias que les impone el hospital. Con los niños «decentes» el problema empieza desde el nombre; tengo que decirles «Yoyelio» (por Rogelio) o «Chequito» (por Sergio) y fingir que no me molestan sus juguetes estruendosos ni sus exigencias de gelatinas de sabores imposibles. Los niños de San Lorenzo son un intermedio, ni dignos hijos de una tribu ni tiranuelos con juguetes de pilas.

Este viernes hubo un acuerdo entre el clima de fuera y el de dentro: glaucomas, cataratas y una lluvia tensa, dispuesta a disolver el edificio.

Al filo de las siete Conchita llamó a la puerta. Me presentó a cinco jóvenes con trajes encogidos por la lluvia o rentados en tallas equivocadas. Me entregaron un trofeo con un ciclista en miniatura y un jersey azul y oro. Habían decidido que sólo hablara uno de ellos, un tipo con labios de trompetista:

—Le trajimos el trofeo de Campeón de Montaña. Celestino lo hubiera ganado en la ruta México. No es muy buen «pasista» pero en la montaña es el número uno, o hubiera sido, mejor dicho.

—¿Y quién ganó?

—Un ruso. Ésta es una copia, lleva menos oro —se ruborizó y los otros cuatro sonrieron.

—¿Por qué no se la dan a Celestino?

—Tratamos. No quiso. Nos pidió que se lo diéramos a usted, con todo respeto y cariño.

—Pues muchas gracias, hombre, además también fui ciclista.

Se miraron unos a otros; parecieron calcular mi edad.

—¿Usaba pedales de correa? —preguntó el vocero, con prudencia, como si no quisiera subrayar que yo había pedaleado en una escuadra sumida en la noche de los tiempos.

—¿Hay de otros?

—De candado —sonrieron, afectuosamente, como lo hubiera hecho yo si Barraquer se apareciera en la clínica a operar con erisífaco.

Cinco fuertes apretones me dejaron la mano olorosa a manubrio. Los imaginé pedaleando en sus trajes a punto de reventar.

Conchita entró al consultorio apenas salieron los ciclistas. Uno de ellos había posado su mano en las nalgas forradas de un grosella fluorescente (la palabra «nalga», por supuesto, nunca saldrá de su boca: cuando llegó a la clínica decía «pompis», ahora dice «glúteos»).

—Mire nomás, doctor —señaló una mancha grisácea en la tela—, unos léperos —pidió que la viera como si yo fuese indiferente a esa perfección.

Nunca entenderé el alma de Conchita; pasa horas frente al espejo hasta quedar como un fogoso ángel de la noche y exige un trato de beata. En algún momento de soledad y desesperación estuve a punto de afianzar el escote henchido que invita a desfibrarse al más leve rasguño. Por sus facciones y su pelo quebrado en bucles, Conchita parece una versión suave de Luis XIV. El cuerpo es otra cosa, un trabajo de grasas muy especializadas. Ella lo sabe; se viste con ropa que casi le corta la circulación y debe dejarle deliciosas marcas rojas en la piel. Seguramente es virgen. Tiene un novio delgadito que no se vería mal en un trío de boleros; solo, como que no se da abasto, como que le faltan segundas voces.

Conchita vive con paredes de cristal, quejándose de que la descubran tan íntima. No era difícil ponerse de parte de los ciclistas; además, en mis tiempos de recadero yo también tuve mi cuota de nalgas tocadas a velocidad.

Conchita se despidió. Vi a una viejecita que apenas hablaba español y se valía de una sobrina con una piel destruida por la avitaminosis (le regalé unas ampolletas de complejo B-12 que ya no le servirían de nada). Las noches del viernes sueño con una caravana famélica que se detiene en el desierto. Yo reparto rodajas de zanahoria en las bocas abrasadas, inútiles óbolos de vitamina A.

Me asomé a la sala de espera: un olor a terminal de autobuses, cáscaras de cacahuates, un gastadísimo ejemplar del *Libro vaquero.*

Volví al consultorio. Las horas de lluvia son buenas para sesgar los pensamientos al pasado. Por desgracia Lánder llegó a verme. Un espejo ocular brillaba en su frente:

—¡Pícale, maestro: Briones está en el pasillo! —tenía una expresión tan desencajada que obedecí en el acto—. Fíjate en su cuello y las palmas —musitó cuando llegamos al elevador.

—¿Qué tal, muchachos? —Briones nos recibió con su sonrisa de siempre—, ¿qué me cuentan?

—Aquí nomás, doctor.

Entramos al elevador, una caja metálica provista de luz dorada que se condensó en la frente de Lánder. Luego vi las palmas enrojecidas, las arañas vasculares en el cuello, un tinte amarillento en los ojos de Briones.

Salimos. Briones se despidió con un apretón suave y prolongado.

—¿Le viste las palmas hepáticas? —me preguntó Lánder, mientras caminábamos al estacionamiento—. Un cirrótico perdido.

Llegamos al coche de Lánder. Al fondo vi una sombra rápida, una ráfaga atlética que sólo podía ser Irving de Vries, el anestesista negro que jugó futbol americano y ahora es el brazo derecho de Ugalde. Curioso que entrenara en el estacionamiento.

Un reflejo, venido de sabe Dios qué sitio, relumbró en el espejo que Lánder conservaba en la frente. El vasco miró su reloj. Como de costumbre, tenía que estar en otra parte. Viviría mejor si la medicina fuera una actividad portátil que le permitiera operar en los elevadores.

—Ahora que me acuerdo —bajó la ventanilla—, un día desayuné con Briones después de operar: pidió un Sidral, dijo que iba a hablar por teléfono ¡y se llevó el vaso! Seguramente le cambió el contenido; cuando alguien desayuna con un refresco color whisky hay que ponerse abusado, pero a mí se me fue la onda hasta que lo vi hoy en la tarde. Llevaba unos lentes oscuros de líder sindical. Entonces que le veo las manos y de pendejo digo «qué manos tan rosaditas».

–¿Y qué te contestó?

–Crema Nivea –Lánder rió con fuerza–. Me voy. Tengo partido. Briones está jodido. Eres el preciso –sonrió con dientes fuertes, hostiles.

Había huellas de zapatos tenis en las manchas de aceite. Irving de Vries, seguramente.

–«Crema Nivea» –repetí, en voz baja, mientras Lánder alcanzaba la rampa de salida.

Pasé un rato con el ciclista Celestino. Lo encontré feliz de la vida. Hablamos de bicicletas, cocteles con mariscos, cualquier cosa. Me ofreció unos caramelos de importación que le había fiado Iniestra. Salí del cuarto contento de ver a alguien tan dispuesto a maravillarse con la sopa de tapioca y las curvas de las enfermeras. Sin embargo, en un recodo de El Oculto, mi humor cambió de golpe. Vi a Mónica, recargada contra el muro negro. Un arbotante cromado, con pantalla en forma de abanico, esparcía una luz que difuminaba sus facciones. Tenía un cuaderno apretado contra el pecho, los ojos cerrados. Si dormir implicara un esfuerzo enorme, diría que estaba dormida.

Debe de tener un oído superfino, pues advirtió el paso de mis zapatos de goma. Abrió los ojos. Sopló hacia arriba, alborotando un mechón castaño. Me hubiera conformado con averiguar el color de sus ojos, pero ella alzó el cuaderno, como si consultara algo a la luz del arbotante.

—Adiós, doctor —dijo, con voz alegre, parapetada tras su cuaderno.

La volví a encontrar al día siguiente, en la Planta Baja. El doctor Iniestra le contaba algo que le daba risa. Fueron interrumpidos por un mensajero que le entregó un telegrama a Iniestra (¡qué capacidad de ocuparse de tantas cosas ajenas a la medicina!). Maldije la obligación de leer su informe. Mónica se me acercó «para rectificar un dato». Hojeó su bitácora pero no encontró lo que buscaba:

—Luego —me dijo.

Unas horas después Lánder me comentó que también a él le había aplicado el cuestionario:

—No está mal la flaquita —la mirada del vasco tenía un brillo molesto: la flaquita no estaba mal *para mí*.

Su observación me dolió porque tenía un fondo cierto. Mónica era una muchacha huidiza, evaporada, que podía afectarme a mí y pasar inadvertida para quienes llevaran vidas más entreveradas.

Esa tarde recorrí la clínica en todas direcciones. No la encontré. Por un momento la confundí con una muchacha cansada de esperar en el vestíbulo de los gases nobles. Tenían mucho en común y sin embargo aquella mujer era horrenda. Decidí que Mónica no me gustaba.

En la tarde corrió el rumor de que Suárez estaba enfermo; luego llegó un contrarrumor, alguien había leído un cable de Australia —le otorgaban otro *honoris causa*—; más tarde se dijo que estaba en un balneario, reponiéndose de una sobredosis de trabajo. Curioso cómo operan los rumores; una vez desatado el primero, se teje una red, oscura e insondable, como los ductos que recorren el edificio y sólo se manifiestan en la rejilla de la que sale un viento leve.

Por ahí de las ocho tomé la precaución de no creer en

nada (ya no quise escuchar al colega que llegó con «más noticias»); lo único importante era que la ausencia de Suárez duraba lo suficiente para inventarle numerosas causas.

Llegué a mi departamento con una confusión absoluta; ¿tenía razón Lánder?; si me hacía cargo de Retina, ¿estaría más cerca del Maestro? Ningún programa nocturno logró aburrirme. Tomé un somnífero y caí en un sueño demasiado vivo, sólo hacia el final desemboqué en una región que conozco de otros sueños y no acaba de gustarme: otra vez los helechos, las hojas serruchadas a punto de tocarme con una fragilidad insoportable.

Desperté empapado en un sudor frío. Había olvidado cerrar las cortinas: las pelotas de neón cruzaban la noche. Tal vez sueño tanto con el *Tenista* por la ominosa presencia de la fábrica.

Todo esto empezó hace muchos años, en casa de Carolina, la única amiga que tuve en la infancia, aunque «amiga» es un término desdibujado: Carolina era una especie de deidad terrible que me hacía sentirme bien hundiéndome la cabeza en un estanque.

Su casa era de las pocas con jardín en la colonia. La reja con lanzas de flor de lis y las columnas un tanto ridículas para un segundo piso sin balcones le daban un equívoco aire de mansión solariega. Ahora, el jardín se ha vuelto un desorden amarillo donde despunta el manubrio oxidado de un triciclo.

La casa pertenece a la época en que San Lorenzo era un puesto de diligencias en las afueras de la ciudad. No sé qué propósito artístico o de entretenimiento (se rumora que fue un burdel) llevó a plantar una estatua en medio del jardín, un hombre joven, desnudo, tallado en una piedra violácea, porosa y húmeda, que hace pensar en una eterna pulmonía.

El sexo fue cortado de cuajo; del manchón blancuzco en la entrepierna se desprendía un polvillo arenoso que llamábamos «caspa» y recogíamos a la altura de los pies. Lo más curioso eran las manos, la derecha en la espalda y la izquierda hacia el frente, formando un puño demasiado débil para insinuar un propósito. Sólo sabíamos que era zurdo y que le habían sacado algo de la mano. Nos parecía estúpido que ahí cerca estuviera la fábrica: todos los días salían miles de raquetas y ninguna iba a dar a la estatua.

Una rotonda de helechos rodeaba al *Tenista*, plantas enormes, más altas que nosotros. Ahí, Carolina se desvestía y me pedía que la mirara. De la ventana de su casa llegaba el rumor de «Peregrina». No sé si es la única canción que tenían o la única que recuerdo, pero ese momento, más cercano al temor y al asco que al placer, estará siempre asociado a la trémula melodía que penetraba entre las hojas serruchadas hasta el refugio donde yo tocaba un lunar que resultaba ser una cochinilla

Carolina era una niña sucia, de uñas negras y rodillas peladas; la bolsa marsupial de su vestido estaba llena de piedras y caramelos chupados; le gustaba comer cal, atrapar insectos en un frasco de Nescafé, robar monedas de una caja de galletas con la efigie del Quijote y preparar un jugo de pasto en el que muy probablemente se orinaba (yo lo bebía deprisa para no averiguar si también sacrificaba al insecto de más patas). Hubiera hecho cualquier cosa por ella, por estar cerca de su risa vidriosa, del pelo castaño pegado a las sienes por el sudor.

De chico pensaba mucho en el futuro y el de Carolina me parecía inmenso; me bastaba oír la risa con que me responsabilizaba de las tachuelas que había puesto en el pastel de tres leches para saber que le iban a pasar cosas, cosas rápidas, ruidosas.

Muchos años después, al ver el vestido untado al cuerpo húmedo de Lucía, el sexo se convertiría en algo dolorosamente lejano. Con Carolina era un juego aburrido que hacía que llegara a mi casa lleno de tierra.

Al tocar el timbre, los dedos cuarteados de polvo, ya podía oler el trapo con alcohol que mi madre me metería en las orejas.

—¡Jesús bendito! ¿Pero qué hacen?

A veces Carolina me tapaba las orejas, a veces la tierra encontraba su camino. Después de la friega quedaba tan irritado como el santo patrono. Me tendía en el sofá de la sala, tan exhausto que no pensaba en buscar alfileres (ahí era donde mi madre justificaba el letrero que había puesto en la ventana: SE VISTEN SANTOS Y SE ALZAN BASTILLAS); tenía la boca reseca de tanto escupir en las manos de Carolina, pero ya estaba muerto para ir por vasos de agua. En la madrugada despertaba pegado al hule del sofá, iba a la cocina, bebía del grifo y luego paseaba por la casa a oscuras, escuchando las respiraciones acompasadas en los dos cuartos de arriba, el de mis padres y el de mis hermanas. A veces encontraba una hojita de helecho sobre los plátanos de porcelana o una raíz de pasto, larga y erizada, entre los presuntos mameyes que sostenían las servilletas de papel. Las recibía como mensajes de Carolina.

Mi padre esperaba otra clase de noticias, las corcholatas que desenterraba en el jardín de Carolina:

—Éstos sabían a grosella —aquellos emblemas oxidados le recordaban sabores que ahora odia; no ha tocado un postre en treinta años y está seguro de que mi madre desayuna con Coca-Cola sólo para ofenderlo.

El jardín de Carolina ya tiene para mí la misma lejanía que los sabores dulces para mi padre. Sin embargo, de repente sueño con la rotonda de helechos, con la niña desnuda en el sol denso de la tarde, la hora en que el aire se llenaba de «helicópteros», esos moscos de vuelo fijo, tan pequeños que parecían desperfectos de la luz.

Entonces sé que soy la estatua, lucho por zafarme, por cerrar el puño, por desprenderme del asedio, y los helechos se mueren de risa.

Aunque la moda de cortar con tijera volvió hace años, Maximiano mantiene el letrero de ESCULPIDO A NAVAJA. Pasé junto a la peluquería y vi una mano rosa, agigantada por el cristal. Me asombró que me saludara con tal efusividad (ya no insulta a mi familia pero tampoco olvida el episodio del menonita).

Los años han vencido el cuerpo enfundado en la bata azul celeste que le conseguí en la clínica. Se acercó con trabajo; me ofreció una mano grande y reseca; sonrió y sus ojos se arrugaron mucho:

—¿Sabes de quién es esto? —señaló unas mechas en el suelo.

Me declaré incapaz de reconstruir una fisonomía por sus cabellos.

—¡De Julián Enciso! —exclamó, como si me ganara en algo.

Hace veinte años Julián era un tipo flaco, con una quemada en el cuello y un bigotito de hijo de puta que fascinaba a las mujeres. Me ganó suficientes partidas de billar para hacerse intratable y me pidió prestada mi colección de la revista *Balón* un día antes de irse a Tijuana. Vi las hebras de pelo como si adivinara una suerte; acababa de soñar con los helechos y ahora me encontraba esa huella de Julián, el primero que se llevó a Carolina a un cuarto de azotea.

—Deberías ver el auto que trae, un Grand Marquis de poca madre. Mira nomás qué propina —me mostró un billete de 100 dólares oloroso a loción.

—Debe ser *narco*.

Desde hace años los tejemanejes de Enciso son indefinibles. Viene poco a la colonia y su fortuna se ha vuelto legendaria, aunque no tanto como su sonrisa, abrillantada por el diamante que se incrustó en un incisivo. Todo mundo presume de haber estado presente cuando llegó a la ostionería La Jaiba Brava portando una botella de coñac y un anillo de calavera con ojos de lapislázuli. Estos lujos ya tenían algo acusatorio, pero aún había que ver a su acompañante: un capitán del ejército que cometió el error de quitarse los lentes oscuros; sus ojos vidriosos contaban demasiadas historias.

Julián ostenta su dinero en brillos y mujeres con cabelleras flamígeras, como un desafío para quien recuerde que se fue a Tijuana en calidad de mozo del galgódromo.

—Lo que son las cosas —dijo Maximiano, en tono filosófico—, la vida de rico a veces mata. Julián se ve jodidón. Por cierto que te anda buscando.

—¿Qué enfermedad tiene?

—No es por eso. Parece que tiene una cuenta contigo. Le dicen el 99. Son las vidas que debe. A lo mejor quiere cerrar la cuenta.

Alzó una ampolla de cristal; la miró como si contuviera un líquido fascinante:

—¿Que te van a ascender en la clínica? ¡Qué suerte tienen los que no se bañan!

—Tengo pacientes —me despedí sin darle la mano.

—Ahí me saludas a Julián.

El regreso de Julián me afecta menos de lo que supone mi antiguo patrón. Maximiano es de los muchos que piensan que debí casarme con Carolina.

En la infancia ella me confundió lo suficiente para llamarla «primer amor»; me hizo soportar incontables castigos con la autoridad que le daba saber tantas cosas molestas; por ejemplo que los suéteres de mujer se abrochan al revés y que el mío había pertenecido a Zoraida, Amira y Suraya. Con ella recorrí las calles que luego reconocería en la bicicleta de Maximiano. Nos gustaba llegar hasta la iglesia de la Virgen del Tránsito que da al único espacio de San Lorenzo que semeja una plazoleta, la cancha de basquetbol.

La cancha separa dos poderes. De este lado la iglesia, del otro la delegación de policía. Una buena cantidad de coches estrellados rodea el edificio de dos pisos, con terraza y balaustradas, que semeja el palacio de gobierno de una islita tropical. Los domingos, la cancha se llena de conscriptos insolados y perros dormidos.

Nunca me sorprendió que los jugadores de basquetbol fueran frenéticos bañistas. Al borde de la cancha, en un trozo de tierra que tal vez pertenece a la siguiente colonia, una caseta con vidrios rotos despedía fumarolas de vapor. Algunos jugadores se limitaban a lanzar un par de tiros descompuestos y entraban a las regaderas armados de trapos, zacates, jabones, piedras pómez, como si bañarse fuera un trabajo de pulimiento. A veces convencía a Carolina para acercarnos a las regaderas a oír los contundentes pedos y eructos que soltaban los bañistas. La caseta era una perfecta caja de resonancia y los ruidos cobraban autoridad propia. A mí me regañaban cada vez que soltaba un pedito discreto («una pluma», decía mi madre), pero estaba seguro de que me respetarían si fuera capaz de tamaño estruendo. A la edad de Ugalde, en cambio, los pedos vuelven a ser preocupantes: el derroche de los basquetbolistas en él es una pérdida.

A Carolina le gustaba más entrar y salir de los coches que habían ardido en llamas fabulosas. Se tardaba mucho buscando gotitas de sangre en las vestiduras. La seguía muy de cerca para que no me encerrara en una cajuela.

La cancha fue un paraíso de encestes anaranjados y tuercas excelentes hasta que revolvimos el montón de granizo que había sido un parabrisas y encontramos una uña. Supimos que era de mujer por el absurdo esmalte verde. Carolina lloró como nunca lo había hecho, incluso soltó los resortes que había extirpado de un asiento. Sus manos se apretaron en dos sólidos puños, la saliva le llegó a la barbilla.

La fragilidad de Carolina me pareció mucho peor que los castigos que me infligía. La seguí rumbo al atrio y sentí las miradas acusatorias de quienes salían de misa.

—Métete con alguien de tu vuelo —recibí un empujón que me dejó sobre unas flores polvosas.

Era un basquetbolista al que admiraba por sus resueltos encestes y acaso por sus pedos anónimos. Quedé en situación ideal de ser pateado pero el otro no quiso ensuciarse los calcetines blancos y pude alcanzar a Carolina afuera de la iglesia. Algo nos hizo entrar a la cavidad umbría. Nos acercamos a la pila bautismal. Los mocos ya alcanzaban la boca de Carolina.

—Tan siquiera suénate —le dije.

Se limpió con el vestido mientras yo sacaba agua de la pila. Cometí el error de olerla: empapé a Carolina.

—Pendejo —me dijo al ver el agua en su vestido. Su tono ya empezaba a ser el de antes.

Al salir vimos los coches junto a la delegación; el último sol les sacaba relumbres rojizos. Por primera vez pensé en las vidas fugadas como el vapor de las regaderas.

Llegué tarde a casa y mi madre me propinó unas bofetadas flojas, mucho más desagradables que las magníficas patadas que me ahorró el basquetbolista, pero preferibles al llanto en un coche donde una mujer había tenido uñas verdes.

Carolina volvió a ser la misma: tiranizó a sus compañeros de juego en días inolvidables. De cualquier forma, algo me hizo saber que el tiempo avanzaba. Un buen día me cansé de olerla en los helechos y de brindarle mi saliva para sus granadas de lodo. Fue una casualidad que yo estuviera junto a ella cuando sufrió otra crisis en la paletería.

En los días de calor, Carolina hablaba con un hielo en la boca, buscaba la forma de congelar el jugo de pasto y usaba el dinero sustraído a la caja de galletas para comprar paletas de coco o mango (se negaba a pagarme una anhelada paleta de arroz con leche). En una ocasión el dueño se descuidó, Carolina subió a un banquillo y lamió los rescoldos de helado. De pronto soltó un grito, un rugido gutural: su lengua se había pegado a la pared del refrigerador. Tuvieron que echarle mucha agua caliente; por fin la desprendieron y lloró frente a las sucesivas paletas de vainilla, chocolate y café que le ofreció el dueño.

—Me falta un cachito —dijo, y se palpó la lengua con los dedos.

El paletero se negó a descongelar el refrigerador pero nos regaló paletas durante un año. Sólo estas golosinas me mantuvieron cerca de ella; cuando se acabó el crédito dejé de frecuentarla.

A los quince años Carolina había dejado atrás no sólo su mítico trozo de lengua, sino algo de su encanto: ya no hacía pensar en un futuro atrevido y ruidoso; era una muchacha desgarbada, sin mayor chiste, que visitaba a mi hermana Amira para sacarle un manicure gratis. Su risa vidriosa no parecía un atrevimiento sino el ruido bobalicón de alguien conforme con todo. Yo deseaba mujeres opulentas, de pechos carnosos, como las de los calendarios que me hacían ir varias veces al día a la maderería del carpintero López. No recordaría el paso de Carolina por nuestra casa de no ser por su sugerencia de hipnotizar a Zoraida.

La primera crisis de mi hermana de en medio fue el berrinche que hizo cuando mi padre trató de poner una radiografía de Pedro Infante en la sala. A todos nos pareció una cuestión de franca obviedad que protestara contra ese engendro.

Mi padre lleva años alegando que Pedro Infante sigue vivo. La clave está en una placa de metal que llevaba en la cabeza, según lo prueba un recorte de periódico que sería alarmante si las fotos estuvieran enfocadas: dos cráneos con idénticas placas de metal.

–Sólo que ésta es de hace poquito –presiona los dedos sobre la segunda radiografía.

En realidad, mi padre es buen maestro porque no pudo ser locutor. Un genio de la XEW le dijo que su voz se oía demasiado «cruda» en el micrófono. Así, puso todas sus energías en narrar Historia; en su voz, los hechos de armas alcanzan una emoción deportiva; sus amigos le piden que cuente la magnífica picada de Juan Escutia enrollado en la bandera (acaso porque les recuerda un burlón guiso de mi madre, el *cadete envuelto*).

El caso es que Zoraida lloró hasta echar espuma por la boca y mi padre guardó la radiografía en la carpeta del Seguro Social donde guarda sus cosas de valor. Por desgracia, las crisis de mi hermana no pararon ahí.

El primer comunicado serio del desorden mental de Zoraida salió por la ventana: tomó la mano de maniquí que Amira usaba en sus prácticas de cosmetóloga y la lanzó con tal fuerza que pulverizó una hilera de jugos en el puesto de allá abajo. Los arranques se repitieron en los momentos más inopinados; de pronto se detenía entre dos cucharadas de sopa y gimoteaba hasta que un alarmante moco le llegaba a las rodillas.

Mi padre alardeaba de saber-golpear-a-sus-hijos. Nunca tuvo que perseguirnos por la azotea, espantando gallinas con la escoba en alto. Un par de bofetadas bien plantadas y asunto resuelto. Sin embargo, Zoraida se volvió indomeñable: abría la boca durante rato suficiente para contarle las incrustaciones y no había golpe que acallara sus berridos. Mi madre empezó a ir a la iglesia a pedir por ella. Se habló de mal de ojo, de té de boldo, de las siete potencias. El doctor Felipe mandó que le hicieran un encefalograma.

Vimos las misteriosas placas de celuloide en el dispensario del doctor. No había nada raro, o nada más raro que atisbar su cerebro.

—Si hay tumor es radioopaco –fue una de las pocas expresiones técnicas que le oí a Felipe–. Hay que observarla.

Cuando la mano de repuesto de Amira entró a la casa, tratábamos a Zoraida con esmero, buscando señas del tumor radioopaco.

Si de señas se trataba, las que encontró mi madre fueron imprevistas. Cada tercer sábado sacaba los colchones a orearse en la acera. Quiso la mala suerte que Zoraida olvidara una cajita con condones en el tambor de la cama grande que compartía con mis hermanas. El impacto de unas pastillas anticonceptivas hubiera sido mucho menor. Las crisis fueron atribuidas al sexo y a la ruptura de una relación que todos ignorábamos (el insidioso Maximiano me hizo ver que el menonita, a quien Zoraida le rentó medio refrigerador, llevaba algún tiempo ausente). No hubo amenaza capaz de hacerla revelar nombres, lo cual fue peor para su causa, pues imaginamos demasiados candidatos a quienes podía calzarle los condones.

Además, el pasmo tuvo repercusiones laterales: mi madre desvió su ira hacia Fernanda Burgos, una mujer que hace perfumes con colores de aguas frescas. En la época en que los primeros tranvías atravesaban San Lorenzo, Fernanda Burgos estuvo a punto de casarse con mi padre. Ahora vive de sus extraños perfumes y es madre soltera de dos gemelos que no se parecen a nadie y alimentan la maledicencia local. Nunca hemos tenido pruebas de que mi padre la visite, pero mi madre la llama el Segundo Frente, como si contara con todas las evidencias del caso. Los condones y la crisis de Zoraida le dieron la oportunidad de revivir un rencor que ya parecía sepultado. Amenazó con irse con sus tíos de Villa de Reyes y llevarse a sus hijos, a los meritorios, se entiende, entre los cuales estaba yo, aterrado de mudarme a ese sitio del que sólo conocía los incomibles quesos de tuna.

Acorralado, mi padre hizo la penitencia de dejar de fumar sus puros de los Tuxtlas. A las tres semanas un habano aromatizó la casa:

—¡De nada sirve que uno trate! —dijo, como si su sacrificio pudiera aportar algo más que un mejor aire.

Zoraida, tan reverenciada cuando el tumor era posible, se quedó tres días sin comer por llamarme «escuincle puñetero». El insulto me dolió por auténtico: el día en que el hombre llegó a la Luna yo estaba masturbándome en el baño, demostrando las limitaciones de mi especie.

Zoraida había conseguido sus orgasmos antes que yo y lo presumía con vehemencia, como si hubiera fornicado en mi contra. Empecé a mentir en mis confesiones al padre Vigil Gándara, pues intuía un castigo atroz para quienes sucumbieran a la lujuria, el tercer fuego que supo rechazar nuestro patrono (para mitigar mis pecados, no tragaba la hostia; salía de la iglesia con una papilla ensalivada en la mano).

Por lo demás, atribuirle una causa a los ataques de Zoraida no sirvió para curarlos.

Carolina, que no fallaba al manicure gratuito, propuso una solución:

—El problema es inconsciente —dijo, las uñas remojadas en un plato hondo—. Hay que curarla sin que se dé cuenta. ¿Por qué no la hipnotizamos?

—¡Ya parece que se va a dejar! —opinó Amira.

—El doctor De Alba hipnotiza por la tele.

La situación era tan desesperada que la idea de Carolina prosperó.

—Yo estaré con ustedes —habló con voz de iniciada y el sábado mis padres la recibieron como si fuera la asistente del hipnotista. Los acontecimientos posteriores revelaron que jamás había visto el programa.

Encendimos la televisión: el doctor De Alba explicaba que los espíritus *sensibilísimos* podían ser afectados a distancia. Mi hermana Zoraida tenía sensibilidad suficiente para empapar de llanto todas las cortinas de la casa, pero no fue tocada por la hipnosis. Me empezaba a aburrir cuando sentí un peso en mis piernas. Carolina estaba dormida.

Tratamos de despertarla con un algodón mojado en quitaesmalte hasta que el hipnotista anunció que sólo él podía despertar a quienes estuviesen en su *férula mesmérica*. Tuvimos que llevarla a Televicentro, donde hicimos dos horas de cola con cientos de durmientes.

Era la primera mujer que tenía en mis brazos y quizá por eso juzgué necesario amarla. Su pelo olía a jabón espumoso, mis brazos se durmieron en su cintura delgada; me pareció una fortuna que la niña con la que victimaba ranas y lombrices hubiera crecido para estar conmigo. Carolina no me había mostrado la menor parcialidad (ni me había interesado que lo hiciera) pero todo podía cambiar ahora que estaba hipnotizada: le susurré una declaración de amor que más bien era una desesperada orden de que me amara. Cuando la solté, mis manos entumidas tenían un olor fresco y dulce.

El doctor De Alba practicó un pase «antimesmérico» y Carolina volvió en sí; abrió mucho los ojos ante el enorme bigote del hipnotista y bebió una botellita de agua de azahar; de mi declaración no recordaba nada, sólo le importó saber si de veras no se le había subido la falda durante el desmayo. El único saldo de aquella experiencia sensible fue que cobró una curiosa afición a los bigotes.

La idea de abrazarla de nuevo se convirtió en asunto de amor propio. Dejé de rasurarme y me salió un mostacho lacio, que me hacía ver como un vaquero perdedor, uno de esos lánguidos provocadores que en las películas siempre acaban acribillados por los hermanos Almada. Carolina quería otra cosa, un bigote recio y esquinero.

En las mañanas me asomaba a un espejo roto hacía más de siete años pero que seguía esparciendo su hálito dañino:

el desagradable zurdo al otro lado nunca amaneció con gran mostacho.

—¿Qué te pasa? ¡Un beso sin bigote no sabe! —escuché que Carolina le decía a Zoraida.

El Quesero era lampiño y no nos extrañó gran cosa que los ataques de mi hermana cesaran cuando la camioneta amarilla volvió a estacionarse en la esquina de Peras y Justino Hinojosa. Mi padre se encerró con el chihuahueño en el cuarto de la azotea para un «ajuste de cuentas». A saber de qué lo convenció el menonita porque mi padre abofeteó a Suraya, que hasta entonces no había tenido vela en el entierro, y mandó a Zoraida a la tan temida Villa de Reyes. Sin embargo, su destino no fue tan nefasto: se casó con un próspero abigeo y ahora tiene tres niños hermosos que me hablan de usted; en las navidades nos manda unos quesos adobados muy superiores a los que vendía el menonita.

El asunto con Carolina no acabó tan bien. Una tarde la acompañé al metro en calzada Anáhuac; me había impuesto la tarea de amarla y durante doce trenes angustiosamente contados dije un sinfín de mentiras, todas encaminadas a repetir nuestro juego en los helechos. Me escuchó con un semblante afectado, como si hubiera oído mil veces lo mismo, y me ofreció lo peor del mundo: su amistad. Regresé a casa con la tranquilidad de haber cumplido. Me rasuré al día siguiente. No volví a pensar en ella hasta que enloqueció con el bigotito de Julián Enciso.

Julián se destacó entre las siluetas que tomaban refrescos interminables en la tienda de ultramarinos La Naviera cuando impidió que una mujer fuera victimada frente a todo mundo. Ya Maximiano había tratado de amagar al agresor con sus tijeras pero alguien le susurró «son esposos» y prefirió no meterse con golpes sancionados por la epístola de Melchor Ocampo. El marido sostuvo a su esposa de un mechón de pelo y le cruzó la mandíbula con la mano libre; luego la tomó de las sienes y le estrelló el rostro contra el cofre de un Impala. La carrocería azul turquesa se tiñó de rojo sin que apareciera el dueño. Fue entonces cuando Julián salió de La Naviera con una botella de Madero Cinco Equis en la mano: la dejó caer en el cráneo del hombre que parecía dispuesto a enviudar en esa calle. Todos los que no quisieron intervenir felicitaron a Julián.

Por fortuna aquellos esposos no eran de la colonia y nadie volvió a ver sus rostros desfigurados. El acto sirvió para que el nombre de Julián corriera por San Lorenzo, pero no tuvo mayor resonancia porque al día siguiente un albañil cayó sobre unos cables de alta tensión y ya sólo se habló de esta brutal recreación del martirio del patrono.

Volví a encontrar a Julián Enciso en los billares, como acompañante de Nicolás Contreras, un campeón venido a menos, sin otra traza de gloria que su sobrenombre de gángster imperial: «Nick el Grande». Nick tenía el pelo pintado con franqueza; cuando calibraba su carambola número 25, un mechón azuloso le cubría la frente; gastaba un saco de terciopelo guinda y no competía con nadie: jugaba «de exhibición» pero aburría a todo mundo, y es que podían pasar minutos muy largos entre jugada y jugada. Hacía cálculos complejos y soplaba morosamente el dado de tiza –el polvillo celeste abrillantaba ese bigote que apenas era una línea sobre el labio superior–. Su rasgo distintivo era la uña del meñique izquierdo, increíblemente larga. Un día me sorprendió que llegara con el meñique tan romo como los otros dedos.

–Está dejando la coca –me dijo un amigo.

Contreras alternaba sus violentos períodos de adicción con curas cuyos únicos efectos visibles eran la uña recortada, el rostro envejecido y unos tiros vacilantes en la mesa del fondo. Después de aquellos días de borrasca, daba gusto que le volviera a crecer la uña: otra vez los nervios recompuestos y el temple de las larguísimas partidas.

Julián también se había dejado crecer la uña del meñique pero no tenía que ver con la droga. Alguien con la rodilla del pantalón tres veces cosida no podía aspirar a tanto lujo. Pensé que era una forma de semejarse a su héroe billarístico hasta que apareció con su guitarra de doce cuerdas. Era zurdo y usaba la uña larga para extraer sonidos metálicos más bien molestos: las cuerdas adicionales vibraban como inútiles fantasmas de las otras seis.

Pero no todos compartían mi opinión. Una noche apareció en una de las fiestas organizadas por el club sindical que conocíamos como La Sección. El local del sindicato ocupaba un buen cuarto de manzana y no tenía otro mobiliario que la tarima de la que nunca salían discursos y las sillas dispuestas en derredor. Un escudo rojinegro, muy similar al del club de futbol Atlas, presidía la puerta de entrada. No recuerdo el nombre del líder de aquel oscuro sindicato, pero era un tipo de párpados caídos y mirada cansadora. Tenía un extraño lunar negro en la palma que extendió para presentar a Julián.

Tal vez fue la guitarra lo que hipnotizó a Carolina de otro modo, tal vez le gustó el bigotillo, la quemada en el cuello, la cara de una blancura excesiva, de esas que se ponen rojas con la presión de un dedo. El caso es que se fue con él varias semanas. Regresó con un acta de matrimonio que parecía una licencia de manejo y que, llegado el tiempo, no le costaría ningún trabajo anular.

Los billares son una especie de puerto donde los fuereños tiran sus amarras. Nick Contreras venía de otra colonia y Julián vivía al otro lado de calzada Anáhuac, donde las calles nombraban una confusa geografía: Sur 24 o Norte 32. Julián no era un gran jugador, su destreza bastaba para finiquitar a alguien como yo, pero no para alternar con los que apostaban fuerte. Vivía del prestigio de haberse llevado a Carolina y de ser la sombra vicaria del as de las tres bandas. Cada vez que sacaba un tiro deslucido, los amigos de Nick lo animaban con palabras impensables en rostros de tamaña catadura.

Cuando la madre de Carolina supo que su hija estaba al otro lado de la calzada, lloró como si se hubiera ido a Egipto.

Confieso que seguí yendo a los billares con la malsana intención de estudiar al hombre que desvirgó a Carolina. Una noche un vendedor de churros entró al lugar; Julián compró una bolsa y estuvo mucho rato rascando el azúcar con el meñique. Cuando se lo llevó a la boca sintió que alguien lo veía. Me sostuvo la mirada sin dejar de chuparse la uña. Sentí una presión quemante en la mejilla. Pensé que Carolina había despreciado mi bigote para escoger el de un homosexual, aunque tal vez la mirada implicara otra cosa, a lo mejor calculaba el movimiento que tendría que hacer para matarme (por entonces, los rumores empezaban a incluir pistolas y dagas en el saco de Julián).

El expediente de Julián Enciso se cerró en dos episodios: Carolina regresó despechada y volvió a ser la misma muchacha sin interés (me pareció increíble haber codiciado sus piernas flacas) y él entró en confianza conmigo el tiempo suficiente para estafarme mis revistas.

Poco después se mudó a Tijuana. Una tarde me encontré a Carolina; estaba más llenita y pensé, como todos en la colonia, en un embarazo de tres meses. Nada de eso. Amira me contó, con sádica precisión de cosmetóloga, que le habían encontrado una lombriz en los intestinos. Había sido flaca gracias a la tenia enroscada en su cuerpo. Esta noticia casi me hizo desistir de estudiar medicina. ¿Podía haber algo más aberrante que un organismo? La antigua Carolina, la que tuve dormida en mis brazos, me pareció deseable y repugnante. ¿No hay modo de saltarse las flemas, los vómitos de hiel, los cuerpos descompuestos?, me pregunté al entrar a la Facultad. En comparación con tantas especialidades donde hay glándulas y secreciones, la oftalmología se alzaba como una abstracción fascinante donde las mujeres no eran esbeltas gracias a una víbora.

Cuesta trabajo acostumbrarse a los cambios de alguien a quien se le asignó tanto futuro de niña. Carolina es la señora, ni gorda ni delgada, ni atractiva ni fea, que me saluda con un afecto que a algunos les hace pensar que realmente hubo algo entre nosotros y no es otra cosa que un reflejo físico de dos cuerpos que se conocen demasiado bien. Hace treinta años, ésas fueron las manos idolatradas en las que deposité más de una ofrenda; aún siento el tacto blando de las manitas llenas de mechones verdes para hacer jugo de pasto.

Sólo alguien tan rencoroso como Maximiano puede creer que me importa el retorno de Julián Enciso. De cualquier forma, sus palabras hicieron mella: frente a todos los ojos de ese día pensé en Carolina, en la forma injusta en que se torció su destino y se convirtió en esa mujer tan igual a otras, tan casada con un contador público, tan conforme, la mujer que me saluda con el afecto excesivo, doloso, que me hace sentir que le robé algo, la punta decisiva de su buena estrella.

Pasé por el segundo piso para saludar al ciclista Celestino y me pidió que le firmara el yeso. Tiene un radio en el buró, sintonizado en una estación que transmite desde un helicóptero. Habló con pelos y señales del ciclón que produjo la tormenta del otro día. En los minutos que pasé en su habitación tres o cuatro colegas llegaron a consultarlo sobre el clima. Mencionó olas de diez metros en San Juan, palmeras derribadas en Celestún, un hidroavión espectacularmente incrustado en un hotel. Las enormes calamidades del trópico parecen mitigar las molestias de su cuerpo fracturado.

La plática me dejó un aire de embarcaciones y desastres frescos. Bien mirado, San Lorenzo tiene mucho de isla; la ciudad nos rodea como una marea sucia y movediza; México, de más está decirlo, es de las pocas ciudades donde es posible perderse, perderse en serio, para siempre. Tal vez conozco tan bien el barrio por un rechazo a los infinitos barrios que lo circundan.

Por dentro, la clínica es como un vientre profundo, ajeno a las horas y las luces de fuera; de cualquier forma, es curioso que nuestros afanes se cuelen a la isla: si una operación fracasa, los vagos de La Naviera se enteran tan rápido como Suárez.

Mi padre ya está al tanto del posible ascenso a Retina:

—Vamos a festejar doble —me dijo por teléfono.

En unos días es su cumpleaños. Por supuesto, va a invitar al Doctor Subtilis, que ha confraternizado con las gentes más variadas de la colonia.

Por fin me asomé al informe que Ugalde puso en mis manos. Trata fundamentalmente de asuntos de compraventa, Iniestra está obsesionado con las maquiladoras: el país depende de los dedos veloces que cosen y pespuntean las materias primas que llegan de Taiwán o Corea del Sur, nos hemos convertido en los maquiladores de los maquiladores. Para el Doctor Subtilis, lo interesante de esta tendencia es que millares de trabajadores tendrán problemas de la vista. Con la compleja exactitud de un teólogo medieval y haciendo a un lado el rigor médico, calculó el tiempo en que un ojo se deteriora ante el repiqueteo de una aguja y acuñó términos como «dioptrías-hora». En resumen: estamos en el paraíso de los oculistas. En vez de operaciones Iniestra habla de «operativos» para vender anteojos y seguros médicos. Cerré la carpeta con una sensación molesta. ¿Para qué me la dio Ugalde? ¿Qué carajos sé de «operativos»?

Pensé en los muchos negocios que prosperan en torno a la clínica, desde los merenderos hasta la tintorería que en fin de semana despacha legiones de batas blancas. Los Apeninos exhibe al Hombre Transparente (sus órganos azules y rojos se pueden estudiar a través del cuerpo de plástico). En mi infancia, este juguete hubiera parecido una aberración; la anatomía era cosa clandestina, un esconderse en los helechos a oler el cuerpo chico de Carolina. Sin embargo, la clínica despertó el gusto por los juegos médicos: en los puestos disparejos de calzada Anáhuac es posible encontrar botiquines, ojos de vidrio aptos para un cíclope y hologramas que con un golpe de luz abren sus párpados terribles.

Otro negocio conectado con la clínica es el hostal de las Fumadoras. Le decimos así porque es regenteado por tres viejas solteronas que antes de la llegada de Suárez sólo abrían la boca para soltar humo o injuriar con voz muy ronca. Siempre las veo de la misma edad, inmóviles en una recia cuarentena. Sus rostros cetrinos, con una verruga de familia en el labio inferior que acaso explique su soltería, imponen una autoridad especial. Creo que sólo una vez trabajé para ellas como recadero: me derrapé en el zaguán de su casa y quedé absurdamente enrollado en el alambre que pidieron a Los Apeninos.

–Este pendejo ya mamó –dijo una de las hermanas. Luego me dieron una friega de alcohol «para el cabronazo» y una excelente propina para que me comprara «mis puterías».

La pornolalia de las Fumadoras esconde tres generosos corazones. Ellas fueron las primeras en advertir un efecto secundario de los viernes de consulta gratuita: son tantos los menesterosos que muchos se quedan con una ficha para el otro viernes; como les sale muy caro regresar a Mulejé o a Tapachula, pasan una semana medrando en la colonia. El propio Suárez se horrorizó al ver que su magnanimidad creaba una especie de leprosario en torno a la clínica, gente tumbada entre trapos y cartones. Por suerte, las Fumadoras levantaron a los indigentes al grito de «¡ándenle, culeros!», los acomodaron en el patio de su casa y les cobraron veinte simbólicos pesos por la noche y un vaso de atole de piña. El

Maestro ha tratado de agradecerles de muchos modos, pero ellas sólo aceptan puros Montecristo. Mi padre codicia tanto esos habanos que lleva años diciendo que los de San Andrés Tuxtla son mejores. Este mes la remesa de las Fumadoras llegó con una caja adicional que encargué para el cumpleaños de mi padre.

El influjo cultural de la clínica también incidió en alguien tan obstinado como el padre Vigil Gándara. Casi nunca escucho sus sermones, pero hace unos meses se casó un amigo y el vetusto sacerdote ofició con voz trémula bajo la bóveda de tepalcate. Como de costumbre, comparó a San Lorenzo con el grano de mostaza que se calienta al ser triturado y suelta su fragancia para beneficio del mundo; a continuación debía seguir un comentario sobre los cinco fuegos o sobre San Esteban, que se nos ha hecho odioso de tanto saber que es el único mártir que aventaja en penas a nuestro patrono, pero en cambio mostró la huella que le han dejado sus conversaciones con Antonio Suárez.

Tal vez sabía que sólo lo escuchábamos los de las cinco primeras filas, pues esgrimió una tesis que en otras épocas hubiera considerado apostasía: reivindicó a Spinoza, el filósofo y fabricante de anteojos para quien la religión era un efecto óptico. Maximiano abandonó su puesto en la tercera fila cuando el padre dijo «monismo» y él entendió «menonismo».

Aunque buena parte del barrio vive de la clínica, es increíble que la sucesión en Retina sea pasto de tantas conversaciones. Pasé junto a la maderería y el carpintero dejó de lijar un arcón para alzar un puño aparentemente solidario.

–Si fueras diputado –me dijo Lánder, que aprovechó un nuevo encuentro en La Rogativa para atizar la hoguera–, trabajarías lejos, peleándote a gritos por leyes que nunca tocan a la gente; en cambio, la clínica está aquí.

Las palabras del vasco tuvieron un peso profético. Un par de horas después doña Edu, nuestra diputada local, me mandó una *Memoria* de las actividades de la Cámara, impresa en un papel tan caro que es motivo suficiente para votar por la oposición, y una tarjeta con una dedicatoria elaboradamente afectuosa, como para que yo entendiera que aquello era un regalo. Debe de tomarme por un aliado en potencia.

Siempre he asociado el poder con los teléfonos, en parte por la trayectoria de doña Edu y en parte por el protocolo de la clínica. Como era de esperarse, dado su apetito por los símbolos, Suárez tiene el número 0 de la *red* y Ugalde el 1; el siguiente asignado es el 3, como para que todos disputemos por el 2. Actualmente dispongo del 18, al que le he apostado sin el menor tino en las loterías. Ascender significaría, en primera instancia, cambiar de teléfono, posiblemente al 6 o al 7, dudo mucho que al 2.

En cuanto a doña Edu, su carrera política se fincó en el primer teléfono que llegó a la colonia. Sí, Eduviges Marín decidió su suerte como cacique de un aparato negro con cordón tejido, y nuestra forma de hablar le debe mucho a los años que pasamos ahorrando palabras en su casa.

Cuando el primer poste se alzó en Capulines con la arbitrariedad de un milagro y un hombre de casco amarillo subió a que le tomaran fotos (se quedó arriba mucho tiempo, como si desde ahí pudiera ver el mar), supimos que Eduviges Marín era de Aguascalientes (¡cuántas veces escucharíamos el artilleo de su *pues'n!*). La primera línea fue a dar a su casa y sonaba marcando el 21-22-23. Un número tan parejo no podía traer nada bueno. Y tal cual: el hombre del casco amarillo ni parpadeó al informarnos que sería nuestro único teléfono.

–Dense de santos que les tocó un número fácil –y subió a una camioneta donde se enredaban muchos cables.

Con el afán de lotería que suele asaltar a los gobiernos (una imagen simboliza a todas las de su clase: *el* Asilo, *el*

Museo, *el* Teléfono), nuestro expediente de telefonía fue cubierto con el aparato en Capulines 78 Bis.

Eduviges se transformó en doña Edu y cobró tributo por usar el 21-22-23. Su poder se volvió inmenso; conocía nuestras vidas mejor que el padre Vigil Gándara y podía bloquearnos un pedido de gas a discreción. Mi padre la llamaba Señora del Lejos, como si fuera una deidad azteca.

Más que su acento nos contagió la economía: disponer de un solo teléfono ante su mirada ávida fue la mejor forma de apretar el idioma.

Cuando el barrio se llenó de teléfonos, doña Edu ya había establecido tantas líneas de influencia que a nadie le sorprendió que el Partido Oficial ignorara su acento y la lanzara como candidata a diputada suplente del LXVIII Distrito, donde en apariencia está nuestra colonia. Ahora reparte favores con la misma veleidad patrimonial con que daba los recados. Es avara y el dinero no le produce efecto alguno; vive en una casa que se cae a pedazos; la única mejora que introdujo fue que le quitó el *bis* que tanto la humillaba y se lo pasó al vecino.

El *Informe Subtilis* me hizo pasar de los comercios al teléfono y sus poderes. Justo entonces me habló Ugalde:

–Le suplico que hablemos mañana, doctor Balmes, en la alberca, a las cuatro de la tarde.

Jamás nos hemos visto ahí. La reunión debe de ser importante.

Lánder tiene razón en una cosa: si me ofrecen el puesto será porque mis adversarios tienen suficientes méritos para anularse unos a otros; sólo el empate entre Briones, Ferrán y Lánder me dará el 6 de la *red*. Si subo al piso de Suárez, Lánder me escupirá como a la peor escoria, doña Edu me enviará otro libro inútil y costoso, Iniestra se acercará, el peluquín recién peinado, para «proponer un *bisnecito*». Durante más tiempo del que conviene a un cirujano pensé en las calamidades y ventajas del cuarto piso. En la noche, sin embargo, pasó algo que hizo que mis preocupaciones tomaran otro rumbo.

Eran como las nueve; regresé al consultorio después de consultar un caso de siderosis con la gente de Glaucoma: no había nadie. En la sala de espera flotaba el perfume dulzón de Conchita; aún no llegaban los afanadores, vi algodones, restos de gasa tirados aquí y allá.

Abrí la puerta del consultorio y sentí un penetrante olor a fósforos.

—Veo unos puntitos —dijo Mónica.

Llevaba una falda amplia, un poco descosida en el borde, y una blusa floja que la hacía ver más delgada. Se pasó la mano por el pelo; un mechón cayó sobre su frente. Miró a los lados, como si revisara el consultorio; se mordió los labios.

—Perdón, es muy tarde, ¿no? —habló con desgana, como si su voz no respondiera a la inquietud de sus ojos.

—No importa.

Le pedí que se sentara ante la lámpara de hendidura. Le hice varias preguntas y me pareció menos arrogante o en todo caso menos lejana que en su visita anterior. Ajusté la mirilla; recibí su aliento; lo olí el tiempo suficiente para advertir que no estaba muy limpio y que no me molestaba.

Pasé la linternita por sus ojos; cambiaron de grisazul a grismiel. Una superstición nunca constatada me hace pensar que las mujeres de ojos garzos son volátiles, riesgosas. De niña, Carolina merecía ojos garzos; de adulta, los ojos cafés que en verdad tiene.

—Mira a la izquierda —no recuerdo si en el primer encuentro le hablé de tú—. ¿Te gusta más lo dulce o lo salado?

La pregunta la sorprendió, aunque no tanto como yo quería.

—Depende —contestó con indolencia.

—Procura no tomar sal. ¿Has vuelto a fumar?

—Los puntitos, ¿tienen que ver?

—Puede.

Ajusté la lámpara y, ahora que lo pienso, hice un movimiento extraño, del todo innecesario, pues rocé su mano; un gesto leve, apenas suficiente para sentir un escalofrío. Vi sus labios bien formados, la lengua que los humedecía deprisa como aprestándolos a un propósito sensual; sin embargo, conservó el desapego que la hacía atractiva de un modo chocante: daban ganas de violentar su desinterés. Me contenté con ver su frente amplia y suave.

Apagué la luz, coloqué la cartilla de lectura, le pedí que se volviera. Me incliné hasta casi tocar su pelo con la nariz: despedía un olor curioso, a violeta de genciana. Leyó bien la inconexa sucesión de letras.

Le prescribí unas gotas: Afazol-Z.

—¿Colirio? —preguntó, los ojos entrecerrados ante mi caligrafía.

—No —mentí (cualquier boticario le hubiera recetado lo mismo).

Se acarició el brazo y me vio como si no me creyera. Su blusa estaba raída en el nacimiento de los senos. Entonces advertí que tenía una tirita roja en el cuello, de esos listones que se atan hasta que se cumpla un deseo; difícil creer que fuera un adorno.

—¿Cómo va el cuestionario? —de pronto sentí que terminaba mi cuota de verla sin decir nada.

—Medio medio.

El corazón de la mujer late más rápido que el del hombre. En el tenso minuto de silencio que guardamos, el corazón de Mónica latió seis veces más que el mío, o tal vez no, tal vez tuvo mayor aplomo que yo; de cualquier forma me gusta la idea de ese cuerpo delgado, latiendo aprisa frente a mí.

Al fin se incorporó y me sentí aliviado. Sólo por un instante: su frente me da a la barbilla, el listón rojo parecía a punto de ceder, su garganta se movió acompasadamente al tragar saliva.

–¡Qué burra! –sonrió por primera vez, y en la luz que caía de la barra de neón vi dos premolares manchados; demasiados antibióticos de niña, seguramente–. Casi se me olvida, el doctor Ugalde me pidió que te recordara la cita de mañana. Tienes una pelusa –sus dedos pellizcaron algo en mi bata–. Gracias por las gotas –otra vez respiré su aliento; también ella podía olerme; me dio gusto no haber comido en La Rogativa–. Nos vemos.

Salió y me dejó con una erección que apuntaba a los libros verde oliva en la repisa. Me sentí solo, vencido. ¿Dónde estará F.? Pensé en sus nalgas pequeñas, en el cuerpo casi anónimo que me visita ocasionalmente, tal vez cuando le falla otro amante, uno de esos pintores que tanto admira, con tórax de decatlonistas y dedos manchados de óleos, tal vez cuando necesita un consejo médico: me hace tantas preguntas sobre enfermedades venéreas que no pude dormir la noche en que se me rompió el preservativo. ¿Dónde estará? En el cuarto numerado de un hotel, en la cama de algún genio del festival, aceptando un sexo recién conocido con la naturalidad con que fue a mi casa, criticó la alcancía que gané en una feria, gritó en un orgasmo muy rápido para un primer encuentro. En cualquier habitación que F. se encontrase estaría mejor que yo, incapaz de mitigar la dolorosa erección que me dejó acercarme a la boca sucia, deliciosa, de esa muchacha insoportable.

Algunas tardes entiendo por qué la teoría humoral tuvo catorce siglos de vigencia; algo, una gravedad de la sangre, me hace pasar del humor colérico (estimulado por una comida con Lánder) al melancólico. No es el mejor momento para recorrer El Solar rumbo a la terraza donde se encuentran la alberca y el solárium, sobre todo si hay que matar el tiempo en una silla Barcelona. Por instrucciones del Maestro, las sillas de la terraza son réplicas del modelo que Mies van der Rohe diseñó para la Feria Internacional de Barcelona; desgraciadamente fueron hechas en la colonia Industrial Vallejo y son tan cómodas como la silla metabólica creada por Santorio para estudiar el cuerpo mientras defeca, exuda o ingiere alimentos.

La terraza estaba desierta. Me asomé al barandal: una marea de casas de colores despellejados, patios con mosaicos desleídos, tanques de gas atados con mecates a los balcones, la ropa tendida de las antenas de televisión para no tocar las inmundicias de las gallinas. Los tubos de neón apagados en la fábrica parecían un armazón delirante.

Al cabo de unos minutos una enfermera llegó a decirme que el subdirector estaba indispuesto, que lo esperara un momento. Ugalde disfruta mucho hablando de su dieta, las papillas puritanas a las que lo condena un intestino lleno de divertículos, todos están al tanto de sus arrestos estomacales.

—No le hace —dije, sin tomar en cuenta que a los quince minutos la silla Barcelona empezaría a surtir efecto: sentí una tensión en los riñones, cambié de postura y de algún modo logré vencer la incomodidad, o quizá el calor me venció en tal forma que creí que controlaba el mueble indómito, el caso es que arrojé la bata a un mueble vecino y caí en un torpor tibio bajo los cristales del solárium; en algún momento entreví una parvada de tordos, una nube puntillista que se recomponía en formas agradables, tal vez dormí un rato; parecía inconcebible que allá abajo hubiese un cuarto con gente que reclamaba mi atención; ¿qué podía hacer por ellos este cuerpo reblandecido por el calor y la incapacidad de resolver su destino?, me aterraba convertirme en gente de oficina, pero tampoco quería «salirme de la carrera», como había dicho el subdirector. ¿Qué le diría a Ugalde?, mejor atisbar la distancia, la nube de tordos, la luz que cobraba un dorado químico en el cielo. En eso estaba cuando un chapuzón me devolvió a la concreta relidad de la terraza. Alguien nadaba con energía inverosímil. Me volví, las pupilas casi cerradas por el exceso de sol, y en el aire vibrante, con halos tornasolados, distinguí unos brazos esbeltos que golpeaban el agua. Durante un rato no hice otra cosa que ver las brazadas entusiastas de esa pésima nadadora. Luego el cuerpo salió del agua: la gorra color vino, la espalda pálida en la que advertí o inventé varios lunares, los dedos ágiles corrigiendo el traje hundido en las nalgas, las plantas de los pies que, a esa hora y en esa luz, lucían anaranjadas. Pensé en sus ojos irritados por el cloro.

Por lo visto, Mónica había cobrado confianza suficiente para usar la clínica como un club. Ugalde aflojaba el control, permitía que los vendedores medraran en la Planta Baja, que una muchacha matara el tiempo en la alberca, que Iniestra hiciera propuestas inverosímiles para convertirnos en un tianguis.

Aunque el cuerpo de Mónica se redondea en las caderas y los senos, es una buena candidata a la *anorexia nervosa*. Me miró con detenimiento y no devolvió mi saludo. «Caprichosa de mierda.»

Me acordé de una mujer de belleza opulenta que llegó con ceguera histérica. La examiné durante mucho rato y su maravillosa sonrisa me hizo sentir que había algo natural en negarse a las formas imperfectas del exterior, en tener la vista atrapada en el portento de su cuerpo. Mónica también parece predispuesta a abismarse en sí misma, pero no creo que llegue a un egoísmo tan dichoso y total como el de aquella falsa ciega, más bien una renuncia sosegada, un lento alimentarse de sus formas. ¿Puede haber algo más violento que la destrucción pasiva de una anoréxica? ¿Cuántos rostros de ángeles corrosivos vi en Nutrición? Algo me jalaba, me retenía junto a esas camas; pasé más tiempo del necesario ante aquellas miradas de una opacidad suave, el blanco de los ojos transparentándose bajo las pupilas. Mónica ve más con un aire de rendición, de renuncia a sí misma, que de rechazo, como si el mundo fuera una imposición, y quizá me acabó gustando por la secreta esperanza de convertirme en una de las muchas cosas a las que se abandona sin interés. Si los vericuetos de la vida no me acercan a una mujer, soy incapaz de iniciar una aproximación. Necesito a Carolina hipnotizada en mis brazos o a F. enferma en mi consultorio. Mónica no aguarda mi iniciativa; se entromete, como un accidente repetido.

Se frotó vigorosamente con la toalla y caminó deprisa a la puerta de cristal translúcido. En el umbral encontró a Irving de Vries. El negro le cedió el paso con una galantería curiosa para alguien en traje de baño. Luego me saludó con una palma rosada y se lanzó al agua refulgente.

Irving nació en Nueva Orleans; su nombre y su gusto por el agua deben de venir de la piratería holandesa. Es uno de los muchos norteamericanos que han pasado por las facultades de Guadalajara. Según las malas lenguas, se recibió de anestesista gracias a los 79 pases de anotación que completó con los *Guerreros*. Hasta donde sé, el subdirector no ha hecho nada para conseguirle un permiso de trabajo; le conviene que el sueldo parezca un favor personal. Así lo entiende el negro: es el único de nosotros que obedecería a Ugalde antes que a Suárez. Su presencia en la alberca me pareció un anticipo de la llegada de Ugalde; sin embargo, las luces se encendieron bajo el agua sin que otro cuerpo perturbara la densa atmósfera del solario.

La nuca me dolía; estaba a punto de retirarme cuando vi un bulto menudo junto a la puerta; Ugalde avanzó como si algo le pesara entre las piernas.

–Discúlpeme, doctor. Vengo del urólogo. En la mañana oriné vidrio, tengo la próstata hecha cisco. Siéntese, siéntese –había experimentado gran alivio al desprenderme del atenazador modelo Barcelona–. Suárez y yo somos unos carcamales, nos estamos sumiendo en la osteoporosis. ¡Ah, chirrión!, ¿qué fue eso?

La raqueta de neón se encendió frente a nosotros. Las pelotas saltaron en los lentes bifocales de Ugalde, los ojos entrecerrados de alguien que hace veinte años tuvo mirada de escopetista (tiene una repisa llena de trofeos de tiro al pichón).

Irving nadó junto a la orilla, con tal fuerza que nos salpicó; Ugalde se sacudió como si recibiera una descarga. Se veía extraviado, la terraza era una zona extraña que lanzaba fogonazos, gotas inciertas. Tosió y pude oler una profunda halitosis. A sus setenta y cinco años, el Maestro se conserva mejor: su mirada se sigue encendiendo al hablar de Barraquer y tiene el apetito voraz de ciertos viejos delgadísimos, su lengua chasquea, activada por la salivación, al ver un lechón al horno, la piel dorada y crujiente que nimba una carne ablandada en sus jugos. Ugalde ya es incapaz de estos goces elementales. ¿Por qué continúa en la clínica?, ¿para ordenar otro expendiente?, ¿para que los periodistas sigan aludiendo al Quijote y su inevitable Sancho Panza? No tiene otra reputación que cuidar; su vida con Suárez equivale al segundo plano en las fotografías, ser ese calvo semiborroso, el guardaespaldas mongol.

Sin embargo, a orillas de la alberca, habló como si obedeciera a una fatalidad superior:

–Hay cantidad de cosas que resolver, y tengo curiosidad de seguir, no crea –su voz rasposa, trabajada por el asma, indicaba lo contrario–. En el 92 vienen las Olimpiadas y los festejos del V Centenario de la Conquista. ¿Sabe cuántos reportajes se harán para recordar nuestros nexos con la beneficencia española, la extraordinaria dinastía de los Barraquer, el papel de Suárez como médico taurino? Aunque algunos digan que sólo estuvo un par de veces en la enfermería de la Plaza México para emular a Galeno, que fue médico de gladiadores, el Maestro es de esos hombres-vínculo estupendos para borrar la masacre de Otumba y la cacería de gachupines —tosió de nuevo y desvié la mirada a las pelotas anaranjadas que salían de la fábrica. El viejo me dio lástima; después de tantos años de parar los golpes bajos en la clínica, hay una injusticia adicional en que se vaya a pique antes que Suárez—. Tenemos contratos con cadenas europeas para unos treinta programas —siguió en tono más álgido—; uno de ellos se llama La pirámide negra; mandaron a un paleógrafo para que *leyera* nuestro edificio como un códice, ¡hágame el favor! Espero llegar al 92, aunque sea para ver las sandeces que acarrea nuestra moda, incluso se habla de rodar una película con la Pepa Mayo, si el nombre le dice algo.

Hace apenas unos años, cuando ascendí al tercer piso —una taquicardia infantil junto al sobre manila en el que llevaba mis efectos personales—, el doctor Ugalde me recibió con un fuerte apretón de manos. El mismo hombre que manejaba nuestras estadísticas con furor de campaña ahora hablaba de «curiosidad», se transformaba en el viejito melindroso que le pediría un autógrafo a esa actriz española aparentemente célebre, pues le decían *la* Pepa.

—Necesitamos sangre nueva —la frase sonó patética en alguien que parecía a punto de entrar a diálisis—. Vélez Haupt nos dejó en pésimo momento. Quedan pocos médicos con vocación. Usted sabe lo mucho que Suárez lo aprecia, además, sería un honor contar con un jefe salido de San Lorenzo —salté en mi silla: el argumento parecía proporcionado por Lánder—. Digo, usted vio crecer la clínica, ya somos una tradición local.

—Hay médicos con más méritos que haber nacido en la

colonia –la voz me temblaba; imaginé los reportajes que reforzarían la fama de Suárez: el chamaco de arrabal que logró encumbrarse en la ciencia gracias a Antonio Suárez, ese benefactor de las Américas.

–No me lo tome a mal, Fernando. Se comprende que a usted no le guste subrayar su superación personal... –empezaba a sentirme como el indio simbólico que demuestra que ascender entre blancos es posible–..., lo importante, lo cardinal, diría yo, es que su foja de servicios es impecable.

–¿Y Ferrán y Briones?

–¡Me habla usted de dos hermanos del alma, grandes médicos! Por desgracia ya van de salida; como le digo: necesitamos sangre nueva, no las pirámides de Egipto.

–Lánder Ugartechea es apenas un año mayor que yo.

–Y su genio, ¿qué?, ¿no cuenta? –Ugalde recobró un tono enérgico–. No escogemos a los médicos por su temperamento, si son neuróticos, allá ellos, su vida privada nos tiene sin cuidado, pero un jefe es otra cosa. ¿Vio cómo dejó los casilleros?: ¡landerismo puro! Es un cirujano de primera, pero tiene un genio de la recontra.

Para mí el landerismo es otra cosa: el cuchillo con que corta a sus amigos, mientras más nos hundimos en el cieno, más resalta su Bisturí Purísimo.

–Usted vive para la clínica –continuó Ugalde–; ya le dije que no nos interesa la vida privada, pero incluso en eso tiene puntos a su favor: una entrega monacal; es usted un «trabajólico» absoluto, como diría el Maestro. Sé que cuento con su apoyo cualquier día de la semana. ¿Sabe cuántos hijos tiene Briones? ¡Uno le salió cineasta! Imagínese. Está agobiado, el pobre.

Mi vida no podía sonar más deprimente. Fuera de la clínica, nada. Ya lo dije, soy gente de entre semana, detesto los domingos y los pasatiempos, pero me entristece que se note. Nada mejor que ser trabajador a escondidas como el Maestro; sin embargo, carezco de su habilidad para ir a las fiestas y que los demás adviertan que comí de todo; se nota demasiado que me aburrí, que me fui temprano, que la vida no me divierte. «¡Picar ojos no es vida!», me dijo una vez mi madre.

—¿Cómo la ve? —preguntó Ugalde.

Hubiera querido dar una respuesta definida; sin embargo, apenas alcancé a murmurar algo sobre el honor que representaba el ofrecimiento.

—De cualquier forma, necesito pensarlo un poco —dije, con voz pastosa.

—El asunto es para ayer —me urgió Ugalde.

—Pero llevamos meses sin jefe.

—Sí, pero de repente las cosas se ponen color de hormiga y *time is money*. ¿Leyó el informe de nuestro amigo sutil? —Ugalde me vio de frente, como si los tejemanejes comerciales de Iniestra fueran de mi incumbencia.

—Sí, pero tengo que formarme una opinión más clara.

—Ya hablaremos del asunto. Anímese, hombre. Es un puesto envidiable. ¡En seis meses todos lo van a odiar! —Ahora promovía hasta las desventajas del cargo.

—Necesito unos días —insistí.

—Se soltó un friecito, ¿no?

La temperatura había bajado un par de grados, lo suficiente para incomodar a Ugalde, que usa ropa interior térmica y se pone bufanda en sus raras visitas a los quirófanos. Guardó silencio, como si quisiera atisbar el frío a la distancia.

Busqué razones para aceptar. La más importante, sin duda, era acercarse al Maestro; no podía menospreciar la oportunidad de compartir sus últimos años, de encontrar en sus gestos, en sus palabras esquivas, la cifra, el modo oculto de una mente.

A veces pienso que Suárez estimuló la publicidad para rodearse de una barrera adicional e impedir que los profanos se acercaran a su saber más genuino y central. Desde sus clases en la Facultad nos hizo creer que el conocimiento médico, o mejor dicho *su* conocimiento, es un don secreto, sólo conocido por quien lo recibe. El hecho de que la mayoría de los condiscípulos opinara lo contrario sólo sirvió para estimular nuestra sensación iniciática: *queríamos ser pocos.* La importancia de Suárez derivaba de su difícil acceso.

Supongo que, para los visitantes de la clínica, la oscuridad y los signos en las paredes infunden el respeto de lo ininteligible. En cambio, los alumnos de Suárez tendemos, con evidente exceso, a sentirnos aludidos por cada seña, y ninguna tan importante como una invitación a descontar los 400 pasos contenidos en El Inactivo, el pasillo helicoidal que lleva a su consultorio. En cierto lugar del corredor hay un enorme garrafón; a veces subo ahí y bebo un cono de agua tras otro, mirando de reojo la puerta negra, bruñida, que encierra a Suárez. Sé que traspasar esa frontera significa entrar en su mundo real, tan distinto de la ruidosa vida que acepta llevar allá afuera.

La oportunidad que perdí unos días antes (¡empujar la puerta, irrumpir en el feudo de Suárez!) ahora se presentaba por vía legal. Quizá por eso me interesó menos; los trámites morosos me alejarían definitivamente de los enfermos. Además, estar cerca del Maestro no siempre conlleva recompensas. Hacia sus asistentes mantiene una actitud inflexible, y yo diría molesta: más que las virtudes de sus alumnos le interesan los defectos que él puede corregir. Si me escogió para la jefatura es porque me considera materia perfectible. Sospecho que mi admiración por él se debe, entre otras cosas, a que no he ascendido lo suficiente; de estar en su círculo más estrecho, no resistiría el verme tan continuamente mejorado.

En cierto modo, todas estas preocupaciones eran vanas. Suárez no estaba en la clínica y difícilmente tenía que ver con mi promoción. ¿De qué me serviría subir al cuarto piso si él estaba enfermo?

–¿Qué noticias tiene del Maestro? –le pregunté a Ugalde.

–Pocas. Figúrese que es el hombre más discreto que conozco. Me pidió que le diéramos unos días, ¡qué modestia!, si es él quien decide los asuntos. Supongo que tiene complicaciones personales, hace tiempo que no me comunico con él, no he querido abrumarlo con minucias –una de ellas debía de ser mi candidatura; el puesto me pareció menos atractivo que nunca.

El negro seguía nadando a nuestras espaldas, ahora con brazadas parejas y suaves. Pocas cosas relajan tanto como un nadador preciso; hubiera querido verlo hasta alcanzar el mismo ritmo acompasado en mi mente, pero Ugalde esperaba una respuesta.

–No se haga la vida de cuadritos –me tomó del brazo–. Mire, yo vengo de otra época, en la que comprábamos calaveras para sentir el *esprit de corps* médico. Un mozo de Santo Domingo las conseguía en la fosa común. El dinero no era un factor, no entraba en los cálculos de la carrera: recitamos a Hipócrates sintiendo que iniciábamos un apostolado. Yo fracasé en esa vía que admiraba tanto; no tengo la pasta de un Suárez. A mí me salvó, no me vea así, ¿cuántas veces cree que he pensado en esto?, a mí me salvaron los hospitales numerosos, las ciudades médicas. Alguien tenía que administrarlas. Sé muy bien lo que significa hundirse en papeles. No le pido que haga lo mismo. Tendrá cierta carga administrativa pero seguirá operando. Estoy en una lucha para simplificar trámites, quiero unificar las jefaturas de Retina y Córnea, pero el asunto tiene ángulos médicos que no me atrevo a tocar. Usted podría colaborar en el proyecto y quedar al frente de la jefatura unificada.

–¿Y el doctor Sarabia?

–Ha hecho gran papel al frente de Córnea, pero le queda poco para la jubilación; además, está harto de la ciudad de México; la contaminación nos está matando, vea nomás

—señaló a la distancia; difícil precisar adónde, tal vez la fábrica de raquetas le parecía una alarmante masa de aire envenenado—. Se quiere regresar a Monterrey. No le haríamos ningún daño.

—¿Y Glaucoma y Estrabismo?

—Quedarían como unidades separadas. La suya sería una superjefatura.

—No sé qué decir, un honor... —la voz me temblaba, lo único que quería era ganar tiempo, no me veía en ese piso ordenadísimo donde el crujido de una engrapadora resulta atronador.

Ugalde estaba dispuesto a salir del solárium con una decisión. Frotó el pulgar contra el índice, anticipando la palabra «dinero», en eso el rostro se le contrajo, apretó los dientes, soltó un vahído:

—Jijo... —alcanzó a decir—, el cólico.

Lo detuve para que no cayera de la silla; se aferró a mis antebrazos con una fuerza inverosímil.

—¡Irving! —grité.

El negro puso sus manos bajo los sobacos de Ugalde, yo lo tomé de los tobillos.

Lo llevamos a la salida. Temí que sus esfínteres no dieran para llegar al baño, que los lentes se le cayeran, ¡absurdo no habérselos quitado!, actuábamos como principiantes.

—Ahí, ahí, ahí —decía absurdamente el negro para consolar al viejo.

La enfermera nos alcanzó en la puerta. Tuvo que repetirme varias veces que lo lleváramos a un cuarto contiguo. Los anteojos cayeron al suelo; un pasillo alfombrado, por suerte.

La enfermera señaló una puerta de metal. Entramos a una habitación idéntica a las del segundo piso. La enfermera lo llevó al baño.

Irving había salpicado el tapete; al regresar pisó con fuerza, como para borrar sus huellas.

—¿Conocías ese cuarto? —le pregunté.

—A veces Ugalde duerme ahí. Un día se quedará interno.

Hace tiempo que no veo a Irving por los quirófanos y me lo encuentro en los lugares más dispares (la alberca, el estacionamiento); hubiera querido hablar más con él, pero en cuanto llegamos a la terraza, recogió su toalla y se dirigió a los vestidores:

—Nos vidrios —dijo, con el gusto que le dan los coloquialismos.

Me quedé un rato junto a la alberca, el agua se mecía suavemente, aún agitada por la salida del negro.

El cólico de Ugalde me salvó de darle una respuesta. Ignoro lo que diagnostiqué a los pacientes que atendí después; me veía en los papeles alternos del lento burócrata o el hombre de confianza del Maestro; obviamente el puesto podía significar las dos cosas, pero me costaba trabajo imaginarlas a la vez.

En eso estaba cuando alguien tocó a la puerta:

—Permiso, doctor.

El tipo parecía en busca de un dermatólogo: el rostro cubierto de acné y un gran angioma en la punta de la nariz, pero no venía por pomadas. Sacó unos anteojos «de rejilla» y se los puso. Pocas cosas podían ser más repugnantes que esos lentes de mosca en la cara a punto de reventar de dermatitis.

—Lo mejor en anteojos estenopédicos —recitó—. Los rayos ultravioleta se desvían con la rejilla e inciden en el ojo con efectos curativos. La revista oftalmológica de Nuevo México los recomienda. El doctor Iniestra ya compró unos.

—No me extraña.

Después de unos segundos salió del cuarto, cerrando la puerta con suavidad. Un auténtico profesional del rechazo. Sin embargo, clientes no le faltan. Ofreció sus anteojos en la sala de espera y alguien le preguntó en tono conocedor: «¿son de tornillo?».

A los diez minutos, un nuevo toquido. ¡La clínica se había vuelto un bazar! ¿Qué oferta traerían? «¡De limón la nieve!» «Hay tortas, ¿cuántas?» «¡Cómpreme el huerfanito de la suerte!»

Era Mónica, el pelo húmedo recogido en la nuca. Se quedó en el umbral, esperando una seña para pasar.

—Se te cayó esto —dijo—. En la alberca, cuando ayudaste al doctor Ugalde.

¿Por qué no respondió a mi saludo en la alberca? ¿No quería que Ugalde o Irving supieran que hablaba conmigo? Pero esto era lo de menos: ¿cómo vio el traslado de Ugalde?, ¿espiaba tras los cristales opacos?

La moneda podía ser de cualquiera y su valor era nimio. Sin embargo, la presionó en mi palma como un talismán. En la repisa tengo una moneda que me dio el doctor Felipe, soy incapaz de reconocerla entre las otras que se han ido juntando; de cualquier forma me gusta encontrarme esas monedas viejas que ya no compran nada y sólo sirven para demostrar que pueden estar ahí sin que nadie se las lleve, como una prueba de honestidad vacía.

—Gracias —me acerqué a la puerta; la luz del pasillo caía sobre su rostro; vi los vellos sobre su labio, la juntura de sus cejas, el listón mojado en su cuello; tragué saliva con dificultad.

Ella me vio a los ojos, me pareció que de un modo distinto, como si buscara algo. Dijo «de nada» y mencionó mi nombre, muy quedo, con cierta duda, como si fuera una palabra extranjera, triste y portuguesa. La luz del pasillo hacía que me ardieran los ojos, pero no cerré la puerta. Conté mis latidos, vi una vena en su cuello. Pensé en tocarla. Pensé en mi loca subida al cuarto piso. Pensé lo que sentía. Se fue el momento.

—Bueno... —sonrió; otra vez el leve defecto de sus dientes. ¿Es esto lo que me gusta tanto, dos dientes débiles, la mirada que enfoca de pronto, como si me le hubiera perdido?

La excusa de la moneda era muy pobre; Mónica había ido a verme. Esto lo pienso ahora, pero entonces todo ocurrió con otra lógica, entonces el mundo era un sitio donde una mujer me daba una moneda barata y a cambio me latía el corazón y la luz hería mis ojos.

Estuve ante esa sonrisa oblicua, dolorosamente próxima, y no me moví, no junté mis labios resecos con la lengua que repasó el hueco entre los incisivos.

Mónica atravesó la sala de espera, muy despacio; una gota cayó de su pelo húmedo y dejó una mancha grisácea en el linóleo cubierto de ceniza.

Mucho rato después yo seguía en la puerta, apretando la moneda.

Llegué al consultorio de Sara Martínez Gluck con la cabeza bastante revuelta. Fuimos compañeros en el para nosotros célebre salón C-104; ahí escuchamos por primera vez a Suárez, lo vimos escribir con su letra inestable en el pizarrón y nos unimos en la apretada minoría que pensaba que todo aquello tenía que ver con la oftalmología.

Actualmente Sara es la celebrada autora de «Metástasis en ojo del cáncer de pulmón», trabajo citado en veintitrés revistas especializadas, un récord en su género, y del *Manual del optometrista* que le deja regalías más cuantiosas de lo que sugieren los raídos talones de sus zapatos. Es de los pocos médicos de la clínica que no opera, sus intereses son conjeturales y está enfrascada en una terca disputa con un oftalmólogo de Antofagasta, Chile, al que nunca ha visto; teme encontrárselo, sobre todo por el peligro de que resulte simpatiquísimo y se arruine la enemistad que ha estimulado sus mejores textos.

El asunto de Retina me incomodaba lo suficiente para buscar su opinión.

Se quitó los lentes y me vio sin verme, como si reflexionara en el sentido de un mundo con tantas formas equivocadas. A pesar de muchas cosas (incluidas las medias color canela que más que cubrir venden sus piernas), en diez minutos Sara se vuelve atractiva, y en una hora insoportable: habla con vehemencia, la espalda muy erguida, resaltando la curva de sus senos, y sube de tono hasta alcanzar una intensidad excesiva; luego se quita los lentes y regresa a una bruma agradable. Pocos temperamentos se definen tan bien por sus anteojos: de la tensión a la calma, ida y vuelta. Cuando estudiábamos en Ciudad Universitaria, en los venturosos tiempos de la minifalda, Sara Martínez Gluck aún no descubría las medias de beata: sus muslos suscitaron torpes y admirativos juegos de palabras en Anatomía, muchos lápices tirados al suelo y, según un rumor al que no soy indiferente, que Suárez le ofreciera empleo. El Maestro ha tolerado que Sara se pelee con Ugalde, Briones, Del Río y algunos practicantes olvidables. «Lo tiene de los huevos», opina el elocuente Lánder.

Como el vasco, Sara necesita un buen pleito para vivir. En la Facultad abrazó varias causas y me llevó a innumerables reuniones en las que vi el mismo póster del Che, los mismos volúmenes anaranjados que ofertaban las ideas de Marx, las mismas figuras de cerámica que parecían hechas por una tribu sin ojos. Luego se peleó con ellos y tuvo un periodo oscurísimo en el que se le pegó el acento argentino. Me salvé de acompañarla a otros círculos de lucha porque le caí en el hígado a sus amantes sucesivos (rebautizados como «compañeros») y porque no pude mantenerme al corriente de la Causa del Siglo de cada semana.

En el ámbito de la medicina ha encabezado varios movimientos, como lo revela el cartel de Médicos por el Aborto que tiene en su oficina y que le ha ocasionado tantos pleitos con los colegas que cada viernes encienden una vela en la capilla de Santa Lucía.

Lánder se dedica a juzgar a los demás pero es incapaz de entablar una disputa razonada, tal vez por eso admira tanto a Sara; le encanta «promoverla» diciendo que tiene entrada franca a El Inactivo. Suena poco probable que a los setenta y cinco años el Maestro tenga una amante en la clínica. No creo que alguien tan atento a sus caprichos se complique la vida con Sara. De cualquier forma, su matrimonio con una mujer rica y horrenda siempre estará rodeado de chismes extremos: un anestesiólogo jura por Dios haberlo visto en un bar gay de Nueva York y una revista de indiscreciones españolas lo asocia con la Pepa Mayo. De una cosa soy testigo: a pesar de disponer de una inteligencia altamente persecutoria, en quince años Sara no ha encontrado una causa que la distancie del Maestro. De Lánder dice que es «buena bestia» y que le gustaría echarse unos polvos con él *una sola vez.*

En cambio, tiene una larga lista de razones para confinar a Ugalde al último peldaño de la escoria humana. Sabía que me iba a aconsejar mandar el puesto al caño, pero no que me sentaría tan bien oírlo:

–¡Ugalde es un hijo de puta!, ¿cómo crees que ese animal te va a ofrecer algo decente? Se quiere aprovechar de tu cara de boy scout para lavar un poco su reputación.

¿Por qué las emociones, al menos las mías, son tan volátiles? El viejo que me dio tanta lástima en la alberca ahora me parecía el enemigo a vencer, el ojo burocrático que ponía en riesgo la misión profunda de Suárez.

–Te voy a dar unos datos, nomás pa' que te des color...

No me los dio porque Lánder abrió la puerta. Venía sudando, como si acabara de operar. Abrió la boca para decir algo urgente, pero se contuvo al verme.

–Fernando es de confianza. Somos compañeros del C-104 –dijo Sara, como si esto le importara a Lánder.

Se oyó un trueno a la distancia, luego un repicar de agua. El cubículo de Sara está en el segundo piso; por alguna razón pensé que la lluvia sonaba como si estuviésemos muy alto. Otra vez había tormenta. ¿Un nuevo ciclón, la cola del que volteó tanto hidroplano en el Caribe? Tenía que preguntarle a Celestino. Sara descorrió las cortinas; un relumbrón azuloso llenó el cuarto.

–¿Hablaste con Ugalde? –me preguntó el vasco.

Asentí. Se hizo un silencio que Sara aprovechó para formar una película de vaho en la ventana y luego en sus lentes. Pensé en los párpados de cemento que se limpiaban en la fachada.

–¿Y qué pasó? ¿Eres mi jefe? –Lánder tenía un tono seco, apagado.

–Lo estoy pensando...

El rostro de Sara se recortaba contra el vidrio chorreado de agua. De pronto sentí una tristeza vaga, como si me doliera mucho no saber cosas de ella, del mismo modo en que me duele saber tantas cosas de Carolina que no encajan con la espléndida tiranía que me impuso de niña. Los años han pasado de largo, dejando demasiadas sombras: la habitación de Suárez con Sara, el cuarto piso, los motivos del Maestro, el azar que nos había puesto ahí.

–Va a decir que no –intervino Sara.

Lánder alzó las cejas.

–Es lo más seguro: 80 % a que no –dije para provocarlo, pero el 20% no le pareció muy infamante. Respiró hondo. El sudor le afilaba las patillas, parecía recién llegado de la lluvia.

–¿Qué onda? –preguntó Sara.

–¿De qué? –Lánder se nos quedó viendo–. Miren, tengo un chingo de pacientes y no voy a perder el tiempo. Mejor lo dejamos para otra vez.

–¿De qué hablas? –pregunté.

No contestó. Vio el piso. Recordé las direcciones aristotélicas de la vista: cuando un hombre mira hacia abajo, piensa en el pasado; alguna fecha antigua lo trabajaba.

Al cabo de unos minutos alzó la cara; tenía los ojos enrojecidos. No sé por qué, acaso porque hace tanto alarde de su dureza, me sorprendió (más bien me alarmó) ver esa repentina fragilidad. Puso una mano pesada en mi hombro, me miró a los ojos. Lánder es demasiado orgulloso para arrepentirse y demasiado franco para contener esa cara de adoración pagana. Lo malo es ser el objeto de su vista. Hubiera preferido ahorrarme tanta combustión interior. Sara nos miraba absorta:

–Ya bésense, chingados –dijo.

Algo se activó en la mente de Lánder; decidió que yo aún era de fiar:

–¡Apúrense, por Dios! –gritó, como si el compás de espera no se hubiese abierto por su culpa.

El vestíbulo de los gases nobles estaba lleno de gente.

–¡Gutiérrez Sáenz... Gutiérrez Sáenz! –exclamaba un ujier, las manos en bocina para imponerse a la lluvia que percutía en el tragaluz.

Un crepúsculo espeso cubría el vestíbulo. Las luces, de por sí tenues, parecían alimentadas por un gas vacilante. Pensé en un aeropuerto, en aviones a punto de despegar en la tormenta.

Un relámpago encendió el tragaluz. Los ujieres llevan una curiosa camisola de corte marinero; seguían gritando nombres en esa atmósfera incierta. Se diría que estábamos en un cuarto a punto de zozobrar; la gente se arremolinaba, esperando turno para saltar al bote salvavidas. Oculto en algún cuarto, Suárez luchaba contra el mar.

En El Nuevo Lánder nos detuvo junto a un arbotante de luz; sus pupilas se habían agrandado en la penumbra, un halo nimbaba su pelo. Habló en voz muy baja:

—Iniestra ha estado yendo y viniendo del estacionamiento al banco de ojos.

Continuamos por El Nuevo. Pasamos por las paredes denegridas. Suárez las llama «fuliginosas» para que sus escuchas las crean fulgurantes y él pueda deslizar sus etimologías y especular sobre la interdependencia de lo claro y lo oscuro, la lumbre y el tizne.

Al final del pasillo, un carrito colmado de sábanas y batas. Lánder había sobornado a una enfermera para que lo dejara ahí.

—Agáchense —dijo.

Nos ocultamos tras el carro. Lánder apartó las pilas de sábanas, apenas lo suficiente para liberar una mirilla: vi la inmensa puerta de metal, resguardada por las funestas siluetas del dios Xipe-Totec, las bocas abiertas en extremo, el pellejo recién crecido en sus frentes. Suárez se ocupó de que el banco de ojos fuera uno de los lugares más imponentes de la clínica; la plancha de metal parece la entrada a un presidio de alta seguridad. Un pequeño buzón lateral refuerza esta idea. Para evitar contactos contaminantes, las entregas se despachan por una puertita, una pequeña apertura que invita a ser violada. Los practicantes no pierden oportunidad de ejercitar su humor médico donando residuos orgánicos.

Sentí un pie acalambrado; traté de incorporarme pero Lánder me retuvo. Sara estaba a mi lado, inmóvil como una deidad maya; dentro de sus muchas causas, debe de haber abrazado alguna esotérica que la entrenó a estar acuclillada de sol a sol. El vasco también estaba quieto, pero sufría. El sudor le bajaba en goterones hasta el cuello. Sin embargo, le hace bien castigarse, su rostro adquiere cierta luminosidad, la energía de saber que él es la causa de su dolor.

Durante un rato no oímos otra cosa que el rumor de la lluvia. Las calles de San Lorenzo debían de estar anegadas.

Un codazo me hizo alzar la mirada. Vi las bocazas abiertas de los dioses aztecas de la renovación. Y algo aún más ominoso: Iniestra en el pasillo. Incluso en la penumbra su peluquín refulgía en un tono azulenco, casi violáceo. Llevaba una bolsa de papel estraza en la mano. Se volvió a ambos lados y sacó un frasquito de la bolsa, con tapa metálica, un frasco de alimento de bebés. Lo depositó en el buzón de instrumental. Volvió sobre sus pasos.

No era muy difícil adivinar el contenido de aquel correo. Por si acaso, Lánder se ofreció de intérprete:

–El muy cabrón vende ojos.

Regresé tardísimo al consultorio. Sobre el escritorio me esperaba el *Informe Subtilis*. Bueno, me esperaban muchas cosas, pero fue lo único que tomé en cuenta; volví a aquella prosa desastrada. Después de ver a su autor con un frasco en el que seguramente había un par de ojos, me repugnó que sus ideas se aclararan en mi mente. ¿De dónde sacaba sus entregas? ¿De la fosa común?, ¿de los sábados de la Cruz Verde? ¿Sobornaba a los practicantes que de por sí tienen sueldos de carniceros? Repasé sus páginas, una y otra vez: Iniestra concibe la clínica como un mercado de ojos y aparentemente el país le da razón. El *Informe* traza el retrato de una patria corrupta, cuadriculada en infinitas maquiladoras. La mano de obra mexicana ya supera a la de Taiwán y Singapur; en cada lote baldío de Tijuana se alza una nueva maquiladora: 127.000 personas empleadas en 1982, 350.000 en 1988, un millón estimado para el 2000. La oportunidad de enriquecerse con tantos ojos fijos ante el histérico rebrincar de las agujas de coser, tantos ojos que se desgastan bajo bujías de 25 watts, «es tan franca que sería un insulto no aprovecharla». Iniestra llama a esto *mercado bajo*. Sin embargo, advertí un argumento que había pasado por alto: además de la demanda de lentes y operaciones de retina, la economía fronteriza ofrece el cruce al otro lado, al *mercado alto* de los trasplantes de órganos. Iniestra concluía con una enredosa contundencia, como si quisiera justificar algo que ya estaba en curso. ¿Qué opinaba Ugalde? ¿Me dio el informe para ver si lo apruebo y le entro al garito o para ver si busco una forma de frenarlo? Tenía la frente empapada de sudor. ¡Ojos en frascos de Gerber! Las condiciones higiénicas de las que tanto alardea el Maestro, los excusados areodinámicos cuya base no toca el piso, los muros de gres sin fisuras para evitar bacterias, todo en vano. De repente me llegó el recuerdo de cuando descubrimos un escalpelo embarrado de mostaza y Ugalde se negó a despedir a la responsable.

–La cuota de chambonadas es tan alta –me dijo entonces– que sería idiota no aprovecharla.

No entendí este apotegma de su trato con el personal hasta el caso del camillero Jiménez. En vez de reprenderlo por su impuntualidad, Ugalde esperó a que se retrasara suficientes veces para asignarle un trabajo inclemente: Jiménez impermeabilizó gratis la azotea.

¿Estaría cazando a Iniestra? Mientras más vueltas le daba, más grotesco me parecía el asunto.

Una de las pocas funciones de Irving de Vries es servir de intérprete cada que un texano o un árabe recala en la clínica. Otras veces duerme a un paciente o cumple favores imprecisos para Ugalde. Sin embargo, a juzgar por las secretarias que salieron de su consultorio, sus ocupaciones han dado un nuevo giro: ahora enseña inglés.

Pasé buena parte del día lidiando con trámites en la Planta Baja y pude escuchar a las telefonistas gritar en su inglés de reciente aprendizaje. Aparentemente, cada vez hacemos más pedidos al otro lado. Recordé algunos datos del *Informe Subtilis* y decidí ir a la proveduría. Vi bolsas, latas,

etiquetas indefinidas. Lejos, en la frontera, se habían deroga-
do leyes cuya vigencia yo ignoraba, pero que por lo visto ser-
vían para garantizar cierta familiaridad en los empaques; con
la ley había caído un idioma común: el cisne en el frasco de
sal, el pingüino en los palillos de dientes. Durante años, los
regresos de Julián Enciso habían tenido el lujo del contrabando, de las etiquetas raras, ahora todos esos triques se ali-
neaban plácidamente en la despensa de la clínica. Curiosamente, al único que parecía importarle aquello era a Iniestra; a
su manera, también era el único que proponía soluciones.
¿Ascender al cuarto piso significaba eso?, ¿darme cuenta de
que al fin y al cabo Iniestra tenía aristas positivas?

Volví a mi consultorio y estuve ocupado hasta muy tarde con las ideas de Iniestra; fue como entrar a un almacén
aturdidor, escuché sus ofertas con una sensación de asco y
complicidad, luché con la sintaxis reinventada por el Doctor
Subtilis hasta que oí un toquido, otro más. Se abrió la puerta. Entonces ocurrió el milagro.

Mónica se acercó, despacio, y se quedó a una distancia
imprecisa para mi brazo (tal vez si me estiraba mucho podía
tocarla). Me vio, en silencio, mientras yo trataba de adivinar
si eso que oía afuera eran gotas de agua. Luego me incorporé
y me di cuenta de mi cansancio; una presión en los riñones,
los pies aguijoneados, la mirada que me dolía de ver a Mónica. ¿Traía otra moneda?, ¿venía con sus preguntas frías? Sentí
un temblor en los muslos, producto de horas de inmovilidad. Vi el listón en su cuello y un brillo maniaco en sus ojos:
me miraba como si interpusiera un propósito en el aire y lo
dejara flotar; la distancia –¿un metro?– me pesó en las piernas, en la espalda tensa de los sedentarios, tragué la saliva
más lenta de mi vida, apreté los párpados ardidos, y luego
fue como si el aire se pulverizara de tan enrarecido: recibí su
aliento; me besó larga y pasivamente, sin mover la lengua.

Su presencia era tan singular que sólo un canalla podía

108

pensar que su aliento quizá tuviera una motivación hepática y después, cuando una luz lunar iluminaba su desnudez, que esa apendictomía atroz seguramente había sido practicada en la Cruz Verde. La abracé, envuelto en uno de los versos favoritos de Suárez: *sábana nieve de hospital invierno.* Su piel pálida hacía más oscuro el pelo castaño, impregnado de perfumes clínicos, el mismo olor del que alguna vez F. se quejó en mi cama. Al cabo de un rato su lengua se movió apenas, como si insinuara una respuesta, un aviso, algo lejano y duro. La lluvia caía afuera, espesa, como hecha de plumas, como si llovieran pájaros muertos, como si nuestro aire al fin reclamara su negro prestigio. En la penumbra rayada por las persianas, la luz mercurial llegaba como una lunación nerviosa. Los ojos me ardían cada vez más y ella me miraba de un modo distinto, no puedo decir que hubiera afecto, pero Mónica había perdido la indiferencia, me miraba, no encuentro otra expresión, como si yo fuera un equívoco voluntario.

La besé desesperadamente, buscando despertar la lengua suave que seguía en el cambio de horas, en la mujer que debía de estar dormida en otro sitio. No lo logré. Sin embargo, su cuerpo me deparó otra recompensa. Supongo que soy un amante pésimo, hasta en la cópula soy gente de entre semana; encuentro más placer como médico que como hombre: la fisonomía de Mónica, sus piernas delgadas, su coloración levemente clorótica, su hígado no muy firme, sugerían un metabolismo callado, casi inerte; sin embargo, mis manos palparon una humedad inverosímil entre sus muslos y mi placer aumentó al cobrar consciencia minuciosa del desarreglo glandular al que iba dando origen.

La madrugada entró por la ventana. Debo de haber dormido un par de horas; creo que ella no durmió; su rostro se veía gastado en la luz quemada de las cinco. Volvió a besarme, y esta vez sí su lengua en la mía, una palabra confusa di-

109

cha demasiado cerca de mi oreja y luego el silencio, la maravilla de no haber necesitado tanta palabra, tantos actores, películas, platillos favoritos, tanto telefonazo, tanto espejo, tanta ropa para llegar al cuerpo aún desconocido que sin embargo ya te entrega el olor de su sexo y te transporta a una arrebatada intimidad, al olisqueo que hace milenios seguramente no significaba otra cosa que un primer contacto. Nos entregamos a desandar el camino de la especie hasta los primeros gallos y los primeros cláxones. La luz cobró un tono blancuzco y corpúsculos de polvo flotaron en el consultorio. Los vi asentarse, lentos, casi pesados, en el escritorio y las repisas. El cuerpo de Mónica me pareció disminuido por el sol. Acaricié sus hombros y mis dedos recogieron una suave, brillante película de polvo.

El banco de ojos es demasiado pequeño para sus muebles, los muchos estantes producen una sensación de asfixia. Lánder, Sara y yo hicimos tiempo en torno al escritorio del doctor Garmendia; nuestras espaldas casi tocaban los anaqueles dispuestos en triángulo. La enfermera que nos abrió la puerta desapareció con un andar sigiloso, como si temiera perturbar el sueño blando que los ojos duermen en las retículas de cristal.

Garmendia había dejado encendida la luz de su escritorio, un aro grueso como una dona de neón, y un plato con restos de guayabate. Lánder no resistió la tentación de probar unas migas:

—Está de lujo —se chupó el índice y el pulgar.

—Garmendia es de Michoacán —explicó Sara.

Había aceptado el plan de Sara porque tuve un día demasiado dichoso para decir que no. Amanecer con Mónica tuvo un efecto aturdidor: olvidé los problemas de la clínica, pero al mismo tiempo la dicha me predispuso a enfrentarlos.

Sara me habló y claro que sí, al rato estoy contigo, faltaba más.

Como de costumbre, Samuel, uno de los practicantes, olvidó que era martes y le tocaba llevar los sándwiches. El anestesista Del Río coqueteó con la monja de siempre: «madre, apriéteme la filipina, pero bien sabrosón»; la madre Carmen le anudó la bata, el rostro colorado y una mirada de soslayo a su amor platónico, el gran Ferrán, que pedía con una autoridad superior a la destreza con que maniobraba los pedales: «¡Quiero una retrobular, por favor!». Todas sus frases empiezan con *quiero*, a no ser que se dirija a las monjas: «A ver, madre, ayúdeme con el enfoque». La madre Carmen se afanó en los controles del video (Ferrán está obsesionado con sus videocasets para un congreso). En el quirófano vecino extraían cataratas: «¡¡¡¡A la derecha!!!!», ordenaba alguien a un paciente sordo como una cazuela. Una mañana como todas: la enfermera Jovita suplicó al indolente Samuel: «Hágalo por la ciencia» (se refería a los sándwiches), Ferrán tiranizó a todo mundo en aras de sus enfoques, Del Río echó ojo a lo que pudo, Rodríguez siguió con sus moscas y yo sentí un escalofrío benéfico al soldar mi tercera retina.

En los vestidores alguien que conocía los olvidos de Samuel sacó una bolsa de pan con sándwiches de mortadela y al segundo mordisco fue como si todo cuajara, Mónica y las tres retinas en su sitio, el olor a barniz de esa banca de madera, los guantes de hule transparente colgados de su percha como una hojarasca fabulosa, la taza de peltre en la que alguien me sirvió refresco, un momento en que los objetos y los aromas de la vida que he elegido se combinaron bien. La felicidad me duró hasta la tarde. Disparé 25 veces sobre un ojo encapsulado; aún sentía en mi pie la tensión de haber hecho blanco, cuando me encontré con Sara. Nos dirigimos al banco de ojos, seguros de cumplir una tarea decisiva.

Revisé los estantes; me pregunté dónde estaría el archivo de piezas patológicas. Finalmente apareció el encargado del lugar.

—Perdón —dijo, sin resuello, como si viniera de muy lejos—, las cosas están al rojo vivo.

Garmendia es un calvo que sólo se engaña a sí mismo con las hebras tenzadas en su cráneo.

—Vamos al grano —dijo Sara Martínez Gluck, y describió al Doctor Subtilis depositando su correo con una probable etiqueta de puré de manzana.

—Iniestra le está pasando ojos que saca de la Cruz Verde o de la fosa común. Acabo de ver una córnea ulcerada, tenemos pseudomonas marca diablo, supongo que vienen de los ojos proporcionados por Iniestra —intervino Lánder.

Garmendia no contestó. El vasco se rascó la mejilla, con fuerza suficiente para tomar una muestra celular. Volvió a hablar, en un tono tenso, artificial, luchando por parecer ecuánime:

—Todo mundo sabe cómo se las gasta Iniestra. La verdad sea dicha, sus otras transas nos tienen sin cuidado. ¿Que trafica con refacciones? Allá él. ¿Que vende empanadas? Muy su onda. Pero con esto se pasó de tueste. No podemos permitir que nuestros pacientes pierdan ojos sanos.

—Aquí todo mundo vive de rumores —dijo Garmendia; alzó una ceja peluda. Este gesto de suficiencia desató a Lánder:

—¡Rumores! ¡No invente! ¡Tenemos pruebas como para que vomiten los judiciales!

Garmendia bajó la ceja, desvió la vista hacia mí. De golpe me di cuenta de mi papel en la escena: el policía bueno, capaz de atemperar los accesos de Lánder.

Sin embargo, fue Sara quien intervino en tono conciliador:

—Antes de hablar con el Maestro, y de emprender acción legal, quisimos hablar con usted.

Lánder apretó los puños; su alianza ceñía el dedo anular como la vitola de un puro.

El cráneo de Garmendia enrojeció bajo las hebras de pelo; sin embargo, mantuvo la calma; habló como un notario muy acostumbrado a los trámites ineficientes:

–No es lo que ustedes piensan –hizo una pausa, metió la mano en su suéter y extrajo un cordón del que pendía una llavecita; abrió un cajón, revolvió papeles, sacó un expediente (innecesario, pues habló sin mirarlo)–. Hoy atendimos pedidos en número de 126 para una clínica de Tijuana.

–¿De Tijuana? –pregunté.

–¿Sabe cuántas maquiladoras hay en Tijuana, doctor Bulnes? –Garmendia está tan encerrado en su gabinete que no parece una descortesía que se equivoque en nuestros apellidos.

–No –repetí (el informe de Iniestra lo decía, pero lo había olvidado).

Garmendia sonrió, extendió sus manos regordetas sobre el escritorio, como si desplegara un mapa:

–Tijuana es un paraíso de la maquila, y sospecho que pronto el país entero será igual.

–¿Qué tiene eso qué ver con las córneas? –preguntó Sara.

–Se lo pongo así de fácil: hoy en la mañana mi población de córneas era de 130. Ya les dije que despaché 126 a Tijuana.

–¿No me diga que todas las costureras tienen córneas nuevas?

–Las costureras son sólo un ejemplo del mercado en expansión; en términos de afluencia no son interesantes («afluencia», la palabra se repetía como urticaria en el *Informe Subtilis*)–. Tijuana empezó atendiendo casos locales, pero el verdadero negocio vino después –pasó su mano sobre el expendiente, como si leyera por magnetismo–. En 1987 Estados Unidos tuvo un déficit de cinco mil trasplantes de córneas; cada operación costaba entonces unos cuatro mil dólares. ¡Echen cuentas: veinte millones de dólares detenidos por falta de córneas! Desde aquí las podemos surtir en veinticuatro horas, pero las regulaciones sanitarias lo impiden. Todo indica que los tijuanenses ya encontraron un canal.

–¡Y usted manda las córneas sanas y deja las jodidas! ¿Qué cree, carajo, que está exportando tomates? –Lánder se puso de pie, su metro noventa produjo una sombra monstruosa sobre la dona de neón. Sara me tomó de la mano. Garmendia había humedecido el expediente con el sudor de su palma.

–Estoy cooperando con ustedes –resopló Garmendia–. Le aseguro que no ha bajado el control de calidad y la clínica se mantiene en números negros gracias a nosotros. ¿De dónde salió el dinero para pagar el nuevo equipo de endoláser?

–Un *fayuquero* de ojos hablando de control de calidad, ¡qué a toda madre! –Lánder se dejó caer en su silla.

Las cejas de Garmendia sufrían una curiosa vibración

–Nada de lo que pasa en Tijuana tiene que ver con nosotros. Nos limitamos a mandarles córneas. Yo también estoy cansado, no se crea, el ritmo nos ha rebasado. Insisto en que procedemos con la máxima higiene, ¿están seguros del frasco de Gerber?

–Tenemos endoftalmitis terribles –intervino Sara–; ojos ulcerados cada dos por tres, operaciones que fallan por contaminación, ¿para qué discutir frasquitos? –exageraba, pero habló como si se reservara lo peor.

–Miren, mis amigos –el sudor abrillantaba la frente de Garmendia–, estoy en el banco desde su fundación y no fui yo quien lo convirtió en un tianguis; surto lo que me piden, punto; si me atuviera a las donaciones, jamás me daría abasto –ya no era el notario resignado a los trámites insolubles; su voz tenía un dejo de humillación–. Haití exporta sangre y cadáveres para las universidades, en Guatemala se adoptan bebés para el tráfico de órganos... Sin ir más lejos, mire nomás –me tendió un recorte de periódico: «*Colima, Col., 26 de julio*. La desaparición de menores en los últimos meses en el Distrito Federal puede estar ligada al tráfico de órganos humanos que se está practicando en la frontera norte del país, afirmó el subprocurador de procesos de la Procuraduría durante la Reunión Nacional de Escuelas y Facultades de Medicina que se efectúa en la Universidad de Colima». El reportero Ochoa Cervantes de *La Jornada* informaba de 52 niños secuestrados en los últimos meses. Le pasé el recorte a Sara–. Lo nuestro no es tan grave –continuó Garmendia–, y no se crean, yo también estoy preocupado, verdaderamente alarmado. Ya le envié un informe al doctor Ugalde. Hemos perdido capacidad de respuesta, somos incapaces de satisfacer una demanda repentina de córneas. ¿Se acuerdan del accidente entre los mineros de Fresnillo? –su especialidad tiene otras preocupaciones que las nuestras: ninguno lo recordaba–. Un caso masivo de nistagmus. ¿Saben cuántos casos de queratitis hubo en la India por el desastre de la Union Carbide? A lo que voy es a que no podemos enfrentar emergencias. ¡Y lo más grave son los seguros! Cada asegurado tiene derecho a un trasplante, es una promoción de la clínica. ¿Ya vieron el anuncio en televisión? Ugalde se lució con esa farsantada: *¡Salud a la vista!* ¡Ja, y yo no sé si mañana tendré cuatro córneas!

–¿Qué le contestó Ugalde? –pregunté.

–¿De qué?

–Del reporte que le entregó.

–Ah. Mencionó algo del departamento legal. Fue todo, por eso quería hablar con ustedes... –Garmendia le dio vuelta a la tortilla, como si la denuncia fuera su iniciativa. Pensé que Lánder volvería a saltar. Me equivoqué:

–¿La transa fuerte viene de Iniestra? –preguntó con calma.

–Para nada, el doctor Iniestra localiza ojos, nos ayuda

(¡con higiene!, lo garantizo) y se lleva su comisión, como es natural, pero la cosa viene de arriba. Nosotros..., ¡y me incluyo de buena gana! –añadió al ver que el plural alteraba nuestras miradas–, nosotros desconocemos el monitoreo. Hay alguien, alguien de arriba, que sabe que el cuerpo de Leticia Santos no fue reclamado en Balbuena, que le enuclearon los ojos y que Betty Smith los necesita en Jacksonville en tres horas. Toda una red.

Garmendia había logrado componer su situación, ya no era el enemigo principal, acaso ni siquiera fuese el enemigo.

¿Qué mano secreta manejaba el correo? Alguien se aprovecha de la vejez de Suárez y Ugalde; después de ver al subdirector en la alberca no me extrañaría que los ojos circularan como canicas extraviadas.

Garmendia sacó un pañuelo, un gesto nervioso: se lo llevó a la nariz y apenas sopló sobre la tela. Luego habló, en tono más tranquilo:

–Lo importante es detener todo el asunto. Me ofrezco a preparar un informe detallado para la reunión de consejo. Así, en «petí comité...», como que se presta a malas interpretaciones, nos acusarían de grupúsculo, ¡la conspiración es el cáncer nacional!

El vasco paseó su mirada por las estanterías.

Hubo un momento de silencio incómodo, pegajoso, como si el aire dependiera del plato de guayabate. Entonces el ofrecimiento de Ugalde volvió a calarme como una moneda helada. El *Informe Subtilis* era una forma de ponerme al tanto; Iniestra buscaba normalizar un procedimiento repugnante. No sé qué era más siniestro, el correo de ojos o que Iniestra ofreciera soluciones.

–¿En qué piensas? –me preguntó Sara.

–¿El Maestro está enterado? –pregunté.

–No lo creo –dijo Garmendia–, al menos no en detalle. Desde que estoy aquí sólo ha bajado un par de veces.

La despedida fue molesta por cordial; de alguna forma Garmendia se había convertido en nuestro aliado, ya estábamos en la franja oscura de las componendas, las alianzas con hijos de puta para joder a quienes quizá no lo fueran tanto.

En cuanto la puerta de metal se cerró a nuestras espaldas, Lánder me tomó del hombro:

—¡Acepta, hombre!

—¿Qué?

—La jefatura.

Tenía una mirada voltaica, absolutamente irreal en la penumbra de El Nuevo.

—¡Tenemos que llegar arriba! —mi descalabro (seguramente no dejaba de verlo como tal) se volvía útil—. ¿Qué le dijiste a Ugalde?

—Que lo iba a pensar.

—¡Bien!

Estaba demasiado cansado para mandarlo a la mierda. Tener un motivo para entrar a la batalla de las oficinas me parecía peor que hacerlo desinteresadamente.

Nos despedimos frente al consultorio de Sara. Ella parecía absorta en mis zapatos.

—¿Qué piensas? —le pregunté.

—Cosas —dijo, como si volviera de un sitio lejano.

Le hablé a Ugalde. Línea ocupada. Insistí: estaba en una junta. En el fondo, me alivió no dar con él.

Traté de sorprender a Iniestra una vez más, pero recorrí El Nuevo en vano. Tampoco lo hallé en el estacionamiento, junto a los semisótanos que guardan la planta de luz, la caldera, el sistema de aire acondicionado. Un par de coches chirriaron a la distancia. Volví sobre mis pasos.

En la recepción, los pacientes se registraban ante el ojo avizor de Tezcatlipoca en un libro que debe de tener unas mil páginas y seguramente nadie ha leído. Pensé en la lotería que se iniciaba en el libro: del número de ingreso dependían el médico, el cuarto, la córnea sana o infectada. Un hombre trazó una firma lujosa, bancaria, que acaso fuera una apuesta muy pobre.

¿En qué momento nos convertimos en eso, en el libro que ofrecía el azar de sus renglones? Suárez se mantiene en otra esfera, eternamente absorto en la polémica entre la pinza francesa y la ventosa española («¿qué prefieren», preguntó famosamente Barraquer, «una garra de gato o unos labios de mujer?»). Nunca ha tenido que ver con las realidades menores que hacen la vida de la clínica. Sólo se interesa en desastres cuya grandeza esté garantizada, en caídas que comprometan al destino: el espejo ávido de Tezcatlipoca.

Caminé hasta uno de los patios interiores; vi las monedas trémulas al fondo del estanque. Me senté en el zócalo de piedra, con ganas de estar en otra parte. Contemplé los jaguares perfilados en la piedra: los devoradores del sol, siluetas pulidas en extremo, bestias alimentadas de luz. Un año mexica esculpido en el friso: 2 caña.

En eso oí unas pisadas. ¿Iniestra? Cada paso fuera de sitio empezaba a ser de Iniestra. Me volví. Nadie.

Es probable que Sara haya estado más cerca del Maestro de lo que sabemos, pero lo cierto es que por el momento ignora dónde está.

–¿Cuándo fue la última vez que lo viste? –me preguntó.

–No sé. Hace siglos.

–Lánder jura que ya murió y Ugalde tiene su momia allá arriba.

La vida de la clínica se confundía demasiado. Tuve ganas de ir a mi consultorio, de llamar al teléfono que Mónica había escrito con letra de colegiala: números precisos, inquietos. Además estaba muerto de cansancio, pero de pronto vi los ojos enrojecidos de Sara, sus facciones descompuestas, y me convertí en el lado fuerte de la situación. Sará lloró abundantemente. La abracé y su boca me mordió el hombro; después de todo, tal vez entre ella y Suárez...

La dejé una hora más tarde, sollozando en silencio. Salí de la clínica y caminé a mi edificio. Las fachadas absorbían sombras arrojadas por lejanos focos luminosos. Una silueta se disolvió en un zaguán. Pensé en el rostro desfigurado de Sara. ¿Dónde se había metido Suárez? Tenía que estar ahí, tenía que resistir hasta oírme, hasta saber que otro pulso continuaba el suyo. Las manos me temblaban; luché con el llavero en la puerta del departamento. Encendí la luz. No me molestó gran cosa ver la sustancia larga y triste que Sara dejó en mi bata.

Desperté a las tres de la mañana. Un brillo platinado anunciaba luna llena. Los plenilunios me causan insomnios terribles. Era muy tarde para un somnífero, en tres horas estaría operando, muerto de cansancio.

Me asomé a la ventana. Vi las sombras suaves, movedizas, de los animales en las azoteas; al fondo, el arco de medio punto de la iglesia de la Virgen del Tránsito. Un gallo cantó a la distancia. Escuché el rumor incesante de calzada Anáhuac, unos pasos allá abajo, las voces festivas de una parranda dilatada. Temí una serenata; por suerte los pasos siguieron de largo, inconexos, como si las piernas sumaran un número non.

Me preparé un café y lo bebí junto a la ventana, pensando en el llanto de Sara, en su curiosa relación con Suárez. ¿Qué esperaría de mí? Mi vanidad proponía diversos sacrificios, pero no, Sara no cuenta conmigo, como no sea para llorar cosas irremediables.

Luego dormí un rato y tuve un sueño de caballos. Un jinete morado, espléndido, iba en punta. Pero ni este héroe logró cambiar el desdichado final de la carrera.

Mi padre ha pasado varias semanas en la ardua logística de organizar su cumpleaños 65. A mí me encargó el hielo, aunque el clima más bien hace antojadizo el ponche.

Durante un par de días hubo un cielo despejado, de mes de San Juan, pero el *día D*, como lo llama mi padre, me asomé a ver las nubes húmedas que están matando tantas gallinas. Luego sonó el teléfono. Era mi padre. Quería saber si ya tenía un hijo jefe; sólo la jefatura le hará olvidar mi calidad de solterón, de médico que gana menos que los técnicos en aire acondicionado que tanto repudia.

—No se preocupe, le tengo una sorpresa para la noche.

—Que no se te olvide el hielo —colgó el teléfono.

Al llegar a la clínica fui directo al cuarto de Celestino para pedirle el pronóstico del tiempo.

—¿Qué rumbo le acontece, doc? —le ha dado por saludarme con esta metafísica pregunta y abre mucho los ojos, en espera del rumbo que me acontece.

—¿Cómo va la pierna? —señalé el yeso donde las firmas de las enfermeras ya superaban a las de sus compañeros de equipo; hizo una mueca de feliz resignación (lo peor que puede sucederle es que lo echemos de aquí)—. ¿Va a granizar? —me asomé a la ventana: un cielo duro, quebradizo.

—Tal vez. Hay *norte* en Veracruz —señaló su radio de transistores, como si el tifón fuera a salir de ahí—. Quisiera pedirle un favor, doc.

Me volví. Celestino tenía algo insólito en la mano: un chayote.

—Lo guardé de la comida de ayer. Hoy es día de la Candelaria. Le pido que lo plante por mí, seguro que tiene buena mano.

—¿Dónde?

—Donde sea. Usted me salvó la vida —dijo, como si esto me encadenara a su destino—. Me va a traer suerte.

—Está bien —dije, y subí al tercer piso.

A mitad del día sentí un peso extraño en la bata. El chayote, por supuesto. Lo pasé a la bolsa del saco. Mi traje azul marino es el único que podría llamar «de gala»; lo uso con una corbata azul celeste que tiene un ancla diminuta en la esquina; cuando termino de hacerme el nudo, meto las manos en los bolsillos y encuentro noticias de reuniones lejanísimas: la pastilla de menta con la que salí de un restorán, la tarjeta con el teléfono de un colega cuyo rostro ya olvidé, la minuta de un congreso de hace seis meses. Sería terrible que ocurriera lo mismo con el chayote.

En los días nublados tengo una ilusión de viaje, de estar en otro sitio y recibir a pacientes de regiones muy lejanas. Sin embargo, este año ha llovido tanto que ya me parece normal trabajar con la luz encendida a todas horas.

Recorrí El Extranjero en la bruma ambarina de las luces de argón. En su desembocadura me asomé al cubo de luz: pacientes muy pequeños allá abajo. Era un día para el retorno de Lucía o para que Mónica llegara a encender sus fósforos; sin embargo, fue mi madre quien habló por teléfono:

–¡Me cayó una lluvia de niños!

Imaginé la casa repleta de niños dioses. En San Lorenzo nadie parece tener el menor sentido de la anticipación y las devotas de la Candelaria esperan hasta el 2 de febrero para vestir a sus niños y carrerear rumbo a la iglesia.

–¡Gorronas ventajosas! –se queja mi padre, seguro de que las clientas llegan el día de su cumpleaños por la abundancia de botanas. Los muñecos desperdigados en la sala-comedor se impregnan de un vapor rico en alcaparras. «¡Qué sabroso me lo dejó!», comenta alguien, con cara de querer una probadita.

Aunque siempre comemos hasta anestesiarnos, mi padre se queja de que no alcanza para todos:

–Las candelarias botanean como si vinieran de la guerra.

Entonces mi madre llora y describe sus trabajos de ese

día, entre los peroles y los niños vestidos, con tal detalle que nos sentimos pésimo de estar contentos.

Esa mañana la población de niños dioses era incontenible:

—Tengo un titipuchal de trajecitos que acabar y la fodonga de tu hermana dice que le da asco pelar la lengua.

Amira es la única que sigue en la casa y se rehúsa a participar en la lengua de cumpleaños. Zoraida era buena peladora, aun en tiempos de sus ataques. Sin embargo ahora llega a «la hora del guajolote», como dice mi madre; lo primero que sabemos de ella es que viajar de Villa de Reyes le abre un apetito salvaje. Sureya, por su parte, está sometida a una dieta extravagante que le impide *ver* comida («antes comía con la vista», este lema la ha ayudado a sentirse mejor ante una gordura cada vez más alarmante).

Durante varios años participé en el pelado de la lengua. De hecho, fue así como me sobrepuse al asco de la carne pulposa. Los cadáveres me costaron menos trabajo; el formol les da una consistencia tan artificial y un olor tan penetrante que es como rebanar caucho. En cambio, la lengua desplegada en el fregadero, con la sangre espumosa en sus venas, era todo un reto. Amira incluso se negaba a verla una vez guisada y cierta noche se vendó los ojos para comer (por suerte esto ocurrió cuando mi padre iba en el tequila 12 y creyó que jugábamos gallina ciega). En lo que a mí toca, del asco inicial pasé al placer de tasajear la carne blanda y porosa; hundía la punta del cuchillo para desprender la piel translúcida, pulida por tantísimas pasturas.

Pero lo mejor del guiso ocurría unos días antes. Íbamos a La Naviera y mi madre caminaba por el pasillo hasta detectar las alcaparras; iba ataviada con un rebozo de triple vuelta que abría en tiempo récord para hacerse de un frasco. En la caja ponía cara de Virgen dolorosa.

Su habilidad para robar me hacía atribuirle otros hurtos

que acaso justificaran sus cuarenta y cinco minutos de confesión con el padre Vigil Gándara. Uno de mis primeros sueldos fue a dar a un bastimento de alcaparras. Ni me dio las gracias: le quité el momento deportivo de sus recetas. No volví a entrometerme; las alcaparras son robadas aunque mi madre disponga de dinero.

–¿Oraquehago? –gimoteó.

–¿Y mi padre qué hace?

–¿Él? ¡Fumar como divorciado!

No me costó trabajo imaginar sus lentas volutas de humo en la sala donde cien niños se iban a pique. Mi padre está tan atento a festejarse que ignora cualquier cosa que no tenga que ver con la lista de invitados. Su mayor preocupación es que lleguen desconocidos. Cuando yo era niño, en San Lorenzo bastaba enterarse de una fiesta para estar invitado; la gente caía sin encontrar malas caras. Ahora resulta difícil ubicar a todas las personas que pasan por el barrio, y mi padre siente un terror abstracto ante los fuereños, los ve como enviados de un mundo abusivo, siniestro, donde todos se desconocen y las estatuas de los héroes llevan trajes de bronce. El espanto ante una ciudad anónima, incontrolable, se mide el día de su cumpleaños. Cada vez hace invitaciones más complejas, pide a sus amigos que no corran la voz, lleva la cuenta acumulada de los intrusos, como si de veras fuera a llegar el día en que se siente a comer lengua rodeado de rostros nunca vistos.

Mi madre seguía sollozando en el teléfono. La imaginé contando muñecos desnudos mientras mi padre repasaba sus amigos de fiar.

–¿Invitaron al doctor Iniestra? –le pregunté.

–Claro.

Si el Doctor Subtilis compitiera en elecciones locales sería el indudable vencedor; tiene compadres cada dos calles y mi padre checa con él las medicinas que le prescribo. La verdad sea dicha, a la gente de la colonia no le importaría gran cosa saber que trafica con córneas (y a estas alturas, después de convivir con su *Informe* y ver la Planta Baja transformada en plaza pública, a mí tampoco). Con todo, me molestó que fuera la única persona capaz de ayudar.

—Háblale a Iniestra —dije—; vende comida, es amigo de los sastres, de las monjas —insistí con tal vehemencia que mi madre me contuvo:

—Ya, hombre, si no soy de palo.

Tal vez invité a Mónica porque me cansé de verla en la clínica. El cumpleaños era un pretexto para conocerla de otro modo, no el ideal, por supuesto, pero de todos modos insistí, le hablé cuatro, cinco veces.

Telefonearle es atravesar muchas recámaras. Primero contesta una viejecita, de voz luida y oído breve (invariablemente responde «voy por el chamaquillo»). El chamaquillo resulta ser un adolescente semidormido (a cualquier hora) que habla sin ganas y luego grita como para pulverizarse las anginas: ¡¡¡Monicaaaaaaaaa!!! Por último llega ella, rodeada de niños. Habla entre pleitos y regateos infantiles, y se interrumpe a cada rato para pedirle a Paquito que no muerda los plátanos de plástico (lo único que sé de su casa es que tiene plátanos de plástico). Mónica se dedica a cuidar niños; los martes y los jueves le tocan «los enfermitos» y su pelo huele a violeta de genciana. Es, literalmente, la persona menos curiosa que conozco. Cuando se sienta en un sillón sólo se sienta en un sillón. No busca la revista a la mano, la luz de lectura, el tejido inacabado; en todo caso un cerillo, el fósforo frío para no volver al vicio de otro tiempo. ¿Hay vanidad mayor que amar a una mujer que ha renunciado a tantas distracciones y se entrega a mí como a la única fatalidad? Supongo que no. En los últimos días he dejado de hacerle preguntas, pues todas sus historias son tristes. Acaricié su cicatriz queloide y habló de maltratos en el hospital de Xoco (no me equivoqué: la Cruz Verde tiene una irrevocable marca de sutura). Le conté del Trolebús, un perro callejero de San Lorenzo que tiene la cola hacia arriba, como en busca de un cable que la guíe; ella, por supuesto, tuvo un perro al que quiso mucho y fue atropellado. Su primer amor se hundió en una cañada del Popocatépetl. ¿Cuántos alpinistas hay en México? No muchos, de seguro, pero ella tenía que perder la virginidad con un muchacho inepto que acabara sepultado en nieve. Es obvio que alguien con el rostro de Mónica no puede pasar por la vida sin historias agradables, pero sólo habla de un vestido hermoso si después se le encogió. Su sonrisa gana fuerza, una fuerza abrasiva, después de tantas llaves rotas en las cerraduras, tantos paraguas perdidos, tanto catarro, tanto abuso.

No sé cómo la convencí de ir a la fiesta. Fue mi primer triunfo sobre su aislamiento, sus ganas de no ir al cine.

Ofrecí pasar por ella, temiendo que viviera en Cuajimalpa.

–Dame la dirección. Yo llego –me dio un beso en la mejilla y guardó el papel que decía «Duraznos 28, esquina Fabián de Oca» en un bolso de plástico.

También invité a Sara. Las mujeres que hablan ponen un poco nervioso a mi padre, y Sara no es la excepción.

En cuanto a Lánder, se invitó solo. Cuando conoció a mi padre dijo que su conversación era «deliciosa» (seguramente se refería a alguna narración de desastres heroicos; el vasco es presa fácil de un tipo de cursilería superviril: no puede ver una premiación olímpica sin que el rostro se le descomponga).

La idea de presentar a Mónica de golpe ante familiares y amigos me puso nervioso. Fumé entre paciente y paciente; en un momento cerré los ojos y dormité unos segundos.

Desde que entré a la clínica vivo según la creencia de que es posible dormir dos horas. Antes, una ducha helada y un litro de café me ponían del lado de los vivos. Ahora no hay remedio. El día entero no es sino un latido en las sienes, los ojos enrojecidos, el ardor en el plexo solar. No conozco médico que se mantenga en forma, incluso para Lánder el deporte es ante todo un desgaste, una rabiosa forma de aplacar las mitocondrias.

No quise asomarme al espejo (ya la mirada de respetuoso terror de Conchita reflejaba mis estragos); en los ratos libres fui a la ventana: el mundo se había puesto gris, la gente caminaba con los pasos torpes de los días fríos.

Cuando la esposa de Lánder llegó a recogernos, a las ocho de la noche, estaba muerto. La caja de puros que saqué de la remesa de las Fumadoras me pesó como un lingote.

Pero lo que vi en el vestíbulo me reanimó; de todas las españoladas a las que sucumbe mi amigo, la única justificable es Norma, de una belleza tan arquetípica que de veras se vería bien con un clavel en la oreja. Tiene una manera de conducirse como si le sobrara algo, como si moverse fuera un derroche. La piel tostada, los senos opulentos, la cintura breve, los ojos negros, encendidos, son un triunfo de la imaginación gitana. Por supuesto, está harta de que le digan Carmen.

–¿Y Sara? –preguntó Norma, con su agradable acento de Sonora.

Fui a buscarla a su consultorio. La encontré escribiendo a máquina; sólo usa dos dedos pero se las arregla para armar gran barullo en el teclado. Además de contribuir a diez revistas especializadas y de batallar contra el oftalmólogo de Antofagasta, escribe una sección de ejercicios ópticos para la revista de los aviones.

Estaba vestida de un modo «elegante» y era curioso verla trabajar en ese atuendo. De pronto se detuvo, se quitó los lentes, se frotó los párpados.

–¿Qué haces, tus aerobics de ojos? –le pregunté.

—Ahorita acabo —escribió media cuartilla y se me quedó viendo—: ¿Crees que Suárez esté enfermo? Con lo orgulloso que es, no se atrevería a decirlo. Que la clínica lleve su nombre le parece suficiente para que todo siga de maravilla; no se da cuenta de que debe estar aquí —Sara se hablaba a sí misma.

Se puso de pie, con movimientos torpes.

—¿Hace frío? —sacó la hoja de la máquina, la guardó en un bolso con abalorios.

—Mucho.

Sara se puso un abrigo de felpa granate, de un género gastado, agradable al tacto. Debía de ser de su abuela.

Caminamos con los rostros embozados en las solapas y sólo nos descubrimos al ver a las mujeres que salían de la casa cargadas de niños dioses y botanas. Uno de los orgullos de la colonia es que no hay vecindades, detalle que sólo advierten quienes, como mi padre, vienen de vivir en vecindades y aún recuerdan la ropa colgada de ventana a ventana, los pasos en la habitación de arriba, la designación numérica de los vecinos. En San Lorenzo el máximo localismo son los partidos de basquetbol en los que compiten calles paralelas contra transversales: *Héroes versus Frutas*. Sin embargo, cuando hay fiesta cualquier calle se vuelve vecindad. En la esquina de Fabián de Oca encontramos a los perdularios de siempre que ya esperaban sobras, gruesas nubes de vaho en torno a sus bocas y hules listos por si llovía.

Me hizo bien pasar a la sala y ver a mi madre radiante, con un vestido de flores anchas que no se ponía desde hacía mucho. Se plantó frente a nosotros, gruesa y alegre, y fue como si agregara otra temperatura a la estancia. «¡Qué tipazo!», me dijo al oído, refiriéndose al Doctor Subtilis, que parecía a punto de derribar un delfín de vidrio con sus aspavientos y de disolver a alguna mujer con su mirada. En el rincón opuesto, los sastres de La Distinción daban los últimos pespuntes a un trajecito de niño Dios. Esto explicaba en parte la alegría de mi madre; el resto tenía que ver con una cubeta de salsa en escabeche y una simpatía que ella juzgaba arrolladora:

—¡Qué *charms*! —me dijo, y fue como si activara un resorte:

—¡Se me olvidó el hielo!

—No te preocupes, *el* doctor trajo dos bolsas —la alegría de verla de buenas se arruinó en el acto: Iniestra se había convertido en *el* doctor en mi propia casa—. Échate una peinadita, pareces alma en pena —susurró mi madre.

Me pasé la mano por el pelo, tratando de lograr un efecto de plancha. No quería deprimirme ante un espejo.

Mi padre se había puesto el anillo de graduación de la Normal Superior, su fistol con perla de fantasía y medio litro de agua de colonia. Sus sienes denotaban el paso de un corcho quemado. Saludó a Sara y a Norma con un beso en la mano y le guiñó el ojo a Lánder, un gesto que en su lotería personal significa «El Hombre de Mundo reconoce a La Hembra» y que el resto de la humanidad interpreta como un saludo de capitán de meseros. Armó gran escándalo al ver la caja de puros; luego guardó un cauto silencio: alguien podía pedirle uno.

Todos hablaban de las lluvias, daban datos de casas inundadas y perros ahogados.

Sara se veía abrumada por el gentío; formábamos una cuarteta pálida donde sólo Norma parecía haber dormido en la última semana. Nunca entenderé la predilección de las mujeres hermosas por los hombres insoportables, tampoco que mi mejor amigo sea Lánder.

—¡Un vinito! —Lánder llegó con vasos de plástico colmados de un vino tibio y dulce que nos dejó las lenguas moradas.

Norma sacó una lengua deliciosa y Lánder trajo un aguardiente «lavalenguas» que sólo logró marearnos. A cada rato llegaba alguien a saludarnos y yo repetía las presentaciones, tratando de no decirle Carmen a Norma. Ella imponía su dicha sin decir nada. Supongo que debe de ser terrible en sus arranques de ira, pero en ese momento hasta Sara –que sólo respeta a las mujeres después de su primer libro y su primer divorcio– se contagiaba de la alegría fisiológica que infunde Norma.

El hombro me dolía con las afanosas palmadas que me propinaba Lánder; me miraba con ojos cansados, una sonrisa floja en los labios violáceos. El licor surtió su efecto; las manos de Lánder me parecieron independientes de su cuerpo, como los dedos rápidos de un tallador de barajas que se mueven sin comunicar vida al rostro impasible. Su mente estaba en otro juego. Compartimos unos minutos de médicos jodidos por la chamba, ajenos a las ruidosas amenidades de la sala. Creo que nunca me pareció mejor amigo que en ese lapso de callada complicidad que arruinó con su pregunta:

–¿Qué decidiste?

No respondí. Lánder alzó su vaso:

–Por Retina –dijo, mirando a Sara.

–Felicidades –Norma ya estaba en el secreto (si aún se le podía llamar así a algo que se sabía en treinta calles a la redonda); sonrió con dientes blanquísimos.

¿Dónde estaba Mónica?

Lánder puso su mano izquierda en mi nuca y la derecha en la nuca de Sara; nos reunió como si jugáramos en algún equipo. Aunque habló hacia el suelo, su aliento caliente, etílico, me entró hasta las carótidas:

–Es nuestro chance de ayudar al Maestro, o al menos de joder a Ugalde.

–Si jodemos a Ugalde perderemos el contacto con Suárez. No sabemos dónde está, por qué se fue, nada. Es mejor que Ugalde lo llame –dije.

Lánder tenía los dedos pegajosos. Recordé el deseo de Sara de acostarse con él *una vez*. Me zafé como pude y vi que otra vez Zoraida llegaba a la «hora del guajolote». Fui a saludarla. Al fondo de la sala, tras una niebla de tabaco, descubrí a Carolina. Llevaba un vestido blanco con motas negras.

Una sonrisa lenta le arrugó las comisuras de los labios.

–¿Tu marido? –pregunté.

–Por ahí –señaló a unos hombres de traje azul marino que bebían abrazados de la cintura. Hizo una pausa, como para dar cabida a un destino imaginable.

Cada vez que la veo siento los años injustos que la convirtieron en esa mujer ajada y algo basta, que mira como si ya no quisiera nada (curiosamente, el mismo desapego me gusta en Mónica, tal vez porque hay un misterio mórbido en su fatigada juventud). Carolina me provoca una tristeza eficaz y algo ridícula, como abrir un álbum y encontrar el rizo de alguien que fue niño hace mucho.

Casi todas las mujeres que frecuento son pacientes, incluso F. fue más que nada un compendio de síntomas, un cuerpo pasajero, casi anónimo. En cambio, conozco tantos detalles de Carolina, ¡tanta minucia exacta, inasignable a su presente! La uña verde, su cuerpo junto a la estatua, su lengua pegada al refrigerador, la tenia que la mantuvo esbelta, Carolina hipnotizada a distancia, Carolina altiva, ofreciéndome paz en un andén del metro cuando yo quería problemas que interesaran mi vida, apoderarme de su cintura breve. ¿Qué pasó con su manera de reír como si torturar fuera un favor?, ¿qué fue de su futuro amplísimo? Carolina ya estaba en el futuro, increíblemente en San Lorenzo, en esa casa de paredes sucias, ante mis labios partidos.

–Va a venir Julián –dijo, muy despacio.

–Maximiano me dijo que regresó de Tijuana.

–Sí. Se está quedando en el otro barrio. Tu padre lo invitó.

–Prefiere a un cabrón conocido que a uno desconocido.

Sonrió sin ganas.

–Te ves bien –me dijo, y ante ella era cierto. A pesar de la vida inane, o quizá por eso mismo, su rostro ha sido trabajado por los años. El mío también, pero tal vez estar agotado me proporciona la rudeza, el «carácter» que no me brindó aquel bigote. En todo caso nunca habrá una balanza nivelada para nosotros. Vi las canas que le circundaban la frente como fideos cenizos.

Sentí un alivio cuando mi madre, ayudada por el solícito Iniestra, apareció con una bandeja de camarones. Hubo aplausos.

–¡Porra para el profesor! –gritó Félix Arciniegas, siempre dispuesto a azuzar multitudes.

El último *síquitibum* salió asordinado por los mariscos en las bocas. Ya en la mesa, Carolina recuperó la altivez de otros tiempos. Amira sorprendió a todo mundo con su habilidad para pelar camarones con cubiertos; sus manos de cosmetóloga practicaron una instantánea cirugía de cutícula, y Carolina –que nunca se chupará los dedos en público– le tendió su plato. Amira repitió la operación, con el desagrado y la destreza con que le arreglaba las uñas gratis.

Mi hermana Suraya comía con fruición, más gorda que nunca:

–Necesito hierro –se justificó; luego se volvió hacia mí para descalificar cualquier comentario médico–. Me lo dijo el nutriólogo, no creas. ¡Hierro! –parecía dispuesta a comerse el puente de calzada Anáhuac.

–Los mariscos no tienen hierro –envenenó mi padre. Luego se enfrascó en una polémica sobre si los camarones eran U-12 o U-10; nadie entendió esas siglas de bombarderos hasta que explicó que eran 12 o 10 por kilo y nos pareció estúpido que discutiera por ello.

Cuando llegó el *cadete envuelto* ya me inquietaba la tardanza de Mónica. El popular tamal venía mermado por el botaneo de las candelarias, sin ribetes de epazote, como un oficial deshonrado. Alcanzó para todos gracias a que Amira lo fileteó con maña. La vista del tamal hizo que mi padre hablara de la picada de Juan Escutia, luego brindó con todo mundo y contó achispadas habladurías; paradójicamente, sólo la llegada de la lengua lo hizo callar.

Sentí un golpecito en el hombro y el perfume dulzarrón de mi madre:

—Ahí te buscan.

Fui a la puerta, sintiendo las miradas pegadas en mi nuca. Mis padres tienen una puerta de lámina que atrancan con una varilla. No besé a Mónica porque la varilla cayó con gran estrépito. Ella me vio con una mezcla de frío y espanto.

—Me estoy helando —sorbió los mocos. Se veía bien con los ojos irritados y el pelo revuelto—. Por poco no llego, tuve un problemón —añadió, pero no pude enterarme de qué se trataba porque Lánder vino a abrazarla con una euforia desmedida:

—¡Qué calladito te lo tenías! —me dijo.

Como en tantas ocasiones me di cuenta del error una vez cometido. Sara la saludó con desconfianza; Iniestra, el bisoñé ladeado como una montera y una mancha de salsa en su corbata de jinetes, la observó con lenta curiosidad; mis hermanas, que al tercer tequila se ríen de lo que sea, se burlaron de ella (de nada sirvió que Amira comentara en su tono de cosmetóloga: «Está monísima, Fer»); mi padre, que ama a las mujeres frondosas y mostraba cierta dificultad para despegar la vista de Norma, me vio con un cariño demasiado parecido a la lástima por salir con esa muchacha escuálida que obviamente no quiso comer lengua; para colmo, mi madre hizo despliegue de lo que ella considera la forma más alta de la educación: la insistencia. Le ofreció tantas veces unos huevos revueltos que Mónica tuvo que aceptarlos (para evitar rencores, me acabé lo que dejó en el plato).

En todo este trance evité la mirada de Carolina.

Mónica no hizo mucho por mejorar la situación; contestó con monosílabos a las kilométricas preguntas de Lánder y se aferró a mi mano como si eso pudiera salvarla de un naufragio. En un momento el vasco le dijo «¡qué ojos garzos!» y sacó su lámpara de exploración para ver cómo cambiaban con la luz. Ella resistió impasible y mi madre se acercó a preguntarme, con un susurro superior al rugido:

—¿Está enferma?

—No.

—¡Tan joven!

—Te digo que no. Está resfriada, es todo.

—¿Le pongo alcohol en su klínex? —señaló las migajas de papel que Mónica sostenía bajo su nariz–. ¿O un «caliente»?

—Ándale, un «caliente» —contesté, temeroso de que insistiera toda la noche con el preparado de ajo, miel y té (que también tuve que tomarme).

A estas alturas de la fiesta el agotamiento me pesó de otra forma; me sentí cansado de un modo nervioso. Era absurdo estar con la persona que menos conocía en la reunión, pero al mismo tiempo quería estar a solas con ella, lejos de las abejas cristalinas de la conversación y los vasos entrechocados. Mónica volvió a su ensimismamiento y quise compartir su vértigo silencioso, caer con ella, profundamente, aparte, a salvo, lejos de esa frase de pesadilla: «éste es San Lorenzo, sus cuatro lados dan a la ciudad más poblada del mundo», pero el escándalo nos alcanzó de nuevo. Julián Enciso entró a la sala, envuelto en un pesado suéter de Chiconcuac:

—¡¡Con todo respeto y cariño...!! —aquí acabó su alocución; Los pasteles, que tocan sones huastecos en la ostionería La Jaiba Brava, entraron cantando a voz en cuello.

133

Me molestó el desplante de Enciso; apenas conoce a mi padre y llegó como si fuera su compadre del alma. Sara, Norma y Lánder estaban fascinados de que San Lorenzo pudiera ser tan típico. El arpista se instaló muy cerca de Norma –las cuerdas resonaron como una llovizna aguda– y le dedicó unas coplas donde «fuego» rimaba con «luego luego».

Además de la insolente piedra en su incisivo, Julián llevaba una esclava con una *J* diamantina y un anillo que competía en tamaño con el de mi padre.

Busqué a Carolina. Lo miraba con asombro, casi con susto, y fue al ver esta mirada cuando reparé en el deterioro de Julián: una piel verdosa, hasta la quemada en el cuello se le veía opaca; sonrió, mostrando unas encías casi blancas; incluso el pelo se le veía mal; aún era abundante, pero le crecía en mechones secos y gruesos; no me hubiera extrañado encontrar costras en su cuero cabelludo. El efecto final vino al quitarse el suéter: una silueta consumida. Pidió una jarana y la esclava de oro pareció agobiarle la muñeca. Carolina se despidió en ese momento, como para no recordar que esas manos la enloquecieron al pulsar otra guitarra. Su marido se había desplomado en un sillón y abrazaba un cojín de terciopelo. Iniestra salió tras ella. Había ido solo a la reunión; pensé que tal vez sus amantes no fueran tan imaginarias.

Durante unos segundos Julián Enciso volvió a ser el zurdo intolerable de otros tiempos; tocó bien y apenas alzó las cejas cuando una salva de aplausos festejó su trémulo solo de jarana, otra vez el gesto sobrador, de galancete de película, sólo que ahora sus mejillas hundidas lo volvían patético. Después de tres sones le cedió la jarana a otro músico y tosió sobre un pañuelo azul. Sara y Lánder estaban felices con tanto color local, de modo que fui el único en pensar en flemas, ganglios inflamados en el cuello, la mirada translúcida, de higo cristalizado, los signos inequívocos de que a ese flaco se lo estaba cargando la chingada.

Unos minutos después Julián lucía mejor; un pase de cocaína, tal vez.

Lánder y Sara le pidieron otras canciones, dispuestos a no percatarse de su mirada agónica, clavada en un punto inexistente de la pared.

En eso llegó mi madre, con un rostro que de golpe parecía cinco años más viejo:

—¡Se acabó el hielo!

Estaba tan cansado que pensé que me haría bien respirar un poco de aire frío. Además, no quería estar en el mismo cuarto que Julián, no sé bien por qué, tal vez me dolía verlo tan mal, y no tanto por él, lo confieso; había algo incómodo en que el enemigo admirado en otro tiempo fuera ese flaco enfermo y extrovertido, dispuesto a cantarnos su muerte, a hundirse rodeado de su fama moderada, los descalabros que ni siquiera daban para mucha infamia.

—Si quieres voy a la gasolinera —le dije a mi madre.

—Aquí te espero. Afuera me congelo —me dijo Mónica.

—No tardo —Norma oyó mis palabras y me alcanzó en la puerta.

—Lánder quería hablar contigo, pero ya está muy bebido —hizo una pausa; vi sus ojos negros, los labios húmedos; pensé en Mónica, que me esperaba con un klínex hecho migajas, en la tristeza de que jamás tendría una mujer como Norma—. Él te aprecia mucho, pero está muy acelerado por lo que pasa en la clínica y a veces..., bueno, ya sabes cómo es, a veces se aloca. Lo importante es que estén del mismo lado, no sé cómo decirlo..., por favor... —sonrió, como si me regalara algo con esa petición.

—No te preocupes: ¡juntos hasta la ignominia!

Cometí el error de abrir la puerta y su sonrisa avasallante duró muy poco.

El aire entró a la casa. Vi la varilla y fue como si algo metálico me viajara por dentro. Norma seguía ahí, las manos bajo las axilas, los ojos entrecerrados, una mujer que despide a alguien en la cubierta de un barco.

—No me tardo —dije.

Sin embargo, según resultaría, me tardé, y mucho.

A saber qué insensatez me hizo ir a pie a la gasolinera. El frío me ardía en los pulmones pero no quise regresar a pedir un coche.

Caminé por calles desoladas (hasta los perros callejeros se apretaban en sombras tibias en los zaguanes)

—¡Se nos acabó! —el empleado de la gasolinera tuvo que gritar para imponerse a los tráilers de madrugada que circulaban por la avenida.

Era el momento de regresar y decirles que siguieran bebiendo al tiempo (bastante frío, por lo demás), pero algo me hizo seguir de largo, pasar junto a la fábrica a la que se le había fundido un arco de neón (las pelotas de luz caían en un bache y rebrincaban). Los camiones zumbaron en mi oído izquierdo. Pensé en exploradores árticos de orejas congeladas. Me alcé las solapas, y no sirvió de mucho. Los pies me dolían cuando llegué a la siguiente gasolinera. No tuve que preguntar porque el refrigerador estaba abierto como una gruta triste. Era como si todo San Lorenzo necesitara hielo en ese día inclemente.

Pasé por esquinas cada vez más puntiagudas, quise pensar en algo tibio, en los cinco fuegos del patrono, pero sólo me vino a la mente una hilera de árboles pelados. La parrilla de San Lorenzo se abría como un campo tumefacto.

Luego una luz palpitó a mi derecha como un faro suave. Era el altar de los taxistas, donde los choferes se santiguan antes de iniciar sus recorridos. Me detuve ante la virgen intermitente; me persigné (no lo hubiera hecho de día, pero entonces me sentí responsable de esa calle sólo cruzada por periódicos viejos; tenía que perpetuar ritos mínimos, de veras mínimos: mi mano entumida produjo un gesto confuso, dolido; luego, guiada por un impulso propio, recaló en la bolsa del saco y palpé el chayote que había olvidado por completo; lo saqué: en la oscuridad parecía una granada gélida y compacta).

No sé de dónde saqué energía para sentirme culpable y encontrar en aquel vegetal una causa incompleta. Nada más fácil que abandonarlo a las ruedas de los coches, pero no podía hacerle eso a Celestino, pensé en los ciclistas infinitos que hacen buenos los paisajes, en la bicicleta de Maximiano que fue mía unos años. Vi un recuadro en la acera, me arrodillé y empecé a cavar en ese hueco donde nunca hubo un árbol. Al terminar, las manos cubiertas de tierra negra, vi la clínica a la distancia: dos ventanas encendidas. Ojalá Celestino no hubiera visto mi maniobra (pensaba inventar otro escenario para el favor cumplido: un jardín, una tarde quieta, un sitio donde confiar en los deseos, no esa ventana negra hacia las entrañas de la ciudad).

Compuse algunas mentiras hasta que las ideas se me trabaron. Los dientes me castañeteaban en tal forma que vislumbré mi muerte inminente, y el asunto casi me gustó: quise que el cielo entero se pulverizara en San Lorenzo y al día siguiente me encontraran impecable y congelado. Morir así, como un confuso héroe del hielo, me libraría de tantas cosas: de esa caminata, del correo de ojos, Retina, la complicidad de Lánder, la mirada ausente de Mónica, el imposible paradero del Maestro. «¡Granizo, granizo! –pedí, sabiendo que era mucho exigir nieve–. «¡Granizo, ardiente granizo!», y con esta jaculatoria en los labios descubrí un anuncio verde: PEMEX, las bombas de gasolina como monolitos de zinc, un empleado delgadísimo que me vio llegar como si nada, las manos en la cintura y una sonrisa de oreja a oreja, de una naturaleza tan superior a la mía que no se sorprendió de que un hombre helado pidiera hielo.

—Claro que hay —su respuesta me pareció tan increíble que pedí cinco bolsas.

—Creí que ya no había. En ninguna parte —le entregué unos billetes terregosos.

—¡Hubiera empezado por aquí! —el hombre sonrió de nuevo, sin echar vaho.

Las bolsas me pesaron demasiado y tuve que dejar dos en el camino. Tengo un recuerdo borroso de lo que siguió, lo único nítido es la presión cortante en los dedos, lo demás es el asfalto como una tira brillosa, hiriente, hecha de mugre cristalina, una confusión de viento y paredes duras.

Había renunciado a sorber por la nariz y los mocos me daban a la barbilla. Volví a ver la clínica. Estaba a seis cuadras eternas de la casa de mis padres. Sólo al pasar junto al escaparate de la bailarina cautiva sentí que avanzaba. Pensé en Mónica; estar con ella era una forma de dar con Suárez, a fin de cuentas él la había recomendado. ¿De dónde la conocía? Probablemente sería otra de las muchas cosas que Mónica no iba a decirme, y quizá por eso me gustaba, había algo hechizante en imaginarle tantos detalles, en desconocerla tanto en medio de esas casas donde todo era próximo en exceso; abrazarla era ya un modo de estar lejos.

Mientras mi mente ceñía el talle esbelto de Mónica, mis manos lodosas hicieron lo que pudieron para tocar el timbre de la casa.

Hacía mucho que mis amigos se habían ido. Distinguí un cenicero con un klínex hecho trizas, una colilla con la huella roja de Norma. Todo olía a humo fumado. Alcancé a oír que Julián se había puesto grave y Lánder tuvo que darle respiración artificial.

—¡Válgame Dios, m'hijito! —dijo mi madre, y me besó por llegar a los treinta y seis años en el mismo estado que hace treinta años ocasionaba que me pegara con un trapo mojado en alcohol.

Estornudé toda la mañana. Conchita me preparó infructuosas variedades de té. Al filo de las tres, cuando la balanza humoral marca la entrada de la melancolía, busqué un cuarto desocupado en el segundo piso y dormí con una pesantez que me hizo soñar con buques ahogados.

Desperté en plena oscuridad, la bata y las sábanas empapadas de sudor. Una hora inquietante tembló en mi carátula de cuarzo: 2:05 A.M. Debía de tener una fiebre altísima. No pude recordar si había tomado aspirinas. Me toqué la frente. ¿Quién me dejó dormir hasta tan tarde? ¿Conchita canceló mis pacientes? No había huellas de otra presencia (la cobija adicional, el té en el buró por si me despertaba). Descubrí unas formas huecas al borde de la cama que no invitaban a caminar en ellas.

Lejos, muy lejos, se oyó un ruido. Luego se repitió, una vez, otra más, con un intervalo que juzgué regular. Me tranquiliza que los ruidos se reiteren; si distingo un compás, un régimen interior, pienso en un aparato, en un trabajo que ignoro, una modificación nocturna, necesaria: alguien aporrea una calle, tiende cables, pule un riel, hace las reparaciones abstractas que permiten vivir de día.

El sonido se repitió hasta que le distinguí un acento metálico; luego cesó. El silencio me hizo sospechar; el ruido no había durado lo suficiente para garantizar un trabajo, un mecanismo.

Salí del cuarto sin ponerme los zapatos. El Extranjero estaba iluminado por débiles indicadores, como los que señalan el pasillo de un cine. Nunca había estado ahí a esas horas y me costó trabajo orientarme. Para respetar el hueco central que semeja un ojo, los pasillos siguen trazos helicoidales; de noche, se necesita el sentido de orientación de un buzo para avanzar sin titubeos. Por fortuna, los elevadores aparecieron antes de que creyera que ese corredor informe era producto de mi fiebre. Uno de ellos estaba en movimiento: los números rojos llegaron al 4. Una enfermera de guardia, de seguro. ¿En el cuarto piso, donde no hay pacientes? En otro tiempo hubiera pensado en Suárez preparando un trabajo definitivo. Ahora, sólo Ugalde podía estar ahí arriba, fatigando sus legajos inacabables. Esperé la llegada del elevador. Las puertas se abrieron y sólo entonces pensé en el susto que mi silueta le propinaría al pasajero de adentro, pero la caja llegó vacía. Subí. Presioné el 4. Nada. El elevador tiene llave para el último piso; el pasajero anterior la había cerrado.

Otra vez en El Extranjero. Mi bata mojada de sudor se había enfriado y me hacía tiritar; aquella expedición era el atajo más directo a la pulmonía, la cabeza me latía con fuerza, ya sólo pensaba en apoyarla en la almohada, en cubrirme con las cobijas, cuando volvió el ruido.

Tengo un oído pésimo y lo demostré al dudar entre dos pasillos. En un cruce, que tal vez era el de El Oculto y El Solar, temí desviarme a la azotea. Tomé a la izquierda y fue como si transgrediera algo: el sonido se apagó. Seguí adelante.

A los pocos pasos perdí el aliento. Estaba en un corredor ascendente. Quise apoyarme en la pared, pero me recargué en una portezuela. Una luz se encendió automáticamente. Era un cuarto con sábanas, escobas, limpiadores. Sentí una felicidad infantil al descubrir una pila de frazadas. Me quité la bata y me arropé con una cobija, ¡qué escalofrío entusiasta estar en esa tela! Tuve ganas de llorar, tal vez lo hice.

La luz del cuarto me deslumbró en tal forma que me costó trabajo recuperar la orientación en la tira de linóleo que podía o no ser El Extranjero. Me detuve, en espera del sonido metálico. Cuando finalmente se produjo fue como recibir una noticia; esta vez no había duda: a la izquierda; tres toquidos, una pausa, tres toquidos, casi una clave. Me aproximé a una curva que reconocí por los seis cuartos que le dan un aire de hotel, de balaustrada para ver el mar. Según recordaba, todos tenían paciente. El sonido se repitió, imaginé una taza y una cucharita, pero no pude distinguir de qué puerta venía. Por alguna razón supuse que mi nariz mormada me impedía oír; me iba a sonar pero temí que mi ruido acallara la llamada. Me acerqué suavemente a cada puerta. Nada. Estaba harto y cansado cuando vi el banderín de campeón ciclista en la puerta de Celestino y pensé que al menos él no se ofendería si lo despertaba. Abrí la puerta.

Una luz roja palpitaba en el radio encendido a un volumen bajísimo. Celestino estaba despierto. Al verme en el umbral se incorporó y lo que dijo me estremeció:

—Chaparra preciosa.

—Soy yo —contesté.

Por primera vez no preguntó qué rumbo me acontecía.

—¡Casi me infarta, doctor!

—Perdón, como oí un ruido...

(Ahora me doy cuenta de que la fiebre tuvo la notable función de opacar todo sentido del ridículo.)

—No hay fijón —encendió la luz de su buró—. Esperaba a Tere. Ella y yo... —puso sus índices paralelos y los juntó varias veces—. ¡Qué vocecita se bota!

—40 de calentura —calculé—. Me quedé dormido en un cuarto. Oí el ruido...

—¿Ya se tomó algo?

—No.

—«En casa del herrero...» —me agredió la repugnante fuerza de ese refrán cierto. Lo atajé:

—¿Tiene aspirinas?

Vio con alarma que me tomaba cuatro, pero se limitó a decir:

—Estómago de albañil.

141

Me tendí en el sofá junto a la ventana; de repente, de algún sitio remoto me vino una información:

–Ya lo planté –dije.

–¿Qué?

–El chayote.

–Ah. Gracias –dijo con desgana; parecía tener otras preocupaciones–: Tere ya no vino –suspiró–. Se hace del rogar, ¿o andará con otro? ¿Usted qué cree?

–No la conozco.

–Se hace del rogar la muy rejega –dijo.

Imaginé las acrobacias para fornicar con alguien tan enyesado. Debía de ser una de esas enfermeras que le dicen «mamita» o «chatito» a los pacientes y encuentran cariñosos eufemismos para la jeringa, la lavativa, el cómodo, mujeres llenas de diminutivos y pequeños descuidos.

Empezaba a dormirme cuando Celestino preguntó:

–¿Han entrado nuevos pacientes?

–Algunos niños, un par de ancianos.

–¿Nadie más? ¿Ningún galán?

–¡Qué va! Ah, tenemos un sacerdote.

–¡Con razón! ¿Cómo va a venir con un padre aquí junto? –Celestino recuperó el buen humor en el acto–. ¿Oímos radio? Tengo onda corta.

Mencionó estaciones muy distantes. Todas informaban de tornados y ventiscas. Fue lo último que registré antes de caer en un sueño de piedra.

Cuando desperté una luz lechosa bañaba el cuarto. Celestino no estaba en su cama.

En San Lorenzo los enfermos graves se quitan su reloj pulsera y se lo dan a su hijo preferido. La última despedida. Yo no tenía a quién señalar de esa manera. Mi desaparición apenas se notaría en el barrio, un plato menos en el asado de cabrito con que festejamos al patrono, el hueco que llenaría un desconocido en el cumpleaños de mi padre; en la clínica acaso causaría un escándalo menor, una de las tantas anécdotas hospitalarias que se borran con la vuelta del calendario.

La mañana entró en mi mente como un delirio suave, vaporoso: jugaba dominó, tenía las manos llenas de seises y no sabía qué hacer con ellos; luego vi a Julián, lo vi tan grave que fue como si me esparciera un poco de su muerte: me quedaba poco tiempo, apenas lo suficiente para fumar un cigarro de cara a una barda callejera, como esos valientes de paredón que tanto admira mi padre.

¿A qué había ido Julián a la fiesta? ¿A demostrarnos que se hundirá cantando, que en su hora final será capaz de lujos demenciales? Él tampoco tiene a quién darle su reloj pulsera, pero no creo que le importe: se irá con todo, su ataúd tendrá algo de joya y caja fuerte.

En mi caso, no es mucho lo que puedo llevarme a la tumba; conmigo morirán las cosas que sólo a mí me importan, la ventana condenada donde una vez hubo tiestos con flores de pétalos carnosos. No, aun en esto hay mucha vanidad; no soy el único responsable de estas calles, siempre hay alguien capaz de señalar un montón de pelos en el piso y convocar un destino que yo creía olvidado. ¡Qué aspecto tenía Julián! «¿Anda malo?», me preguntó mi madre por lo bajo, y su frase fue exacta; de algún modo, la piel sin alma, las encías blancas, el pelo quemado tenían que ver con un mal más que físico, era el cuerpo que Julián se había afanado en merecer.

Me incorporé con trabajo; me agotó llegar al lavabo. Me lavé la cara, estornudando sobre el agua. Cuando terminé de secarme, encontré a una enfermera que me miraba con ojos redondos. Tenía un cuerpo agradable, menudo y compacto. Supuse que era la novia del ciclista.

—¿Dónde está Celestino? —le pregunté.

—Lo trasladaron a la Raza —informó, los ojos bajos.

—¿Por qué?

—Que dizque faltan cuartos. Me encargó que le diera esto —me tendió un banderín.

Conchita estaba pintándose las uñas. Se sobresaltó tanto al verme que se decoró el carpo de solferino.

—Nada más vine por mis cosas —dije—. Cancele las consultas. Si hay una urgencia pásesela al doctor Ugartechea —fui a mi escritorio sin saber muy bien lo que eran «mis cosas». Conchita me siguió.

—Van tres veces que habla el doctor Ugalde. ¿Qué le digo?

—Lo que sea, que estoy pésimo, que me dio un ataque de caspa.

Revolví papeles, estornudé sobre unas carpetas, salí sin recoger nada. Lánder estaba en el pasillo.

—¿Qué te pasa? Estás cadavérico. ¿Tan mal acabó el reventón?

—Una gripe del carajo.

—Hubieras visto a tu amigo ese, el del diamante en el diente. Se puso verde.

—Luego hablamos; estoy tronado.

—'pérate —me retuvo del brazo—. Celestino está en la Raza.

—¿Y eso qué?

—Tú firmaste la responsiva. No puede salir sin tu firma.

Pensé en el inmenso libro de registros, agobiado por tantas firmas. La cabeza me latía con fuerza, me pareció perfecto que se me olvidaran las firmas, los detalles, mi nombre, los expedientes perdidos.

—Alguien lo sacó de la jugada —dijo Lánder.

—¿De qué hablas?

–No sé, tal vez oyó cosas que no debía. Su cuarto se había convertido en un club social, todo mundo lo visitaba, tenía una hielera con cervezas clandestinas. Era un tipo muy despierto.

–Es.

–Es, claro, pero en la Raza no nos sirve de una chingada.

–No sé de qué hablas. Me voy a dormir –le dije en la puerta del elevador.

–¡No manches! No te puedes hacer del rogar como una quinceañera de mierda. Si no aceptas la jefatura, Ugalde nombrará a quien se le hinche.

–Estoy que me caigo. Mañana...

–...mañana –repitió Lánder, con hastío, como si yo le ofreciera una clave del país, el país jodido.

Me sorprendió que no me siguiera al elevador. La puerta de metal segó su figura. Del otro lado, el vasco gritó algo sobre Retina, y esta última palabra sonó como una ciudad mediterránea, un tanto mítica, tal vez enemiga.

En vez de ir a mi departamento a dormir bajo cuatro cobijas, fui a casa de mis padres, que queda más lejos y tiene un sinnúmero de corrientes de aire; el tipo de casa vieja, desquiciada por los temblores, donde uno echa todos los cerrojos y siente una ventana abierta. «¡Voy a morir de un chiflonazo!», grita mi padre desde hace treinta años. Me acosté en su cama, dispuesto a precederlo en su camino a la noche de los tiempos.

Cuando desperté no atribuí mi sobrevivencia a los glóbulos blancos y su trabajo oculto, sino a la sopa de municiones que humeaba en manos de mi madre. Disfruté cada perdigón de pasta, cada hoja de cilantro en el caldo que ella enriqueció con la emoción de tener a su hijo médico a merced de sus guisos.

Me puso en la frente el emplasto con el que mitiga las jaquecas de mi padre y me vio con unos ojos que fueron hermosos hace mucho y ameritan lentes para la miopía. Habló con ganas del éxito de la fiesta y del curioso desplante de Julián Enciso hasta que un humo delicado anunció que mi padre estaba en casa.

–¡Apaga esa peste que Fer está malo!

Mi padre me dio un beso en la frente y sentí su aroma de siempre, la mezcla de tabaco y agua de colonia.

–No le hace –dije, pues él no habla igual sin puro.

Se veía diez años mayor que en su fiesta de cumpleaños. Ya no tiene edad para someter salones de cien adolescentes rabiosos, pero seguirá hasta el fin de sus días luchando contra los avioncitos de papel y tratando de inculcar hechos heroicos que ya empezaron a pasar de moda.

–Te voy a hacer un *caliente* –mi madre desapareció rumbo a la cocina.

Me quedé un rato mirando el Cristo de palo que acaso atestiguó la tarde en que fui concebido. Mi padre ha sido un fornicador vespertino. Sus tesis sobre la relación entre la comida, la siesta y el erotismo lo han metido en más de un problema: los jueves come en una cantina con otros profesores de historia y asegura que ese día «se salta» su siesta (en sus ratos de odio, mi madre dice que los gemelos de Fernanda Burgos, su presunto Segundo Frente, son «hijos de la digestión»).

En el fondo, más que al tabaco, mi padre tiene afición a las manías del tabaco. Los cerillos de madera. La flama que enciende el puro sin tocarlo. Las bocanadas lentas. La vitola trasladada al meñique.

Un buen puro dura su hora exacta: nos quedaban unos cuarenta minutos de conversación. Tenía que hablar con alguien, y él me oyó, muy atento, retorciéndose el bigote. Usa uno de esos mostachos que primero fueron atributo de los coroneles revolucionarios y luego de cierta clase de abogados metidos a periodistas que hablaban de la cultura como si fuera un batallón y decían sin empacho que un escritor «tenía arrestos», «argumentos viriles», «verticalidad ideológica». Mi padre pertenece a esa generación de *duros* para quienes hay «libros de garra», «pensadores bravos», «periodistas con tamaños». Forjó sus gustos y su imaginación en una época llena de balas que herían sin propósito preciso, disparadas en un tiempo intermedio, ya cansado de la revolución pero aún reacio a la vida civil. Tal vez admira tanto los lances sangrientos porque fue vencido por una lenta burocracia, por un pacífico aluvión de trámites, expedientes, componendas sindicales. Ha tenido que encontrar formas vacuas de protesta para no sentir que «se amilanó»; en privado, habla de «la canalla» que mutiló su carrera; en público, abraza con percutivas palmadas a los innobles compadres que le han permitido subsistir sin grandes estorbos ni recompensas.

Cuando terminé de hablar de Retina, aspiró el puro y soltó una despaciosa bocanada:

–Acepta, pues –fue todo lo que dijo.

No tuve manera de sacarle un consejo útil, de modo que me hice el dormido para que no aprovechara los diez minutos finales de su puro explicándome que Pedro Infante sigue vivo.

Después de dos días en casa de mis padres, regresé a mi departamento y encontré un recado de F. en la máquina contestadora (un milagro que no se fuera la luz en 48 horas).

Desde la fiesta no sé de Mónica. La he buscado y siempre llego a la misma cadena de balbuceos: la anciana, el adolescente dormido, los niños que vociferan en su entorno. ¿Dónde vive? ¿En una escuela de subnormales? El adolescente de voz pastosa me hace imaginar una casa sin pasillos, donde los cuartos parecen un trabajo de engaste (un cuarto dentro de otro cuarto dentro de...). La anciana anota mis recados con una letra que adivino cirílica (Mónica dice no entender «esas musarañas»). Tanta confusión hace que casi extrañe la época en que F. y yo nos dejábamos mensajes inconexos en los platos de cereal. Estaba a punto de marcar el número del periódico cuando Mónica llamó al consultorio:

—Estoy en la azotea, ¿no vienes?

—Al ratito —contesté, como si hubiera algo bueno en aplazar mi gusto.

—Órale. Te extraño mucho.

En el solárium sólo encontré a dos ancianas de pelo azulado y lentes oscuros, asoleándose en las sillas Barcelona. La alberca estaba vacía. Me asomé a la terraza: otra vez las casas de colores de San Lorenzo. Rompí uno de los boletos del metro que de tanto en tanto aparecen en mis bolsillos. Iba a regresar al tercer piso cuando la vi a la distancia: a pesar del viento, el pelo suelto le caía con una gravedad propia.

Me tomó de la mano y me condujo al cuarto donde dejé a Ugalde cuando tuvo su cólico. De nuevo me sorprendió la familiaridad con que se movía en la clínica. Cerró la puerta. No me dio tiempo de preguntarle cómo había conseguido la llave: se desvistió en tiempo récord (apenas logré quitarme un zapato y maldecir su doble nudo).

—'pérate —me dijo, totalmente desnuda, la piel granulada de frío. Me bajó el cierre del pantalón. En las relaciones anteriores sólo una vez había gritado, pero no con la fuerza con que lo hizo ahora. Tal vez la excitaba la posibilidad de ser descubiertos (por lo demás, ese grito era la mejor manera de lograrlo).

—Ya vente —me urgió, desviando la vista a la puerta.

Cuando me amarré el zapato ella seguía desnuda.

—Ándale, sal —señaló la puerta con la nariz.

—¿Y tú?

–Al ratito. Capaz que nos ven juntos.

Vi la mancha en la sábana, triste después de tanta celeridad. Le di un beso y me mordió los labios. Tenía un aliento metálico. Sus dedos jugaron con los pelos en mi nuca, luego me vio a los ojos:

–No aceptes.

–¿Qué?

–Retina. No te conviene. Por favor –puso sus dedos sobre mis labios.

No me dio tiempo de responder; me empujó fuera del cuarto, cerró la puerta. La imaginé adentro, las nalgas pequeñas y firmes, el lunar negro del lado izquierdo (¿derecho?), sus pasos breves, descalzos, rumbo al baño.

Al salir, el sol me hirió de frente; coloqué mis dedos en visera: las ancianas seguían allá al fondo. No me importó si nos habían oído o no, aunque su pétreo reposo sugería que no habían oído nada en años. Caminé deprisa, el pantalón pegajoso en la entrepierna.

En ese momento algo incierto me empezó a calar con fuerza. Mónica, ya lo dije, miraba todo con abandono, las horas pasaban ante ella como un río lento; sus pláticas, sus gestos, carecían de propósitos definidos, eran atmósferas que me admitían y me cautivaban con la sensación de vivir con ella cosas que luego recordaría con un sufrimiento grato. Ahora, por primera vez, ella tomaba una iniciativa práctica. Me molestó su manera de entregarse y pedirme –¿debo escribir exigirme?– que no aceptara el puesto. Todo hubiera sido tan fácil con algunos lugares comunes: «yo que tú...», pero ella no se valía de argumentos, y por primera vez sospeché que su tono oblicuo, su forma de decidirse sin que mediaran opiniones, sus cambios repentinos, obedecían a otra intención, imposible saber cuál. Repasé ciertos actos que ahora aparecían con otra luz, me herían con una mordedura dulce; Mónica entró en mi vida con la arbitrariedad del milagro, pero quizá su conducta no fuese tan inmotivada, quizá las causas estuvieran en otro sitio; todo lo que me fascinaba mientras sucedía en mi beneficio –sus ambigüedades, su vida sin historia– empezó a gravitar de modo distinto. Mónica llegó a mi consultorio, pálida, inexpresiva, me siguió, se entregó con una calma sacrificial, se entretuvo en otras áreas de la clínica –¿a quién oía?, ¿con quién hablaba?–, vinieron días de frases rotas, absurdas llamadas por teléfono, ¿por qué tanta evasiva, tanto jardín imposible donde se ensuciaba los pies?, y de repente aquella petición de no aceptar el puesto. El último cuarto, con paredes desnudas y fríos ganchos para suero, parecía el escenario perfecto para una traición: alguien nos había visto, alguien tenía la sábana, alguien podía presionarme, sacarme de Retina.

Mandé el elevador directo al estacionamiento. Quería estar solo. Tuve un acceso de tos. La gripe no me soltaba. Oí unos pasos. ¿Irving? Salí del hueco y me detuve en un corredor oloroso a aceite. Recogí una estopa. Estuve a punto de llevármela a la cara como una anestesia fácil. Quería a Mónica mucho más de lo que había imaginado, tanto que en vez de aceptar sus palabras como un capricho, un par de frases fuera de sitio, busqué la alternativa que podía herirme más: tal vez su boca suave, deliciosa, obedecía a otra estrategia; el temor de ser su instrumento me decidió a hablar con Ugalde, a aceptar el cargo.

No me sentía tan mal desde mis visitas a casa de la Romana. Gasté buena parte de mis ingresos de recadero en las putas que presumían ser de Sonora y casi siempre eran de Veracruz.

Las noches de San Lorenzo están pobladas de ruidos anónimos, el distante rumor del metro, el balido ocasional de un becerro de azotea. En cierta calle, sin embargo, hay un sonido distintivo: los nudillos contra el cristal de una ventana. Nadie ignora la ocupación de la Romana, ni que domingos y lunes no responde al llamado. Los domingos ve televisión (el resplandor azuloso sale de su ventana hasta muy tarde) y los lunes recibe a un diputado.

También yo llamé ahí. Ella me preguntó si quería ver a las muchachas pero yo iba atraído por su nombre histórico. Fuimos a su cuarto. Un paraíso del peluche; la alfombra y la colcha refulgían a la luz de la enorme pecera que entretenía los ojos de la Romana en las noches sin televisión.

Además de la pecera, dejó encendida una Virgen de Guadalupe igual a la que nosotros teníamos apagada.

–¿Eres del rumbo? –me preguntó, y no pude contestar, absorto ante su progresiva desnudez, ante la idea de que todo en un cuerpo pudiera ser tan grande.

Se tendió en la cama, la cabellera pajiza abierta en abanico.

–Pon el dinero allá.

Ya me había desvestido y tuve que buscar los billetes en el pantalón. Los deposité en una alcancía de porcelana en forma de fresa. Fue lo único que toqué de la Romana: la sola vista de su opulencia hizo que mis salvas fueran a dar a la colcha. Ella rió de buena gana:

–Todavía te quedan unos días de «quintolín».

En realidad me quedaban meses. No quise repetir la visita, por temor a que sucediera lo mismo, y me autoengañé pensando que no había nada como la masturbación con Lucía en mente.

Una vez encontré a la Romana en la tintorería (debía de gastar buena parte de sus ingresos en limpiar sus trajes de lentejuelas). Temí que me reconociera: «¿No eres tú el que se viene al tocar la fresa?», por fortuna siguió de largo.

Aquella visita al burdel tuvo un efecto fisiológico secundario. Un viernes de lucha libre fui al baño de la arena Coliseo y después de media hora de soportar el olor a amoniaco, de tratar de discernir si las riadas que atravesaban el piso eran de agua o de orines y de escuchar a un rey del ingenio que repetía y repetía «no más de tres sacudidas que tenemos prisa», creí que me estallaría la vejiga. Sin embargo, cuando me instalé frente a la pared rociada de agua y oí los vigorosos chorros a mis lados, experimenté una curiosa contracción del tracto urinario; sentí el miembro cada vez más pequeño, expulsé una gotita ignominiosa y regresé a mi asiento, muerto de ganas de orinar. A partir de ese viernes no pude orinar en público y caí en una singular paranoia; estaba seguro de que alguien me detendría en calzada Anáhuac para decirme: «Te conozco, eres el que no pudo orinar el otro día». Mi urgencia ante la Romana sólo era comparable con mi impotencia ante los urinarios. Ésta fue la época en que me dejé el primer bigote. Creo que nunca he tenido tan baja opinión de mí mismo como la noche en que volví a llamar a la ventana, creyendo que comprobaría, ahora sí para siempre, que mi pene sólo podía existir en soledad.

Esta vez la Romana insistió en presentarme a una muchacha con nombre de ciclón (cuando los ciclones tenían nombres de vedetes).

–Acaba de llegar de la frontera.

Yo no sabía que Veracruz llegara tan arriba: Wendy me saludó con inconfundible acento jarocho. Me gustaron sus ojos negros, sus senos, sus pies pequeños.

La felicidad de vencerme a mí mismo se vio empobrecida a los pocos días: me enamoré de Wendy con un furor que no he vuelto a sentir en mi vida. No supe su verdadero nombre y se negó a hablar de sus otros clientes. Debían de ser muchos, pues su éxito la sacó de la colonia. Bien mirado, esto me salvó la vida. Mis ingresos no me daban para verla muy seguido y empecé a subir con sospechosa frecuencia al paso a desnivel de calzada Anáhuac.

El puente de metal es un sitio amenazador por varias razones: conduce al otro barrio, que es algo así como el fin del mundo, vibra mucho con el paso de los automóviles y desde ahí se tiró una muchacha de nombre inolvidable: Jacinta Cruzdíaz. Además, el sitio siempre está decorado con chorizos de excremento; hay quienes hablan de perros locos, pero la mierda tiene proporciones alarmantemente humanas. Hubo una época en que una banda de ladrones dejaba un mojón de mierda en el lugar del crimen. Tal vez este recuerdo hizo que se atribuyeran las cagadas del puente a una banda: «Son los cazadores de gatos», decía un rumor, que añadía tripas y ritos satánicos («el diablo es amigo de los gatos»). Antes de llegar a la fábrica de raquetas, la presunta banda celebraba ceremonias escatológicas.

Durante muchas tardes coloqué mis dedos en la reja del puente; me hería pensando en los moretones y rasguños que le encontraba a Wendy, el cuerpo adorado que se abría para cualquier vago de La Naviera que pudiera ahorrarse unos refrescos. Le hablé de cosas que a los dieciocho años consideraba profundas y más bien eran desesperadas; ella dejó que la besara en la boca, pero no abrió los dientes. Luego me robó un peine transparente que yo había encontrado como una joya entre los plásticos de colores de calzada Anáhuac. A la siguiente visita, vi el peine en el buró y pensé que se lo había regalado. En otra ocasión entré a su cuarto (las cortinas, la colcha y los cojines demostraban las infinitas posibilidades de los colores violáceos) y sentí un olor a puro. Había dos posibilidades: un viajante atraído por la creciente fama de la falsa sonorense (acaso el mismo que luego la promovería) o mi padre. La prueba estaba en el tabaco brilloso de saliva que aún humeaba en el cenicero. Me ahorré la indagación y escogí lo que más daño podía hacerme. Esa noche sí estuve a punto de lanzarme a la calzada, y lo hubiera hecho a los pocos días, de no ser porque Wendy mejoró su fortuna y se mudó a uno de tantos tugurios que ocultan su mala muerte con nombres vegetales (El Cactus o El Rosedal), con ello, por supuesto, también mejoró mi destino; su partida me dejó una curiosa calma y, eso sí, la mancha gris de que nunca volvería a querer a alguien con la desesperación de tirarme del puente.

La incertidumbre que me causaba Mónica me hizo recordar el paso a desnivel, pero sólo los grandes románticos planean suicidios; los hombres medios necesitamos un azaroso empujón para abrir la llave de gas, probar el filo de la navaja, encontrar las píldoras fatales. El impulso no llegó. Marqué el número de Ugalde.

La mirada de la secretaria de uñas plásticas revelaba que, en su escala de valores, yo calificaba francamente bajo. Y su razón tenía: salí de la gripe con el rostro de quien es deportado a un sitio peor.

Vi un yate en una revista, una playa soleada, imposiblemente lujosa. Curioso que aún en los momentos de crisis la mente encuentre ocupaciones gratuitas; me entretuve con el cuadro de Napoleón que he visto miles de veces: el emperador se retira de Rusia, vencido por el lodo y los andrajos. Ugalde pertenece al género de los napoleónicos trágicos; puede pasar horas especulando sobre el desenlace de Waterloo en caso de que no hubiera llovido. Ignoro la causa profunda que hace que tantos médicos se apasionen por Napoleón, el hecho es que abundan, basta entrar a la casa de un cirujano con reputación de «hombre culto» para que el artillero de Córcega asome la oreja.

Mi introductor a este arquetipo fue el doctor Félix Aldana Newman, tan devoto del emperador como de la gramática. En sus exámenes, un error de ortografía costaba tanto como torcer la trayectoria del nervio trigémino. Gracias a que mi padre aprovechaba las comidas para señalarnos con un cuchillo romo y pedirnos la conjugación de «soldar» o «pilotar», escribo sin mayores síntomas de esa plaga que Aldana Newman combatía como una nueva fiebre puerperal; estoy seguro de que sólo por eso obtuve 9,3 en Anatomía y el dudoso privilegio de asistir a las reuniones en su casa donde rara vez, por no decir nunca, tuve ocasión de agregar algo a la trivia napoleónica.

En la cultura de los colegas después del Cónsul viene el Sordo de Bonn. Al ver los cuadros trágicos y emblemáticos de Ugalde —el citado regreso de Rusia, el intento de suicidio en Fontainebleau, el exilio en Santa Elena—, resulta obvio que le entusiasma el bombardeo de la Quinta.

Suárez, por supuesto, evita que lo asocien con la cultura fácil de sus colegas; según él, lo único rescatable de Beethoven son los cuartetos de cuerdas. A veces, al anochecer, he visto las siluetas de Suárez y Ugalde al fondo de un pasillo. ¿De qué hablan? No tienen grandes memorias comunes —las glorias del Maestro son estrictamente individuales— y los pequeños desperfectos cotidianos, principal pasto de conversación de un matrimonio o una oficina contable, nunca cruzan la mente de Suárez. Se hablan de usted, con el respeto que impone el inasumible trabajo del otro, y dudo mucho que comenten intimidades. ¿De qué hablan, entonces? Quizá ésos son los temas que se averiguan desde el cuarto piso. El puesto empezaba a parecerme esencial cuando se abrió la puerta y apareció un niño de unos ocho años, vestido de karateka.

—¡Llame al chofer! —ordenó Ugalde; luego se volvió hacia mí y hacia el niño—: Saluda al doctor.

—Nop —el niño sacó una lengua de un naranja intenso.

—No te doy tu *destroyer*.

—Me vale.

Ugalde se desesperó y le tendió la nave espacial. El niño la encendió de inmediato: el *destroyer* atravesó la sala de espera y se volcó al chocar con mis zapatos, lanzando luces azules y rojas sobre la alfombra.

–Jorgito, saluda –insistió Ugalde.

Le di la mano. Vi a Ugalde, esperando que apreciara el cuadro armónico, pero el contacto con su hijo duró poco: sentí una lengüita activa en mi mano. Me sequé en el pantalón.

Ugalde señaló su oficina y habló de su hijo menor:

–Pensé que el karate le daría disciplina, pero sólo ha servido para que rompa las cosas con método. Espero que la judicial dure hasta que crezca Jorgito, si no, ¿dónde va a encontrar trabajo? –resopló, desviando la vista a una fotografía en su escritorio; los hijos de su primer matrimonio: tres jóvenes con cuellos de toro, rapados como cadetes, muchachos que nunca le sacaron una lengua anaranjada; en cambio, la nueva estirpe de Ugaldes encontró a un viejo permisivo.

–¿Cómo sigue? –le pregunté.

–Esa pregunta se la tengo que hacer yo: lo hemos buscado por cielo, mar y tierra.

–Estaba enfermo.

–Supe. Pero podría haberme mandado un mensaje, hay canales para ello –añadió, como si estuviéramos en una central de espionaje.

Sacó un pañuelo, un trapo costoso con sus iniciales bordadas en trazos celtas; limpió la fotografía de sus hijos antiguos. Aparte de Jorgito tiene a un crápula adolescente que cada mes destroza coches con nombres de espanto, cuando no el Shadow, el Phantom.

–Perdón –dije–. Me sentía mal y he tenido problemas familiares –mentí.

–Nada grave, espero –se pasó el pañuelo por la calva pálida–. Siempre es lo mismo; mi secretaria la trae contra el Cónsul –sacudió el busto de Napoleón y me enseñó el resultado–: un día la ciudad va a amanecer sumida en polvo –luego fijó su mirada en mí; sus lentes bifocales daban la impresión de que no me veía el rostro sino la corbata.

–Ya me decidí, doctor: acepto.

–¡Ah, qué caray! –sonrió Ugalde–. ¿Dónde anda, Balmes? Tiene un récord impecable, pensamos en usted para una promoción y de pronto, *paf,* como pinchar una burbuja. Después de su fuga (en verdad no encuentro otro nombre para sus días de ausencia), ¿qué le costaba tomar el teléfono, dos minutitos de plática, hombre? En determinado momento, las cosas se vuelven urgentes. El Maestro lo estima mucho, ya sabe, de veras lo quiere. Además, siendo usted de San Lorenzo, ¡caray! –Ugalde resopló como si lamentara mucho la situación. Esta vez no me irritó el argumento localista.

–Lo siento –dije, viendo los trazos garigoleados en la alfombra.

–Demasiado tarde; la decisión era urgente.

–No me lo dijo.

–Por lo visto no le dije nada –alzó unas cejas despeinadas.

–No quisiera perder esta oportunidad...

–La perdió, doctor Balmes.

–¿Quién es el nuevo jefe?

Por alguna razón quise que fuera Briones, un jefe lento, apaciguado por el alcohol y sus hijos incontables.

–Lo sabrá a su debido tiempo –se vio las uñas, con distraída arrogancia, se quitó los lentes, volvió a ponérselos, revisó sus dedos como si tuviera un uñero fascinante.

Me pareció ridículo que alguien que acababa de ser sometido por un niño disfrazado de karateka, me tratara con tal displicencia. Estaba por insistir en mi derecho a saber quién era mi nuevo superior (mi «sustituto», pensé), cuando él me desarmó:

–Esto es suyo, ¿no? –señaló una bata en una silla.

La tomé: mis iniciales bajo el logotipo reglamentario.

–Olvidar una prenda personal en el cuarto de escobas

es lo de menos —su tono revelaba que era gravísimo—, pero es altamente ilícito pasar la noche en el cuarto de un paciente, un paciente que, dicho sea de paso, ya nos había causado problemas. Por culpa suya.

Perdí el puesto, acaso perdería el trabajo; sin embargo, todavía le pregunté por el ciclista.

—Está en el hospital apropiado, quiero suponer —sopló sobre sus uñas.

—¿En la Raza?

—Pregúntele a mi secretaria, si tanto le interesa.

¿Cuántos errores más podía cometer? Ugalde me miraba con atención; pensé que me recomendaría apoyo clínico, un psiquiatra costoso.

—No había riesgo en trasladarlo —dijo, con calma—. Necesitamos cuartos.

—Yo firmé la responsiva.

—¿Quiere que le recuerde las cosas que no ha firmado? ¿Dónde está su relación de partes, dónde su comentario sobre el Informe de Iniestra? Por suerte la clínica puede tomar decisiones sin que usted se aparezca a firmar.

Por un momento pensé en decirle que estaba enterado de lo que ocurría en el banco de ojos, sin embargo Ugalde tenía una salida demasiado fácil: culpar a Garmendia, al inepto que manipulaba ojos sanos con dedos pegajosos. Era Suárez quien debía intervenir a fondo, ¿pero dónde estaba?

Vi un pisapapeles en el escritorio, una sólida esfera de cristal de plomo, uno de esos aparejos sin otra utilidad que simbolizar poderío. Hubiera querido incrustarlo en la calva de Ugalde. Me limité a salir, dejando la puerta abierta.

—¡Su bata! —oí que gritaba a mis espaldas.

En la tarde volvió a llover sin clemencia. Lejos, en otro hospital, Celestino estaría monitoreando ciclones, la luz de su cuarto encendida hasta muy noche, hasta la llegada de la enfermera de guardia, otras manos sobre sus yesos, otras complicidades, y en la mañana el consomé de siempre aderezado con las cáscaras de chile guajillo que sus familiares le envolvían en periódicos.

Con el ciclista perdimos algo de vida familiar, de pensión, el brazo de San Lorenzo que entró a la clínica y acabó por joderme. Aunque no sólo fue eso. No quise seguir pensando, me interrumpí antes de encontrarle más causas a mi vida estancada. Salí al pasillo.

Desde el fondo de El Extranjero llegaba un rumor sordo, me acerqué hasta distinguir el zumbido de un barreno. Estaba por volver cuando sentí algo en el pelo; recogí un polvillo blanco: cal. Alcé la vista; el plafón cedía ante una broca metálica.

A la mañana siguiente, había un ojo eléctrico.

La calle amaneció manchada de agua, gotas lentas caían de los aleros. Sin Celestino, la tormenta se ha vuelto más vaga, más amenazante. Ya no sé si una ola gigantesca engulle veleros en Veracruz; me había acostumbrado a esa cadena de los vientos: Puerto Rico es azotado, el Caribe se convulsiona, llueve en San Lorenzo.

Al final de la calle, bajo un foco desnudo, brillaba el puesto de Fernanda Burgos. ¿Quién compra perfumes antes de las seis de la mañana?

De repente, al doblar la esquina sentí un pálpito, de algún lado me llegó una preocupación; me detuve y soporté la gota helada que cayó de una cornisa. ¿Para qué iba a la clínica? Mis pacientes se habían vuelto lo de menos; Mónica parecía empeñada en confirmar mis peores suposiciones: no había vuelto desde aquel encuentro en el cuarto piso; Suárez también estaba lejos; quizá la única ausencia que pasaría inadvertida sería la mía; si faltaba ese día, Ugalde subiría al codicioso Fernández al tercer piso, tal vez ya lo había hecho.

El desorden había llenado mis días de actividades, pero ya estaba fuera del juego. ¿Hay algo más nefasto que quedar al margen en el caos? ¿Qué carta podía jugar? Ugalde, Lánder, Mónica, el mismo Suárez, movían sus apuestas. Entonces, como accionado por un resorte traicionero, Maximiano apareció a lo lejos:

–¡Salúdame al 99! –agitó su mano rugosa.

Siempre pensé que la angustia final me llegaría en un cuarto sórdido y ajeno, no en plena calle, rodeado de mi gente, pero ahí, a unos metros del tibio vapor de la tintorería, sentí que en otra parte ocurría algo decisivo para mí. No sería la primera vez que mi vida se decidiera en mi ausencia. Caminé deprisa, sólo me detuve ante el cuadrado de tierra donde planté el chayote: allá abajo una fuerza oscura hacía que mi planta germinara. Desde ahí escuché las ambulancias.

Encontré una multitud en las escaleras que conducen a la puerta de metal con volutas *art déco*. Había mujeres con lágrimas y maquillaje en las mejillas, enfermeras con manos en los rostros. Más que gente, vi detalles: un paraguas terciado sobre el pecho de Ferrán, un espejito roto en un escalón, la nariz gotosa de Briones, un semblante desconocido y humillado. Lánder gritaba:

–¡Abran paso, abran paso! –tenía la bata empapada de sangre, detrás de él venía una camilla, un bulto cubierto con una sábana.

El vasco me vio entre los curiosos. Se acercó deprisa:

–Balacearon a Iniestra. Voy a declarar al ministerio –me apretó el hombro, tratando de reconfortarme.

Admiré su presencia de ánimo, sus manos grandes tenían

una autoridad momentánea. Entró a la ambulancia y cerró la puerta. Lánder en su alta hora. Hay hombres que sólo son ecuánimes en emergencias; él es de esos espíritus selectos que encuentran mangueras y abren ventanas mientras los demás padecen descargas de adrenalina.

Me costó trabajo entrar a la clínica, había cristales rotos por todas partes, un granizo suave cubría el piso ajedrezado, las columnas de uralita tenían huellas de balas.

–Fueron cinco –dijo el portero–, con metralletas. Profesionales –escupió en el piso, lleno de bolsas de papel y dulces desperdigados.

Una mujer lloraba en las escaleras que conducen al primer piso; una monja trataba de confortarla.

El vestíbulo de los gases nobles parecía el único sitio despejado. Irving de Vries y un policía custodiaban la entrada.

–No hay paso –dijo Irving–. ¡Ah, eres tú! Te vi a contraluz, el cardillo, ¿se dice «cardillo»?

–No sé –avancé unos pasos.

He estado en autopsias y en cientos de operaciones que no son de mi especialidad, sin embargo nunca había visto la sangre derramada en un cuarto, la increíble cantidad de sangre que contiene un hombre. Un largo rastro llevaba a un charco mayor, como si Iniestra se hubiera arrastrado. Tal vez lo balacearon de distintos frentes, impulsándolo en varias direcciones. Sentí un vacío en el vientre al imaginar sus inconexos movimientos de marioneta. En un sitio distinguí restos de tejido abdominal, según mostraba un remanente verdoso; muerto, Iniestra ofrecía una última revelación, más directa y brutal que todas las que comunicó en vida, el organismo a fin de cuentas era eso, un recipiente, un saco de comida: vi una pulpa vegetal y semillas en el charco de sangre; Iniestra había muerto con calabazas en el estómago. Al fondo, bajo el umbral de El Nuevo encontré el bisoñé, una huella casi entrañable en esa muerte violenta.

Recordé a Iniestra en la fiesta de mi padre, contento, vulgar, achispado. Al viejo le dolería enterarse del asesinato. Afecto no le había faltado a Iniestra. Su semblante avenible, siempre dispuesto a la solución fácil, a la transa menor, merecía otro destino.

—Como un perro —Irving dijo a mis espaldas.

En la imaginación de los vecinos debe de haber cuotas compensatorias entre la muerte y la fortuna. Los billetes para la lotería se agotaron después del asesinato. Algo bueno tenía que suceder a aquel espanto.

Iniestra había medrado por la Planta Baja distribuyendo favores y abrazando a sus colegas con un afecto que a veces borraba su ineficacia médica. Vistas en perspectiva, sus corruptelas casi parecían un mal necesario, una forma de adaptar las directrices espartanas de Suárez y Ugalde a un país confuso, sorpresivo. Iniestra era un hombre sin enemigos fuertes, sólo alguien que confía mucho en los demás puede salir al mundo con un fibroso bisoñé; tenía un descaro entusiasta, semejante al de esos alumnos de Anatomía que se ofrecen para que la clase estudie en ellos cualquier músculo. Releí su informe, y sus cálculos de tendero, lejos de molestarme, avivaron mi indignación por el crimen. ¡Era tan fácil detener a Iniestra!, cualquier acoso corriente hubiera desviado su destino —el maletín con billetes, la rubia dispuesta al coito oral—; no encajaba como víctima de las metralletas.

Para colmo el asesinato sucedió justo cuando el sistema de circuito cerrado empezaba a funcionar: vimos la masacre, una y otra vez, hasta que las trémulas imágenes adquirieron una siniestra normalidad.

Durante más de una década, Suárez controló los asuntos de la clínica con un tablero de luces similar al de Barraquer, los focos encendidos en su oficina le daban una idea global de lo que sucedía en la clínica. El video, no necesito decirlo, operó con una eficiencia excesiva; había algo falto de recato en esos ojos insomnes.

La Planta Baja se transformó en una zona deprimente y quieta. El desprecio que sentía por el descuido profesional de Iniestra se me clavó en el estómago al ver a tantas secretarias enlutadas, dispuestas a llorarlo muchos días.

El portero recordó que vivimos en un país donde un siniestro siempre es imputable al velador de turno y no se presentó a trabajar en varios días. Cuando regresó a su banquillo, lo hizo como si estuviese arrestado entre nosotros.

Sara me contó que Ugalde fue el primero en presentarse con los familiares, el rostro cadavérico y unas lágrimas increíblemente suspendidas en los ojos. Se hizo cargo de todos los detalles del entierro, incluida la corona de crisantemos. Hicimos una guardia de honor ante el círculo de flores, símbolo de la clínica a la que nunca sirvió gran cosa.

Me asombra la forma en que Sara cambia de causa. El destino le brindaba la oportunidad de perseguir a Ugalde, pero con ella nunca se sabe: estaba favorablemente impresionada por las reacciones del subdirector.

Fuimos juntos al entierro y no dejó de tocarme el brazo ante cada gesto de Ugalde. Asistió toda la clínica, es decir, toda la clínica menos el Maestro (por primera vez Ugalde dijo abiertamente que su ausencia se debía a motivos de salud). Busqué infructuosamente a Carolina. Otra vez teníamos día nublado, con jirones de niebla entre los ángeles y las cruces de yeso.

La cripta familiar de los Iniestra parece una bóveda bancaria. El cuerpo del oftalmólogo bajó como para abonar un oscuro saldo.

Ugalde se hizo cargo de que Vigil Gándara oficiara en el

cementerio. El padre habló poco y bien. Tiene el dejo español de los viejos sacerdotes, sus palabras conservan una consistencia grave, de tierra pasada entre los dedos. Ugalde leyó unas cuantas líneas: disculpó al Maestro con palabras afectuosas y no dejó de mencionarlo ante los familiares ni ante la prensa. Había algo conmovedor en su esmero para ocuparse de todo a pesar de su visible debilidad. Lucía más viejo que nunca, la nariz y las orejas enrojecidas ya no acompañaban mucho al cráneo ceniciento, a los pómulos donde se hundían unas ojeras azulencas, a las hebras de pelo alborotadas por el viento.

Cuando empezó a llover tuvo un gesto patricio digno del Maestro: despidió al chofer que insistía en sostenerle un paraguas y resistió la llovizna como una figura trágica y descompuesta, una gárgola de sí mismo. Luego dio a los enterradores unos billetes mojados y se nos acercó con pasos vacilantes:

–Estamos en la mira –su aliento era más pútrido que nunca–. Esto viene de muy arriba, se lo garantizo; ante todo, les pido unidad –su voz era un grito quedo, vio a Sara con ojos anegados, una mirada débil, casi dulce–. Voy a llamar al Maestro.

–¿Dónde está? –preguntó Sara, el rostro empapado, una imagen tan desbaratada que ocasionó que Ugalde le rozara la mejilla con una mano insegura.

–En su granja –Ugalde me palmeó la nuca–. Vamos a buscarlo.

–¿Está muy grave? –Sara habló con voz escurrida.

–Mala hierba nunca muere –sonrió el subdirector.

Ugalde quería cerrar filas, incluso conmigo, con el irresponsable que dejaba batas en cuartos de escobas y amanecía en la habitación de un paciente.

Entre los angelotes mojados por la lluvia, no muy distintos del que adorna la fachada de nuestra iglesia, hasta Lánder parecía reblandecido. Acompañó a Ugalde a su automóvil mientras Sara se apretaba contra mí.

Caminamos hasta la tumba de un megalómano que en verdad merecía su muerte: un coliseo sobre la lápida y una inscripción desmesurada para un César.

—Este cabrón fue senador —Lánder señaló la tumba—. Hizo un fraude con barcos camaroneros. Me tocó operarlo. Una mirada vidriosa, siniestra. En fin, ya vámonos.

El viento arrancaba pétalos de las tumbas.

De regreso a la clínica, nos detuvimos a comprar un cuarto de brandy. Sara bebió de la tapita. Se veía bien, reanimada por el líquido ardiente:

—Qué egoísta, ¿no? Prefiero pensar que Suárez está enfermo a pensar que dejó la clínica.

—¿Será cierto?

—¿Qué?

—Que anda enfermo.

—Seguro —bebió deprisa.

Nos despedimos en la puerta de su consultorio. Me dio un beso en la mejilla y su nariz fría rozó algún punto sensible. Entró a su consultorio. Quizá sólo los débiles se animan con causas pequeñas, pero ninguna otra porción de este mundo me haría buscar a Suárez tanto como esa nariz que se sonaba al otro lado de la puerta.

¿Dónde estaba Mónica? Parecía haber regresado a su vida de antes; quizá por un ridículo desplante de amor propio no consideré que podía estar con otro. Quería ajustar cuentas, preguntarle mil cosas desordenadas, hacerle un daño que me afectara y acaso se confundiera con una reconciliación. Pero no se reportó a mis llamadas. Su alejamiento era tan inquietante como la noticia de que Suárez estaba en una granja. Imposible imaginar al Maestro en un paisaje rural, imposible, a estas alturas, imaginarlo en cualquier sitio, la última puerta de El Inactivo era un muro inexpugnable;

en cambio, a cada momento recuperaba escenas entre Mónica y yo, escenas de una agraviante realidad, que se fundían con los sucesos de la clínica como una marea tenaz.

Ugalde también fue el primero en ponerse a disposición de la policía. Exigió una investigación exhaustiva y fulminante. «Caiga quien caiga.» Sufrió un desmayo épico luego de una declaración preparatoria de más de tres horas y volvió a salir en los periódicos, esta vez como protagonista. Los fotógrafos sacaron buen lustre a su desmayo, una de esas tragedias de una plasticidad emblemática: Marat en la bañera, Lincoln en el palco fatal, Cuauhtémoc ante el fuego.

El propio Procurador recorrió la clínica y se tomó muchas fotos en el vestíbulo de los gases nobles. Era un hombre de modales sedosos y discursos impecables. Nos sorprendió que la maquinaria policiaca estuviese en manos de alguien que extremaba tanto las cortesías. No pude asociarlo con armas; del mismo modo, costaba trabajo imaginarlo sin el cortaúñas que presionaba al escuchar testimonios, un trasquilador minucioso, paciente, reservado, que dejaba entrever que su profesión tenía pliegues insondables en los que no se podía excluir una violencia refinada y letal.

Los agentes que llegaron al otro día eran cosa distinta: toda su habilidad se concentró en desaparecer televisiones. Lo único interesante que averiguaron de Iniestra fue el sitio donde estacionaba su camioneta y la manera más rápida de llevar cosas hasta ahí.

Se instalaron en un cuarto del tercer piso que muy pronto quedó impregnado de un recio olor a talco (en otras personas llenas de tatuajes o cicatrices, con el pelo rapado de un modo cruento, he encontrado la misma, curiosa, obsesión por oler bien). Su presencia hizo que todo mundo se llevara a casa los objetos de valor, que por primera vez Conchita llegara vestida como una beata y que yo rebuscara las tarjetas de mis pacientes con cargos de seguridad.

Algunos médicos fuimos interrogados (yo de un modo muy somero, casi me ofendió que me hicieran tan pocas preguntas). En los días que duró la investigación, buena parte del personal se reportó enfermo, y Ugalde se anotó un triunfo cuando logró que los agentes se fueran de la clínica. De cualquier forma, esto no bastó para que retornara la calma. «Ya nos conocen, tienen nuestros datos, pueden encontrarnos cuando quieran», decía la gente en los pasillos, y fue casi un milagro que la policía no regresara a aprovechar el clima de terror que tan eficazmente había creado.

Por lo demás, como en todos los casos de primera plana, la investigación generó más misterio del que resolvió. El jefe del operativo fue sustituido al cabo de una semana y dos de sus hombres arrestados. Se dijo que catorce agentes especiales eran interrogados en los separos de la Procuraduría. Rumores, sólo rumores. El informe del forense se hizo agua y se habló de varias versiones contradictorias, ¡en un asesinato ante cámaras de video! Poco después, el asunto cobró visos de una purga interna: un sargento fue consignado y el Procurador dijo que sería implacable para vigilar la honestidad de los servidores públicos. Los policías en desgracia siempre tienen apodos: el Burro se declaró inocente y sonrió con los dientes fuertes, bonachones, que le valían su apodo. A la vuelta de unas semanas, las secciones de nota roja sólo hablaban de enredos policiales: la prueba Harrison resultó negativa en las manos del Burro, había casquillos incompatibles, calibres confusos, pruebas médicas parchadas. De los asesinos de Iniestra, ni una palabra. Si la intención era arrojar una cortina de humo sobre el caso, la incompetencia policial logró su cometido. «El crimen no puede quedar impune», pidió la esposa de Iniestra, ostensiblemente dignificada por el drama. ¡Cuán distinta de la mujer que un día se sacó un hueso de durazno de la boca para preguntarme si había visto a su *Pedazo*! Una mano invisible hizo que consignaran a otros tres policías, que era lo que a ella menos le interesaba. Entonces doña Edu juzgó que era tiempo de actuar; reunió a la primera multitud que la ha seguido espontáneamente desde que hay más de un teléfono, subió al cofre de su coche y pidió justicia con el acento que delata que nuestra diputada local nació a quinientos kilómetros de distancia. Luego Félix Arciniegas propuso la creación de brigadas blancas. Las Fumadoras, que deben de estar francamente seniles, dijeron:

–Qué culero chulo.

Aparte de ellas, nadie secundó a Arciniegas en su propuesta de «peinar» la colonia.

–¡El burro hablando de orejas! –dijo Maximiano Luengas, que juzga que el pelo de Arciniegas es una prueba de la barbarie anterior a los peluqueros, los peines y los espejos.

Aunque los vecinos no comparten la temperatura intelectual de Arciniegas, tampoco son indiferentes a la desgracia; no hubo brigada, pero tampoco partidos de basquetbol, que yo recuerde, fueron los primeros dos domingos sin el clásico Frutas contra Héroes.

Ugalde nunca ha sido especialmente popular, en el mejor de los casos es temido por sus complejos expedientes. Tiene la consistencia de un hombre hervido, esterilizado para los pisos de abajo. «Yo me cuezo en otra sartén», dice con una suficiencia que jamás se permitiría Suárez, que ha sido cuidadosamente populista para disfrazar su sectarismo. Comoquiera que sea, con el duelo por el asesinato Ugalde bajó de piso, se volvió un hombre próximo, sanguíneo; lucía profundamente afectado por la desgracia.

El día en que se celebró la primera misa en recuerdo de Iniestra un enorme costal azul, de esos donde los marinos guardan su equipaje, apareció en el vestíbulo de los gases nobles.

168

El negro regresaba a Estados Unidos, según me explicó Sara. Le habían ofrecido un buen trabajo en una nueva fundación. Aparentemente ahora teníamos intercambio oficial con California.

A las seis de la tarde Irving de Vries le tronó los huesos a todas las manos de la clínica y le dio un abrazo largo y cuidadoso al subdirector. Salió con un aire aventurero y un poco equívoco, como si fuera a tomar un barco ahora que nadie toma barcos

¿Dónde estaba Mónica? Pensé en el jardín absurdo que le ensuciaba las uñas de los pies. ¿Se encontraría ahí? Tal vez alguien la mantenía lejos de la clínica, el mismo que le pidió que impidiera mi llegada a Retina. Ya no tenía por qué ir a la clínica después de cumplir su cometido (o de que mi incompetencia lo cumpliera por ella). Si era así, ¿quién se valía de Mónica? Casi me dio lástima concebir a un enemigo, ¿quién podía ser tan limitado para creer en mí como oponente?

Quería preguntarle demasiadas cosas a Mónica. Anticipé un sinfín de mentiras. No le creería nada, desconfiaba de todas sus palabras, empezando por aquel jardín con el que quiso justificar sus uñas sucias. Luego recordé su cuerpo en la luz polvosa del consultorio, sus gestos cansados. Ni siquiera le costé esfuerzo. Supe que no volvería.

Una tarde me detuve en el sitio donde planté el chayote, como si pudiera leer mi suerte en la tierra. Quizá porque no hay parques ni jardines, aquí se cree mucho en las plantas. Un chayote de la Candelaria es un aliado. Eso espero; hasta la fecha sólo he tenido plantas enemigas. El colorín que vigila la casa de mis padres, un árbol sin sombra ni otro mérito que las flores que le brotan en forma de sables colorados, nos ha puesto en jaque varias veces. Sin embargo, a pesar de su fama no dejamos de echarle su balde de agua.

Durante años mi padre supo que le iba mal, pero no que la culpa era del colorín. Doña Cano fue la primera en advertirnos, y más vale hacerle caso. Sus profecías son de una extravagante exactitud: adivinó que a Fermín Doniz se le iba a derramar el líquido de la rodilla y que la menor de los Juárez se fugaría con un mariachi.

Su casa es un templo espiritualista. No es raro que olvide su rebozo en las casas que visita; los vecinos le regresan la prenda con silenciosa veneración, como si portaran el lienzo de Santa Verónica.

Después del informe de doña Cano, mi madre culpó al colorín de desgracias que iban desde una leche cortada hasta la amenaza de una invasión comunista (durante veinte días de 1968 esto se creyó muy probable en San Lorenzo). Por fortuna, la adivina también nos dio el remedio: tres matas de sábila para sofrenar al colorín. Mi madre se las pidió a sus parientes de Villa de Reyes y santo remedio: la mala suerte se convirtió en cosa del destino.

El primer resultado de las sábilas llegó en telegrama. Mi padre recibió un papel amarillo que significaba algunos pesos más por cuarenta años de trabajo. Se emocionó tan absurdamente que la ceniza del puro humilló sus solapas de rayón:

–¿No que no? –trató de confrontar nuestras miradas, pero nosotros miramos los plátanos de porcelana.

–La Revolución te hizo justicia –dijo Sureya.

Amira y Zoraida agregaron otros elogios venenosos, como si se cobraran algo, tal vez que les hubiera puesto nombres árabes para despistar sus perfiles aindiados.

Mi padre no contestó, pero el ojo derecho le tembló como en sus peores jaquecas. Fue a la maderería, regresó con

170

un hacha amenazante y pasó cinco horas castigándose más a sí mismo que al colorín. Cuando finalmente el árbol se desplomó, lo hizo en mal momento, pues aplastó un triciclo. Mi padre le dio a sus dueños una cantidad muy superior al aumento anunciado en el telegrama. Seguramente hubiera querido que la mano le quedara ampollada para siempre, como la de un santo milagrero, pero lo único perdurable fue su deuda con el carpintero López, a quien no acaba de pagarle el hacha que salió mellada del asunto.

Recordé los malos manejos del colorín frente al hueco donde nacerá el chayote. Como su propietario legítimo está lejos, espero que su influencia bienhechora caiga sobre mí.

En efecto, fui a ver a doña Cano. Entré a su cuarto oloroso a hierbas quemadas. Tiene un enorme mueble de palo, lleno de frascos de Nescafé con ingredientes que parecen mariscos y deben de ser raíces. Con todo, hay menos signos esotéricos que en la clínica. La adivina ni siquiera apagó la televisión para atenderme. Tampoco usó palabras mágicas. Trajo un plato con sal, un vaso, un huevo, hierbas secas, como si fuera a hacer una merienda campesina. Una voz de hombre ardido salió de la telenovela: «¿Qué eres, con un demonio: mujer o esfinge?». Eso mismo debía preguntarle a Mónica. La exclamación de doña Cano me devolvió a la realidad:

–¡Ah, chirrión!

Había partido el huevo; una gota de sangre flotaba en la yema.

–¿Qué significa? –le pregunté.

–«Necesito mi libertad: no soy un jarrón chino» –dijo la televisión.

–Pobre –musitó doña Cano; por suerte se refería a la protagonista de la telenovela–. Ednita es tan buena.

–¿La esfinge? –pregunté.

Doña Cano no había oído ese parlamento, o no oyó mi

pregunta. Volvió a la gota de sangre. Esperaba una lóbrega sentencia, pero ella tomó unos granos de sal (sal gruesa, para alimentar ganado) y los dejó caer sobre la gota. Para ser adivina dijo muy poco:

—«El enemigo de tu enemigo no es tu amigo.»

Me pidió el pago y se enrolló el billete azul en el índice.

—¿Quién es mi enemigo? –pregunté.

—Ya veremos. ¿Cómo anda el profe? –desvió la vista a la pantalla y no esperó mi respuesta.

En eso apareció su hija. Hacía años que no la veía. Tenía el pelo húmedo y una cubeta en la mano; parecía agitada, sus pechos subían y bajaban con la respiración, unos pechos grandes, frescos. Se acercó y pude ver que no tenía brasier, algo insólito en estos lares.

—Hola —me tendió una mano húmeda y me vio a los ojos; su mirada cobró un brillo extraño, ojos pulidos por una emoción que no correspondía a ese cuarto ni a ese encuentro. Estaba descalza. Me acordé de Lucía. No sé si los muchos baldes de agua enloquecen a las mujeres, o si mi percepción falla con ellas. La muchacha tomó una pizca de sal, se chupó los dedos con delectación, se mordió los labios, ¿era posible que hiciera algo sin lubricidad?, ¿era posible que mi madre aún no hubiera hablado mal de ella?

Doña Cano estaba tan absorta en los avatares de Ednita que habría podido poseer a su hija sobre el mantel de plástico estampado de cerezas sin que ella lo notara. Si me gustan tanto las mujeres plenas, dignas de los *revolcones* que tanto critica mi madre, ¿qué busco en Mónica? ¿Qué quiero: mujer o esfinge? No sé si doña Cano usa las telenovelas como un sistema adivinatorio, lo cierto es que oír aquella frase cursi y categórica fue como beber hiel. Salí antes de que la muchacha mojada tomara otra pizca de sal.

Ugalde convocó a una sesión de consejo médico. No recuerdo otra junta más esperada; desde que el Maestro dejó de ser visto en los quirófanos teníamos mil razones para escuchar a Ugalde. Es raro que no hayamos forzado una reunión antes; quizá nos parecía indigno depender del subdirector, aceptar al fin que la misión de Suárez sólo podía seguir bajo el control de ese médico de escritorio.

–Vamos a soltar lo del banco de ojos –propuso Lánder durante su bacalao en La Rogativa.

–No es el momento de armar bronca –dijo Sara–, Ugalde ha estado a la altura.

–¿Y a quién nombró en Retina? –pregunté.

–Sepa –Sara se levantó.

–A alguien más veloz que tú, eso de seguro. ¿Cómo se te pudo ir el puesto? Ahora serías el hombre de la situación –dijo Lánder, con la misma alegría con que me acusó de ser el *preciso*.

La tarde transcurrió como las de tantos viernes: más invidentes que enfermos curables, un terco recordatorio del país grande, la nación del polvo, los caseríos sin agua, infectados de aquí a cuarenta gobiernos inútiles. Un hombre con manos llenas de costras tenía un lagrimeo continuo; había ido a verme porque los insectos bebían en su cara:

–Hace tres años que no llueve. Las moscas no me dejan –sonrió con dientes cariados.

Recordé que San Lorenzo le devolvió la vista a un pagano de nombre Lucilo, ciego de tanto llorar. Obviamente no me sentí a la altura de las circunstancias. No hay sentido del deber que compense las depresiones de los viernes. Llegamos a la sala de juntas con caras de velorio. Briones sacó una anforita metálica. No era el único que necesitaba un tónico; su ánfora circuló de mano en mano. Lánder me la pasó sin probarla y frunció el ceño cuando me vio tomar dos tragos generosos. Un ardiente beneficio en el plexo solar.

Me distraje con las fotos en la pared: Barraquer, la exposición mundial de Barcelona, los cuartos de la clínica el día en que fueron inaugurados (lucían encogidos, como camarotes de submarino).

Garmendia llegó tarde. Se sentó al otro extremo de la mesa y no levantó la vista; la luz de un spot caía sobre sus manos, sacándole brillos a sus uñas barnizadas. Ferrán tenía el rostro preocupado de siempre, Del Río fumaba un cigarro apestoso, Sara le echó unas pastillitas a su agua mineral, Solís habló de su rendimiento en el golf, que debía de ser alto pues Lánder lo puso en duda. Cuando finalmente se abrió la puerta, estábamos sumidos en una nube de humo.

–¡Esto parece baño turco! –Ugalde entró seguido de su secretaria, que traía varias carpetas–. Me he quemado las pestañas leyendo todo esto –aspiró por la boca.

Ugalde encendió un cigarro lila; aquel objeto emblemático de su mujer establecía un curioso contraste con su mano llena de pecas. Se hizo un silencio reverencial, sólo alterado por la pluma de Ferrán (una pluma de médico antiguo, que raspa el papel como una prolongación de su carácter), y por el *bip* ocasional en la calculadora de Solís, encargado de revisar las cifras que dejaba caer Ugalde. Aparentemente concordaban.

El subdirector habló durante una hora, viendo la jarra de agua en el centro de la mesa, como si ese punto suave y claro mitigara el sinsabor de mencionar todas esas cosas que justificaban los puños formados por sus manos débiles. A medida que hablaba, peor quedaba su gestión; ni matices ni excusas: datos crudos. Al cabo de treinta minutos sucedió algo curioso: los errores empezaron a acumularse en su favor. Describió con pericia los muchos casos de negligencia y no escabulló su responsabilidad; al contrario, se incriminó en asuntos francamente pequeños, ninguno definitivo, por supuesto, pero su franqueza encendió en nosotros un ánimo de disculpa; siguió con voz monocorde hasta que todas aquellas minucias se sumaron de algún modo, resaltando la grandeza de su hora presente. Ni incendiándose vivo hubiera contado con tan respetuoso asombro. A fin de cuentas emergió como lo que tal vez siempre había sido, una figura trágica en tiempos difíciles: la opaca maquinaria de allá afuera jugaba con nuestros designios y él había actuado como nuestra pieza de resistencia.

Sara sonrió satisfecha cuando Ugalde habló del banco de ojos, la crisis de divisas, los millones perdidos por los viernes gratuitos, las operaciones fallidas (las descompensaciones corneales en cirugía de catarata alcanzaban un alarmante 16%), la presión de las aseguradoras, los donativos a la casa de niños expósitos, el mantenimiento de aparatos de tecnología de punta en un país donde el agua y la luz se van cada tercer día. Se entretuvo en el caso de una catarata pulverizada y del médico que hasta la fecha no había tenido el valor civil de decirle la verdad al paciente. Briones tenía una sonrisa mustia.

Ugalde tomó un trago de agua. El pellejo en su garganta se movió mucho al tragar.

—No se puede atajar tanto problema —abrió la última carpeta.

Parecía el alcalde de una ciudad confusa; había algo heroico en moverse entre tanta ineficiencia, en luchar con éxitos siempre parciales contra una causa perdida. Hizo una pausa y nos encaró con una sonrisa porcelanizada. Hubo toses, manos ansiosas en pos de vasos de agua, muchos cerillos activados. Cuando se restableció el silencio, Ugalde entró con franqueza, casi diría con furia, al tema de la exportación de córneas. La calva de Garmendia enrojeció con el calificativo «monstruoso»; la fisonomía no trabajaba en su favor, no en ese momento: una nariz acuosa, labios que buscaban escapar con una sonrisa servil. Una vez acosado,

Garmendia no inspira tregua; Ugalde dejó caer palabras graníticas:

—Durante meses hemos tenido que valernos de parásitos para mantener los pedidos de Tijuana. El nuevo equipo sueco y nuestros actos de beneficencia han sido posibles gracias a que nadamos en aguas procelosas. El doctor Iniestra, que en paz descanse, colaboraba con entregas de córneas. Su responsabilidad, dicho sea en su descargo, fue limitada.

Luego habló de aviones y aeropuertos; desmontó una estrategia tan cuidadosa que era una lástima conocerla por entero.

—La clínica de Tijuana se hace cargo de la última etapa. Como en tantos productos de exportación, hay que cambiarles el empaque del otro lado. Los «primos» no comprarían ojos mexicanos. La distribución final se hace en una clínica de California. Una cosa debe quedar clara: nosotros apenas participamos en el asunto. Los traslados a Tijuana son perfectamente legales. El dinero fuerte está lejos de la clínica, posiblemente lejos del país. Si hacemos un balance de la clínica y sus miembros, de lo que somos por dentro, el resultado es neutro.

—¿Neutro? —preguntó Lánder.

—Neutro como un ojo sano. Las presiones serias vienen de gente ajena a la clínica; nuestros errores se deben a estar sometidos a esa inercia, muchos atajos para salir del bache. Seguimos cumpliendo con la misión de Antonio Suárez, pero a otro precio.

Ante el mismo tema, el Maestro hubiera dejado cabos sueltos, lagunas caprichosas para no incomodar con algo tan acabado. Comoquiera que sea, fue increíble lo mucho que Ugalde ganó debilitándose. Difícil no estar con él, con sus setenta años desgastados y sus frases largas, de una pastosa dignidad, que a cada vuelta dejaban entrever nuevos enemigos, enemigos difusos, casi fascinantes, surgidos de tanto dinero en juego y algo tan delicado en las manos.

–Hay algunos puntos finales. La operación de Tijuana ha mantenido la clínica a flote. Les planteo un escenario de lo que seríamos sin ese flujo de divisas... –En diez minutos redujo la clínica a algo parecido al hostal de las Fumadoras. Mencionó gastos invisibles: papelería, teléfono, luz. La cifra anual («anualizada», dijo él) rayaba en la obscenidad. Por lo visto, cada bombilla encendida venía de un ojo fugado. Me arrepentí hasta de mis infructuosas llamadas al asilo, pensión o guardería donde habitaba Mónica.

–No me disculpo; en gran parte, hemos tenido que tomar tantas medidas parciales porque el Maestro se ha ido alejando de la clínica. No podemos sanear las finanzas mientras no nos dé carta blanca. Pero no se ha podido. Esto en modo alguno es un reproche. El Maestro me hizo saber su deseo de irse a su granja, está enfermo y ha tenido que posponer su retorno a la clínica. Me pidió que no se los dijera, no quería que se creara un vacío de autoridad –este argumento no convenció a nadie; la verdad seguramente es otra. Sara está en lo cierto: Suárez es tan vanidoso que jamás dejará que lo veamos enfermo, como si el malestar fuese un defecto moral, algo que lo obligara a rendir cuentas.

–El Maestro tiene que retomar su cargo; en este compás de espera... –Ugalde hizo una pausa; cerró los ojos; soportó inmóvil la acometida de un dolor, algún gas que tal vez lo humillaría ante toda su gente. Por suerte salió bien librado y pudimos aflojar la tensión: muchos suspiros, una fuerte carraspera. Ugalde sacó su pañuelo y se lo pasó por los ojos llorosos; luego continuó, con voz cansada–: por último, lo decisivo es saber quién nos amenaza. No creo en motivos individuales: lo de Iniestra fue para amedrentarnos. Esto va contra todos nosotros –sus brazos se abrieron en un círculo fraterno–. Les puedo citar veinte enemigos potenciales, estamos en la mira de mucha gente, el terreno vale, el edificio vale, la zona vale, el negocio vale, el equipo vale, ¡y estamos en quiebra! Tenemos que oponernos a tanta inquina –hace siglos que no oía la palabra, seguramente desde la última vez que el padre Vigil Gándara se refirió al quinto fuego de San Lorenzo–. Pensaron que con un apretoncito cederíamos. ¡Nunca! –golpeó la mesa y el esfuerzo le produjo un nuevo cólico–. Perdón, tengo que retirarme –musitó.

Las preguntas se pospusieron para otro día. Por lo demás, estábamos agotados. Había sido un verdadero esfuerzo físico ver la resistencia de Ugalde, ese cuerpo frágil informado con tantos datos adversos.

Después del asesinato de Iniestra leí más periódicos que de costumbre; sin embargo, algún instinto me hizo esquivar las fotos de F. No quería recordarla con los artistas de mirada fraudulenta que tanto la entusiasman. Nuestras vidas se cruzaron por un azar profundo que ya no vale la pena tentar. De cualquier forma, el domingo pensé en ella. Hubo feria en San Lorenzo y estuve demasiado rato viendo el carrusel donde todos peleaban para montarse en el elefante morado. Lancé una infructuosa rosqueta contra un Cantinflas de yeso. Escuché el decrépito repertorio de los cilindros. Extrañé a F. De seguir juntos, estaríamos en otra parte. Tal vez fuera todo lo que ella significaba: no estar ahí. Pero ese día era suficiente. Deambulé por aquel purgatorio de algodones de azúcar hasta encontrar un buen puesto: mis diábolos derribaron cinco patos en movimiento. Me entregaron una cerveza Caguama y un paquete de galletas saladas. El premio me obligó a regresar al departamento; bebí frente al televisor (un púber de trece años cantaba *quiero estrechar tu cuerpo).* En eso sonó el teléfono. Era F.; no le dije que estaba pensando en ella, pero la saludé con una alegría desproporcionada. Por desgracia, no hablaba para verme sino para recomendar a un colega. Después de un saludo tan efusivo tenía que seguir en plan amable. Le dije que claro, por supuesto, hablo con quien quieras. «Te mando un beso grande», contestó, en el tono en el que se mandan pizzas o cartas con motociclista.

Al día siguiente, muy temprano, su amigo despertó mi teléfono:

—¿Qué tal, maestro?, 'pérame un momento..., tengo otra llamada —un tableteo de máquinas de escribir—; perdón, me traen en chinga con lo de Panamá, además traigo una cruda del carajo, ayer agarré la jarra. ¿Tú eres Leonardo? —no sabía mi nombre pero me hablaba como si hubiéramos sido compañeros de arenero a los tres años.

—No.

—'uta, ¿quién eres?

Era el momento de colgar. En cambio, pronuncié el nombre de F. Craso error; a partir de ese lunes fui «carnal», «tícher» y «hermano» del reportero. Quería que yo rompiera el hielo en el caso Iniestra.

—¡Si no lo han roto los judiciales!

—¿En qué país andas, viejo?

Mis evasivas le dieron pie para hacer comentarios sobre lo podrida que estaba la clínica: «o sueltas la sopa o los cubro de mierda», eso significó el siguiente lapso de silencio; del otro lado de la línea, el periodista aguardaba: una línea sucia, seguramente intervenida, saturada de chisporroteos y el eco de las máquinas de escribir; aun así, detecté la respiración al otro lado, el contador Geiger que aguardaba mis palabras radiactivas. Me despedí como pude y mi «hermano» me llamó «culerín».

Después de cinco sufridos telefonazos, el amigo de F. logró que me sintiera cómplice del gobierno, la corrupción, el fraude electoral en Apatzingán. Seguí en mi humillado silencio; no tenía la menor pista y el riesgo de darle cualquier dato era altísimo; en sus manos, la noticia de que mandamos ojos por correo podía convertirse en el crimen del siglo que su periódico necesita cada 24 horas. Le pedí a Conchita que no me pasara sus llamadas. Entonces me habló F., con una pasión que nunca había puesto en nuestro trato. Francamente no la creía capaz de enardecerse tanto.

Los periódicos no publicaron nada sobre las nuevas averiguaciones del asesinato (si es que había algunas). Esto me pareció tan lamentable como la insistencia del periodista que olfateaba una noticia en mi escritorio.

Una tarde, cuando creía ser una de las muchas piezas abandonadas del caso Iniestra, se me acercó un muchacho con barba de candado y cuatro listones probablemente mixtecos en el antebrazo:

—Soy amigo de Reséndiz —así supe el apellido del amigo de F. (¿Sería éste el enemigo de mi enemigo?) Trabajaba en otro periódico. Me explicó su difusa línea editorial. Le dije que mi negativa no dependía de enfoques. No tenía nada que decir. Punto.

—Nosostros no somos tan tremendistas —insistió.

Vi su morral, posiblemente abultado por una grabadora encendida.

Seguí caminando.

Durante dos densas cuadras trató de hacerme hablar de la clínica. Me detuve frente a la maderería de López. Sopló una ventolera. Una viruta se pegó en la barba del periodista.

—¿Tienes miedo? —me preguntó, sonriendo.

—Sí.

—No citaré mi fuente.

—No tengo nada que decir.

—Si tienes miedo es que hay algo.

En eso sentí un olor a tíner. López estaba a mi lado. Un coloso curtido en barnices. La balanza del miedo se desplazó al morral del periodista: revolvió muchos papeles y sacó una tarjeta de visita.

—Háblame si sabes algo —me dijo.

Tiré la tarjeta en la primera alcantarilla.

Este miércoles las campanas de la iglesia tocaron con una inquietud nueva, como si no llamaran a liturgia.

Me asomé a la ventana y vi una imagen atroz: un ciclista pedaleaba entre la lluvia, llevando a cuestas una enorme red de gallinas muertas. El mal tiempo ha sido letal en las azoteas; en el camino a la clínica encontré plumas ensangrentadas.

Los ojos en el escaparate de una óptica me miraron como si me exigieran cuentas, cuentas dolorosas. Enfrente estaban los espejos que una vez absorbieron a Celestino. ¿Cómo estaría? Bien, de seguro, con su frazada de cuadros y el semicírculo de banderines en la pared. Me pareció increíble que alguna vez Lánder lo tomara como un informante en potencia. Los sucesos de los últimos días han aniquilado las pequeñas sospechas de otros tiempos.

El campanero se había vuelto loco: tocó desde que salí del departamento hasta que llegué a la clínica. El padre Vigil Gándara mantiene a un gordo con voz de *castrato* que teme aventurarse más allá de la cancha de basquetbol; es otro de quienes piensan que el vapor de las regaderas señala el fin del universo conocido. Le diagnostiqué adiposis genital pero habrá que drogarlo para que vaya al endocrinólogo (mientras tanto el padre Vigil Gándara le da un infructuoso remedio de polen que le preparan las monjas teresianas). Las campanas repicaron tanto tiempo y con tal energía que no pude acomodar al campanero en ese escándalo. Estaba en lo cierto: Félix Arciniegas jalaba las cuerdas; había convencido al padre de que los vecinos debían reunirse a discutir sobre el clima de terror en el único sitio con sillas suficientes, la iglesia.

Nadie pudo avisarme del acto; sucede que dormí con el teléfono descolgado para no recibir más llamadas de F. ni de sus sicarios periodísticos. Así, mientras yo atendía a un hombre con la córnea quemada por soldadura de arco, los vecinos se reunían en la nave de la iglesia, al amparo de una humedad mejor que la de afuera, ese aire algodonoso que acaricia las mejillas y abre las fosas nasales con el piquete del incienso. Mi padre, que representaba algo tan vago como la Enseñanza, habló ante la mirada encendida y aprobatoria del padre Vigil Gándara. Dijo que no podía ser ajeno a lo que pasaba en la clínica: hablaba no sólo como el padre de uno de sus principales médicos, sino como el vecino patriota que siempre había sido. Parece ser que en el púlpito su figura cobró la grandeza abstracta de esos monumentos donde una mujer, sobrecogedora en su fealdad y su volumen, amamanta a una criatura de piedra. Si una mole de granito puede encarnar la Maternidad, el profesor Balmes pudo concentrar los anhelos más diversos en un ideal que nadie había tenido: la Patria (siempre y cuando la patria fuera de la fábrica de raquetas a la cancha de basquetbol). Supe de esto por Lánder, y no deja de ser curioso que un recuerdo ajeno, filtrado por el temperamento del vasco, tenga una carga de exaltación superior a la de un recuerdo propio.

Total que Félix Arciniegas salió de la iglesia con una carta donde la letra preciosista se debía a Abigaíl Ramos y la redacción a mi padre: «demandamos el esclarecimiento del crimen perpetrado contra nuestro interés superior...».

En los tamales de la noche, mi padre comparó la reunión civil en plena iglesia con el grito de Dolores (lo cual era una forma muy poco indirecta de compararse con el cura Hidalgo).

—De lo que te perdiste —me dijo por séptima vez.

El consultorio de Sara olía a humedad. Las aceras de San Lorenzo se han cubierto de una película verdosa y las habitaciones que uno frecuenta tienen un aire de cavidad enrarecida, trabajada por humores descompuestos. En ese cuarto las amenazas remotas a las que nunca se les hace demasiado caso cobraban una realidad incontestable: realmente sentí que avanzaban los océanos; el deshielo de los polos ya se advertía en las paredes. Se lo dije a Sara pero no le interesó.

Me reprochó mi encierro a piedra y lodo. Aparentemente le dolía el índice de tanto marcar mi número:

—La reunión era importante. Tu padre fue el orador.

—Ni me enteré —no quise hablar de los periodistas que me habían hecho temerle al teléfono—. ¿Qué sabes de Retina?

—Ugalde no suelta el nombre —dijo Sara—. Me imagino que es alguien de fuera. Seguramente quiere que las aguas se calmen para que no le renuncie a los dos días. ¿Qué pendejo se mete ahorita a la clínica?

En eso llegó Lánder; parecía no haber dormido en eras. Se sentó y dedicó los siguientes segundos de silencio a tronarse los nudillos.

Sara se quitó los lentes, los limpió con la manga de su suéter y se recargó contra la pared:

—Hoy en la mañana me encontré a unos gringos en El Nuevo, unos tipos rapados como astronautas, de trajes negros, con portafolios rarísimos, de metal. Estuvieron cincuenta minutos con Ugalde y luego fueron al banco de ojos.

—¿Vienen de la clínica en California? —preguntó Lánder con voz neutra, como si ya conociera la información.

—No creo. A no ser que sea una clínica militar. Tenían un *crew-cut* de reglamento, ¿quién más se rapa la nuca de ese modo?

Pensé en los hijos del primer matrimonio de Ugalde.

—A lo mejor es gente de la embajada —dije, y no pude seguir; la puerta se abrió y vimos una aparición pasmosa: Garmendia con los cabellos al aire. Se sentó en la primera silla disponible, pidió un vaso de agua y lo bebió en el acto:

—Otro, por favor —su voz era angustiosa, seca, como si el líquido no le hiciera el menor efecto; Sara presionó la llave del garrafón sin dejar de ver al intruso.

Garmendia es de esas personas a las que uno se acostumbra a ver en un sitio definido: encontrarlo ahí resultaba inverosímil.

—Me siento pésimo —dijo, por si sus facciones alteradas no habían causado el impacto necesario; unas gotas de agua descendieron por su barbilla y le motearon la camisa. Se pasó la mano por la cabeza y de algún modo logró planchar sus cabellos. El pie derecho vibraba sobre el linóleo—: Miren nomás —señaló su zapato vacilante.

En unas semanas el notario acostumbrado a tramitar ojos insuficientes se había transformado en ese manojo de nervios. ¿Qué sabíamos de él? Nada, en realidad. A cualquiera de nosotros le hubiera resultado imposible desandar las horas, los minutos minuciosos que lo habían puesto en ese estado. Recuerdo que una vez, hace ya mucho, me habló de una serie sobre la vida submarina. Era lo único que le conocía; podía imaginarlo en un paraíso limitado donde los dulces buenos sabían a guayaba y la televisión le traía brazadas lentas y profundas. Era todo. Cualquier cosa que dijera para explicar el sudor que le abrillantaba el cuero cabelludo sería una sorpresa.

—Perdón, perdón —sus ojos tenían una expresión humillada; Sara se sentó frente a él y lo tomó de las manos, no sé si por genuina compasión o para impedir un arrebato de Lánder—. Pobre Iniestra —musitó Garmendia, gruesas lágrimas bajaron por sus carrillos.

Sara le palmeó el dorso de la mano y Garmendia siguió hablando con una voz lastimosa que casi invitaba a desfogarse en él. Lánder, sin embargo, se contuvo; escuchó con extrema atención las palabras arrastradas que le daban un nuevo giro a nuestra historia. En el consejo médico habíamos tomado el asesinato como un crimen contra todos nosotros; Garmendia introdujo un nuevo dato: Iniestra había recibido ofertas para entrar de manera directa a la exportación de córneas; aparentemente había un grupo enemigo del grupo que hacía los envíos. Garmendia se perdió en explicaciones laberínticas, dignas del doctor Subtilis. Sin embargo, logró una síntesis que nos dejó un olor a pólvora: el crimen a mansalva fue tan excesivo porque era un mensaje para el *otro grupo*. A nosotros ni siquiera nos tomaban en cuenta; la clínica era el simple lugar de los hechos. La argumentación resultaba tan fantástica que me recordó los frisos de nuestras paredes donde se perseguían los dioses enemigos del panteón azteca: la vida era el sitio donde se odiaban esas potencias invisibles.

–Iniestra no cedió a las presiones; la única forma que tenía de protegernos, y de protegerse era legalizando los envíos. Le pasó un informe a Ugalde. Demasiado tarde –sentí un tirón en el estómago, una jugada inesperada volvía a trabarme en el aparato–. ¡Para Iniestra hubiera sido tan fácil cambiar de socio y seguir vendiendo ojos a precios de oro!

Vimos a Garmendia, en silencio, y algo muy desagradable se abrió paso en nosotros; Iniestra se agrandaba, se convertía en una especie de héroe, un héroe ruin, si se quiere, pero a quien a fin de cuentas no se le podía regatear cierto fondo admirable; había muerto como los personajes desastrados que tanto admira mi padre.

Quizá Garmendia daba otra dimensión a los actos de Iniestra (sus vacilaciones podían tener causas diferentes, y por supuesto ignoraba que sería objeto de ese crimen ejemplar); sin embargo, algo era seguro: el mensaje de las balas no iba dirigido a nosotros, sino a un foco lejano, desconocido.

–En estos momentos –continuó Garmendia– un grupo de agentes norteamericanos recorre la clínica, no para investigarnos a nosotros, sino para ver si hay huellas del otro grupo.

El «otro grupo» se convertía en una entelequia semejante al «otro barrio», el amenazante fin del mundo en mi infancia. Habíamos pasado a un cerco distinto; tal vez Garmendia pensaba que le sucedería lo mismo que a Iniestra –se despidió con un ademán flojo, un hombre consumido–; tal vez lo peor fuese precisamente la falta de cambios; todo continuaba como antes, quizá un poco más normalizado, más de acuerdo con los planes de Iniestra; ése parecía ser su legado: al fin la realidad se enrevesaba tanto como sus argumentos.

Al día siguiente coincidí con Briones a la entrada de la clínica. Despedía un olor tan fuerte a loción que no pude percibir su aliento alcohólico. Llevaba un grueso esparadrapo en la ceja.

–¿Qué le pasó? –pregunté.

–Me resbalé –sonrió–, con una cáscara de tequila –añadió, aliviado de asumir su alcoholismo en público.

Sonreí más de la cuenta en el elevador. Me despedí con un fuerte apretón de manos.

A la hora de la comida hubo dos novedades. La primera fue encontrar a unos carpinteros que trabajaban con gran alboroto. López aplaudía y gritaba: «¡Como si hubieran desayunado, huevones!». Vi el vientre recio y abultado desde hace treinta años. Cuando era niño, el carpintero me desafiaba a golpearlo con todas mis fuerzas. Encontraba un bloque sólido. «Pura galleta», presumía. A sus sesenta años se conserva fortísimo.

–¿Qué haciendo? –le pregunté.

–Dinero –contestó, como si hubiera una fortuna en esas tiras de triplay–. Tengo un contrato de aquí a las seis de la tarde. Contrarreloj. ¿Qué te pasa? –le preguntó a uno de sus empleados–, ¡dale como si comieras!, ¡tanta chaqueta te está matando! ¿Y tú qué haces ahí con cara de arrepentido? Ya te va a tocar tu camotón, no te preocupes –cada vez que alguien se descuidaba, López le picaba el ano.

Las monjas se asomaron a ver el armazón que prosperaba en medio de una activa pornolalia y se refugiaron en la capilla de Santa Lucía.

La segunda sorpresa vino en el restorán de los gallegos. Comí con Ferrán, cuya conversación es letal para digerir guisos españoles. Es un hombre amargado porque la Facultad donde aún enseña está llena de vendedores ambulantes, porque su vecino levantó una barda que le tapa la vista, porque todos los políticos son rateros, porque este guiso le supo mejor la vez pasada. Además, odia no ser director de la clínica.

—¿Y su amiguito vasco? —me preguntó.

—Está en láser. Tiene demasiados pacientes —mordí un ajo en salmuera y me supo a la respuesta de Ferrán:

—Es un atravancado, un bárbaro. Ahora cualquiera se impresiona con un título del extranjero. Estuvo en el hospital triple E, ¿y eso qué? Con todo respeto pero usted, que no ha salido de esta colonia, es mucho mejor médico. El doctor Ugartechea se siente hecho a mano y no es otra cosa que un escuincle meado, un ave de paso.

¿Qué hacía ahí, con ese espléndido cirujano resentido? Fue mi maestro, un maestro severo, preciso, excelente, pero no hay forma de guardarle gratitud, al menos yo no puedo. Ni siquiera la muerte apaga sus resentimientos:

—Es increíble que hayamos tenido a ese parásito de Iniestra. Que Dios me perdone, pero era un inútil de siete letras. Una vez me tansfirió el caso de una señora a la que cada tantos meses le aumentaba la graduación de sus lentes. La historia clínica, ya se imaginará, estaba en sánscrito. ¿Creerá usted que la pobre mujer tenía esclerosis en placas? ¡Y el condenado de Iniestra poniéndole lupas en los ojos! No hay derecho, hombre. Pero, en fin, mejor me callo, mi opinión no le interesa a nadie.

—Se equivoca, doctor —mentí—. ¿Y el doctor Briones? ¿No ha venido por acá?

—Pidió una licencia. Anda mal. Pobre Neto. ¡No sabe cómo fuma! ¡Y masca tanto chicle! Un desorden, lo conozco desde antes de que se casara, le tengo un gran aprecio, ¡pero qué forma de destruirse!

Del alcohol, ni una palabra. «¡Masca tanto chicle!» , esto ya le parecía bastante grave.

—Lo quiero, aunque es de Puebla: «al mono y al poblano no lo toques con la mano», eso decimos en San Luis —habló de enfrentamientos que yo ignoraba entre varias generaciones de familias decentes de Puebla y de San Luis. El descalabro de su colega le parecía un triunfo final de su sangre—: Ya le digo, el chicle a todas horas.

La comida y la plática me sentaron tan mal que me costó trabajo discernir lo que encontré en la clínica: tres guardias de uniforme azulnegro, apostados tras una mampara, y dos monitores en la portería. Conté hasta tres ojos eléctricos.

López seguía increpando a sus carpinteros. Un poco antes de las seis, el fervorín de insultos y claveteadas dejó como resultado un gran marco de madera, semejante al de una guillotina.

—Un detector de metales —me explicó López.

Lupe estornudaba mucho en el aire lleno de aserrín. Unas virutas habían ido a dar al ojo de Tezcatlipoca como insólitas pestañas. Sin embargo, el aparejo construido por López imponía un ambiente lóbrego; aquello parecía la entrada a una embajada difícil, a un aeropuerto supervigilado, a algo que ya mirábamos con temor, la sospechosa quietud del vestíbulo de los gases nobles.

Ayer vi a los tejanos. Salí de un elevador y en la penumbra del pasillo encontré los casquetes cortados a rape. Caminaron hacia El Emanado, orientándose sin dificultad, como si hubieran estudiado el mapa de la clínica, más aún, como si vieran en la oscuridad. Toda la jornada pensé en la clínica recorrida por estos robustos nictálopes.

¡Cómo se pondría Suárez si los viera marchar por sus pasillos! Una elaborada, cuidadosa cadena de prejuicios lo mantiene a resguardo de la medicina norteamericana. El Maestro se educó en una época de eminencias europeas, un mundo en que los médicos iban a casa de los pacientes y en cierto modo pertenecían a la familia. La medicina norteamericana significó no sólo el desplazamiento del saber de sus maestros, sino la llegada de la Serie, la Cadena, los tratamientos homogéneos, anónimos. Es incapaz de concebir males impersonales; su exploración de síntomas siempre es una indagación sobre el carácter y los gustos menores del paciente. Obviamente es el primero en admitir que los métodos de Barraquer han sido superados, pero cancela la suscripción de cualquier revista que se meta con su maestro.

La paradoja final de su vida sería verse obligado a vender la clínica a una cadena extranjera, capaz de hacer las inversiones necesarias para mantenernos al día en equipo e instrumental. Acaso ésta sea otra causa de su alejamiento; su escuela tiene los días contados, poco a poco asumimos los criterios uniformes que imperan en cualquier centro oftalmológico del mundo; los cambios de conocimiento llegan en fax y ya no hay mucho margen para la discusión morosa, la dilatada transmisión de ideas que más bien corresponde a una dinastía (no en balde, Suárez solía comparar a los Barraquer con las generaciones de monjes que restauraron el canto gregoriano en la abadía de Solesmes). Lo único misterioso de la nueva eficiencia hospitalaria es la toma de decisiones. ¿Quién está detrás de los tejanos de ojos alumbrados que recorren nuestra clínica o, mejor dicho, quién está detrás del que está detrás?

Recibí a un niño mongol y millonario, enfundado en unos pants verde perico. Su madre le dice «Yupeíto». Vélez Haupt lo operó en Houston de una catarata traumática.

Sentí un escalofrío de placer al descubrir el desastre a medias que había hecho; de estos instintos está hecho un médico. Recuerdo mi emoción al ver un avanzado caso de sífilis; supongo que un explorador sentiría lo mismo al adentrarse en la jungla y llegar al claro donde pasta una especie que se creía desaparecida. Ahora, además del gusto de comprobar que nuestro cirujano de exportación no las tiene todas consigo, agradecí la paciencia con que ese ojo áfaco se sometía a mis análisis. Es el primer niño «decente» que no protesta. Me cayó tan bien que lo acompañé al elevador. La madre se conmovió al verme caminar muy despacio junto a esos pasos esquinados. Puse mi mano en la sudadera y el niño no dejó de prodigar su sonrisa subnormal. Cuando nos despedimos, la madre tenía los ojos húmedos. Compadecí la carga que tenía que sobrellevar y me olvidé de la compacta Virgen de oro, ribeteada de brillantes, que me dio tan mala espina cuando entró al consultorio.

Un paciente canceló a eso de las cuatro y traté de leer un poco. No he comprado otro libro desde el accidente del ciclista. *El camino de la mente hacia Dios* seguía siendo el ejemplar más a la mano. Lo hojeé sin concentrarme gran cosa y fue como si ese libro activara otros: sonó el teléfono, y con voz ansiosa Sara me dijo que me esperaba en el acuario, donde se encuentran las joyas bibliográficas del Maestro.

El acuario es un espacio inútil que ninguno de nosotros se atrevería a cancelar. Aunque rara vez entramos ahí, le tenemos afecto a ese renovado homenaje a Barraquer, incansable observador de peces. ¿En cuántas ocasiones nos habló Suárez del pináculo en la vida de su maestro, cuando vio a la sanguijuela en las paredes del acuario? Que un diminuto animal, al apoderarse de una piedra con su ventosa, renovara la técnica de extracción de cataratas, era un milagro que debía rebasar los anales especializados: a esta proeza, el Maestro dedicó su poema *La piedra y el agua*. A pesar de sus explicaciones sobre los endecasílabos blancos, nunca compartimos el vértigo que le quebraba la voz en los últimos versos, acaso por no conocer a fondo a Barraquer, acaso por ser inmunes al soplo espiritual. «¡Tienen alma de teflón!», gritaba el Maestro para escándalo de la mayoría y placentero escarnio de tres o cuatro. No necesito repetir que soy de estos últimos. Lo curioso es que a medida que conozco, y admiro, a los autores favoritos del Maestro, me parecen peores sus versos de ocasión.

Los volúmenes encuadernados en cuero vinoso están dispuestos en círculo, en torno a las peceras. Un facistol para ver grandes láminas anatómicas preside esa habitación demasiado parecida a un santuario. Tal vez por ser el único sitio alfombrado, entrar ahí equivale a pisar otra atmósfera; camino más despacio, la nariz henchida por el aire de los libros encerrados.

Aunque el ambiente inspira sillones y sofás cómodos, sólo hay tres mesitas de lectura, casi siempre vacías, con lámparas como las que se ponen sobre los cuadros de los museos. Sara estaba en el tercer pupitre.

La saludé de lejos y repasé las peceras: un burbujeante cofre pirata, un buzo atrapado por un pulpo, una almeja que se abría y se cerraba, pocos peces, en todo caso especies menores, tropicales, guramis y peces ángel, no las carpas en las que el Maestro ensayó trasplantes.

Recordé el solitario pez japonés que cuidaba la Romana, los cubitos de hielo con pulgas congeladas que yo mismo me acostumbré a echarle cuando Wendy partió al Rosedal y pude controlar mi urgencia ante esa mujer enorme que hundía un espejo en la pecera para ver cómo el pez se atacaba a sí mismo.

—A ver a qué horas —me apresuró Sara.

—Voy.

La besé en la mejilla.

—Estás helado —dijo.

—Las peceras, me imagino.

Nos sentamos lado a lado.

—Éste es el único lugar sin ojos eléctricos que nos queda —dijo Sara, dándole más importancia al sistema de video del que seguramente tiene—. Claro, Lánder, que es un exhibicionista, está feliz. Pronto va a operar en camiseta para lucir sus bíceps.

La luz de la mesa, colocada para alumbrar libros, apenas llegaba a su cara, una cara agradable, inteligente, llena de problemas que siempre parecen mejores a la distancia. Me sorprende que en todos estos años no se haya cansado de mi falta de compromiso ante sus causas. Tal vez necesita eso, el extremo pasivo de la conversación, la balsa en el agua.

Desvié la vista a los libros. Por ahí, en alguna repisa, estaban los tomos sobre la dinastía de los Barraquer, y en sitios oscuros en los que en ciertas ocasiones me detuve, las glorias del oficio: copias facsimilares de las primeras ediciones de la *Optica* de Molyneux, los 22 volúmenes de Galeno, el *Canon* de Avicena que Paracelso arrojó a la hoguera en la noche de San Juan, la *Etica* de Spinoza (incluido en la sección de «fabricantes de anteojos»), *De humani corpori fabrica* de Vesalio, cuatro biografías sobre Broussais, el médico de Napoleón, largas repisas de herbolaria, con obras como *El amor, ¿puede curarse con plantas?* De todos estos libros, y de su recóndita biblioteca privada, Antonio Suárez había escogido cuatro versos para cincelar en la pared. Sólo pueden verse encendiendo la luz del techo; en ese momento eran una mancha clara entre los libreros, pero los conozco de sobra:

Otros celebren guerras y batallas
Yo sólo puedo hablar de mi desventura
No me vencieron los ejércitos:
Fui derrotado por tus ojos.

ANACREONTE

¿A quién se refería Suárez? ¿A la mujer fea y rica con la que casó? ¿A la improbable amante que estaba a mi lado? ¿A una muchacha imaginada, que nunca cruzó su vista? ¿A la sabiduría en abstracto?

—¿Qué piensas? —oí la voz de Sara.

—Nada. Cosas.

—Fernando, no sé si hago bien en meterme a donde no me llaman —aspiró lo que quedaba del cigarro; lo apagó en el cartón.

A lo lejos, muy a lo lejos, se oyó un trueno. Tal vez llovía de nuevo. No me importó.

Sería excesivo decir que soy distinto en ese cuarto de piso suave, lo cierto es que ahí pienso de otro modo. Es un lugar para atemperar impulsos. Sara había elegido bien el escenario. Se quitó los anteojos, como si pudiera hablar con más comodidad viendo la bruma. Continuó:

—Te digo que no es asunto mío, pero creo que somos buenos cuates...

—Ya bájale, ¿qué pasa?

—Mónica.

—Mónica, ¿qué?

—Mónica trabaja para Ugalde —sentí una punzada precisa, el dolor en el esternón de quien lleva días sin alimento.

—¿Qué?

—Como lo oyes.

—¿Quién te dijo?

—La secretaria de Ugalde. Lánder y yo le hicimos unos regalos, para otras cosas, ya sabes, para conocer la agenda de

Ugalde. Hasta ahora el viejito se ha portado bien, más que bien, pero hay que estar prevenidos. Siempre hay cosas que no sabemos.

—¿Qué pasa con Mónica?

—El Maestro jamás la recomendó para nada. Ugalde la metió en el enjuague.

Me froté los ojos, con fuerza, hasta ver espirales tornasoladas. De lejos, de muy lejos, me llegaron las palabras de Sara:

—Ugalde la contrató. Vi la nómina. Debo decirte que le pagaban poquísimo. Pero para ella era suficiente

Hubiera querido estar en otro lado, tragando miasma, jugo de pasto, lo que fuera. Sara continuó:

—Supongo que Ugalde quería vigilarte, muchos otros hubieran hecho lo mismo; en esta situación no se puede confiar en nadie, y a fin de cuentas eras candidato para Retina, pero no sé si el arreglo incluía penetración.

—Sara, ¡por favor!

—Perdón, Fer; de veras me da pena que esa chavita te manipulara; nunca me latió ni tantito.

Sentí un aguijón en las sienes, luego un latido continuo, insoportable. Sara me tomó de la mano:

—No es la primera vez que Ugalde usa a la gente. Irving se dedicaba a meterse en lo que no le importaba. A Ugalde le gusta tener vínculos ocultos, que parecen muy débiles pero le llevan noticias decisivas. Mónica estuvo haciéndole preguntas a medio mundo, viendo cosas, parece muy distraída pero justo por eso sospeché, aunque quién sabe, a lo mejor de veras se clavó contigo, como andas tan solo... Es lógico que alguien piense que puede vigilarte con una muchacha. No está fea, además... —de repente fue como si una luz se abriera paso en los argumentos de Sara. Entreví otra posibilidad: sí, Mónica trabajaba para Ugalde y me pidió que no aceptara el puesto porque quiso protegerme, porque al final se puso de mi parte, y ponerse de mi parte era desertar de

194

Ugalde, por eso no había vuelto a la clínica. Todo se resolvía con una luz nueva: por la razón que fuese, Mónica me había escogido; pero no se lo expliqué a Sara, quise dejar una zona en silencio, algo de Mónica y mío, un fondo de lealtad en esa historia de suplantaciones.

Estaba casi de buen humor: Mónica me quería, al menos me quiso cuando abandonó su juego. ¿Cómo no me di cuenta entonces? Había una progresión lógica entre la resignada entrega inicial y la urgente despedida.

Entonces Sara se puso los anteojos y lo que vio la horrorizó: en vez de un rostro abatido encontró a alguien felizmente engañado.

Mónica había optado por mí. ¿Podía importarme otra cosa?

—Gracias —dije.

—¿Gracias de qué? —me miró como si mi rostro ameritara cortisona.

—Por la franqueza, de veras, te lo agradezco.

—Sé que es del carajo.

—Sí —y recordé una frase de Suárez referida a ciertos momentos críticos de las enfermedades: «El paciente puede vivir un año si logra vivir un día», la supervivencia de mi amor dependía de ese momento—, gracias.

Al salir del acuario volví a ver a los tejanos. Seguí sus espaldas cuadradas, a punto de reventar esos sacos que parecían rentados; una patrulla fronteriza, tal fue la impresión que me causaron, y eso que aún no llegábamos al cubo de luz: uno de ellos llevaba botas de piel de víbora.

—¿Usted es Solís? —me preguntó el más alto, en buen español.

—No. Balmes.

—Ah —tenía un cigarro muerto en la boca. Sacó una boquilla de cromo y encendió un cerillo de madera. Lo agitó frente a mí—. Mucho gusto.

—¿Vienen de California? —pregunté.

—San Diego —me tendió la mano, como si la mención de su ciudad lo obligara a esta cordialidad; mencionó un nombre y un cargo policial que no retuve; debo de haber puesto cara de quien toca pólvora—. No estamos de servicio —añadió, mostrando dos premolares acorazados en platino—. Simple intercambio de informaciones.

Subí al tercer piso por las escaleras, respirando el desinfectante de creolina. La vida en la clínica me parecía una guerra feliz, estábamos en un edificio enredado, donde los tejanos eran de California, lucían trajes alquilados y patrullaban nuestros pasillos con botas de piel de víbora, donde un acuario de peces lentos custodiaba libros que mezclaban sus saberes: la fábrica corporal de Vesalio era recorrida por el rápido *archeus* de Van Helmont, y yo avanzaba por los cuatro pisos y los seis pasillos de Antonio Suárez, la casa de los ojos donde Mónica me amaba.

Los tejanos desaparecieron pronto, pero no antes de que la prensa hiciera estragos. Aunque la muerte de Iniestra fue relevada en las noticias por otros asesinatos, un sentido de la inercia hacía que los periodistas desviaran un ojo a la clínica de cuando en cuando. El mismo colega de F. que luchó por promoverme en la sección policiaca, nos acusó de corrupción, falta de ética profesional y alianzas ilegítimas con el capital foráneo. Por su enjundia, supuse que era el nuevo amante de F. y de este modo despejaba una sombra del pasado. Sin embargo, su venganza cayó con una fuerza que excedía en mucho a los protagonistas del supuesto triángulo.

Mi ignorancia me había hecho tratarlo sin grandes consideraciones; le di «la espalda fría», como decía Irving de Vries. De haber conocido su influencia tal vez habría procedido con más cautela: su columna «Microfilm», donde ventila lacras no siempre comprobadas, es tan popular que todo el mundo finge no leerla. A la cuarta nota, titulada «Socios del silencio», soltó mi nombre: «El doctor Fernando Balmes, quien fuera candidato a un importante cargo directivo dentro del nosocomio, se negó a dar información a este reportero. Éste y otros galenos han hecho una franca conspiración de silencio». Luego seguía una parrafada sobre el derecho a la información.

Al día siguiente, otro golpe: «Microfilm» apareció con el subtítulo: «Maquiladoras: bonanza de oculistas»; los datos acusatorios estaban calcados del *Informe Subtilis*. Busqué mi carpeta y sentí gran alivio al encontrarla. ¿Quién le pasó la información? ¿La mujer de Iniestra? Lo dudo, esos datos comprometían a su esposo. ¿Ugalde? Posiblemente. Desde el encuentro con Sara en la biblioteca, le tengo un respeto mezclado con una extrema desconfianza. Sólo él puede sacar adelante la clínica, es obvio; la empresa del Maestro pende de sus hilos, pero no le perdonaría que tuviera algo que ver con Mónica. ¿Qué quería de mí, con un carajo? ¿Una prueba de lealtad? No es agradable constatarlo, pero en cierta forma mi conducta le daba la razón: me paralicé ante el texto de Iniestra y las amenazas de Lánder, amanecí en el cuarto de un paciente, ardí en la fiebre de mi propia confusión. No resultaba extraño que Ugalde quisiera echarme un vistazo «por dentro» para ver si tenía todo en orden o era una de esas almas informes que colocan los muebles con los cajones contra la pared. Era incierto que hubiese usado a Mónica, pero mi conducta inestable casi lo volvía imperativo; ahora yo buscaba motivos para Ugalde, me intoxicaba con ese absurdo, como si conociera mi condena y tuviera que desandar mis días para hallar la culpa.

En la mañana tenía citado al mongol «Yupeíto». No se presentó. También canceló el paciente de la 1.45 y el de las

5.15. A Lánder le pasó algo único. En su agenda estaba el secretario de Agricultura. No hemos conocido a un político de gabinete que pague su factura. Esta vez el secretario no se presentó y mandó un cheque por la consulta.

Pasé mis citas libres hablándole a F. Una voz que parecía despreciar a los seres humanos en general y a los que existen por teléfono en particular, me informó que estaba en el cuarto de revelado. Después de un tiempo suficiente para revelar seis rollos, F. contestó mi llamada y me hice un lío para preguntarle quién les pasaba información.

−¿Crees que te voy a decir? Un contacto, La Voz, alguien sin cara ni narices.

−Okey, no me digas ni madres −por alguna razón pensé que los insultos nos acercarían−; nos está cargando la chingada, por lo menos detén el próximo «Microfilm».

−Culero −colgó la bocina.

El último «Microfilm» que leí fue «Ojos rigurosamente vigilados». Para un lector poco avisado la nota sugería que los *marines* habían desembarcado entre nosotros. «Por fortuna, el doctor Ugalde, hombre fuerte de la clínica, supo poner un alto a la gestión foránea.» Esta primera y, según se vería, única mención a nuestro subdirector lo perfiló como un adalid nacionalista.

Lo que sucedió en realidad (si he de dar crédito a Sara) fue que Ugalde firmó un acuerdo, sancionado por Salubridad, con la clínica de San Diego.

−Liberaron el mercado de córneas. ¡Es el México de puertas abiertas! −dijo Sara−. Lo están manejando con discreción para no causar alarma. Imagínate que se sepa que somos una refaccionaria de órganos −luego hizo una pausa, de esas largas que tanto le gustan−. A fin de cuentas es mejor que se normalice todo el asunto, al menos habrá control de calidad.

Me sorprendió que aceptara algo que hace semanas la

hubiera espantado, todo mundo parecía dispuesto a convivir con desastres secundarios con tal de salvar lo único salvable (que a estas alturas nadie sabía muy bien qué era).

Los únicos juicios rotundos venían del propio Ugalde. En semanas, había pasado del anciano cuyo principal achaque era justamente la subdirección de la clínica a ser el *hombre fuerte*. El tremendismo de la prensa le dio oportunidad de tomar medidas higiénicas, es decir, drásticas: despidió a una docena de empleados a los que siempre tuvo en la mira y rescindió contratos con varios proveedores.

Curiosamente, a medida que se localizaron defectos menores, tal vez insustanciales, el origen de las amenazas se volvió más difuso; se hablaba cada vez menos de nuestros enemigos, como si poco a poco nos acostumbráramos a pasar una sal amarga, a vivir con un mal seguro e intangible, como el aire contaminado que ya corroe nuestros pulmones.

«Ojo por ojo» fue la elocuente despedida de nuestro corresponsal en la temida plana 3. No la leí. A Sara le pareció de un servilismo abyecto hacia Ugalde y el secretario de Salubridad. ¿Nuestro subdirector entregó a la prensa el *Informe Subtilis* junto con un sobre debidamente adinerado? Jamás lo sabremos. En un rinconete de la plana 28 se reportó la clausura de la clínica de Tijuana. También hubo algunos arrestos aislados en Estados Unidos (busqué en vano una foto del agente con botas de cascabel). En una sesión de consejo médico el potosino Ferrán habló con ojos pulidos por la indignación de un trafique que seguramente excedía a Iniestra. Ugalde pidió clemencia:

–No hagamos leña de un árbol caído. Sus familiares no tienen la culpa –su voz era suave, queda; la escuchamos con el interés con que alguna vez oímos a Suárez.

Luego el subdirector nos vio a cada uno de nosotros con ojos húmedos; su fuerte miopía le ayudó en la operación: éramos manchas rosáceas en las que descansaba unos segundos. De cualquier forma logró crear un clima de expectación:

–Convoqué a una conferencia de prensa para la semana entrante. El Maestro tiene que estar presente. Por desgracia, nuestro común amigo no parece muy dispuesto a colaborar. Le mandé un mensaje y pidió que lo dejáramos en paz. Está enfermo, pero ignoro los detalles, quiero suponer que puede venir. Propongo que vayamos a su retiro, ¿qué les parece si integramos una pequeña comisión?

Para mi sorpresa, Ugalde, Ferrán, Solís y yo fuimos escogidos. El propio Ugalde soltó mi nombre. Me asombró este premio de consolación. Es posible que mi silencio ante el *Informe Subtilis*, que tal vez me costó la jefatura, se haya vuelto una virtud. ¿O acaso me considera capaz de influir en el Maestro? Esta hipótesis es tan excesiva que decidí creerla, al menos en los dos días que faltaban para la partida.

Me pareció más urgente que nunca buscar a Mónica, tenía que verla antes de visitar a Suárez. Me intrigaba, la amaba de un modo temeroso. Desde que fui el niño al servicio de Carolina y el adolescente enloquecido por una puta veracruzana, no jugaba una carta de amor. Era mi turno, acaso el único de mi vida adulta, y no quería perderlo, lo cual es una forma de decir que no hice otra cosa que dudar. Descolgaba el teléfono, me entretenía mordiéndome una uña, colgaba sin haber marcado. Quería reconciliarme con un buen pleito de por medio. En el cine Edén disfruté como nunca las escenas que comienzan con bofetadas y acaban en una cópula salvaje. Me senté hasta atrás, en una hilera de hombres solos. En algún momento volví el rostro y vi uno de esos perfiles que la vida parece afilar con saña, como si en ellos se pudieran leer sus botellas vacías, sus cuartos alquilados, sus mujeres equivocadas; observé esos trazos, azulados por el resplandor de la pantalla, hasta que el tipo se volvió, con una mirada defensiva. Entonces fue como si me entregara su asombro: hace siglos, aquel cuarentón desesperado había sido un notable basquetbolista, el mismo que me perdonó las patadas en el atrio de la iglesia; me pareció siniestro que la vida nos reuniera en ese cine oloroso a orines. Él se incorporó y se alejó un par de butacas, seguro de que yo ensayaba un lance homosexual.

Salí de ahí con urgencia de ver a Mónica. Ya no me importaba tanto encontrar la forma de vengarme para amarla. Le hablaría, aceptaría lo que fuera. Pero otra vez perdí la iniciativa; al regresar al departamento encontré un sobre bajo la puerta.

El sobre contenía un billete de lotería; al reverso, un recado con la admirable caligrafía de las mujeres: *Quiero verte. Pronto.*

Tuve un insomnio atroz; pensé que los caprichos de Mónica eran parte de un plan ulterior, de una estrategia para enloquecerme; en la plateada oscuridad creí oler su rico pelo castaño, tuve una viva imagen de la curva de su cuello, sentí en las yemas el pálpito de una blanda estrangulación.

Le hablé al día siguiente. Otra vez la cadena de voces. Le dejé un recado a la anciana, que fuera a mi casa, hoy, a las ocho.

Fui a caminar un rato. San Lorenzo es el peor sitio para buscar la soledad; sin embargo, esa tarde el mal tiempo había replegado a todo mundo.

El viento se me colaba por el cuello de la camisa. Vi siluetas rápidas que lanzaban nubes de vaho y, a lo lejos, un racimo de globos perdidos, colores ensuciados por la distancia.

Al ver el vapor que salía de una alcantarilla anhelé un puesto de elotes, un anafre vaporoso donde pasar unos minutos. En Duraznos decidí regresar a casa.

No sé si fue el clima o ese desolado fin de día lo que acabó por aflojarme, lo cierto es que regresé sin energía para pleitos, sin fuerza para sacarle defectos a las cosas.

Vi una silueta en la reja del edificio; reconocí algo en esa forma imprecisa, un gesto, una porción de vida que me produjo un vuelco en el estómago.

—¿Qué quieres que te diga? —Mónica se apartó de la ventana, los ojos llenos de lágrimas.

Abrió la boca y una burbuja de saliva, brillante, tornasolada, se detuvo entre sus labios. Sacó un klínex de la manga y se sonó abundantemente. Me sentí sofocado, como si mis palabras agregaran un calor nocivo a la recámara, a la ropa suelta por el piso, a lo que esa mujer tenía dentro y yo no iba a conocer sin daño. Sentí lástima por nosotros, por el papel increíblemente usado que guardaba en la manga de la camisa. Mónica entrelazó las manos, resignada a un nuevo acoso. Contempló el plafón del techo. Verla me dolía de un modo físico, cada frase era un salto al vacío, un pasmo, un cuerpo sin estómago. Tal vez hay gente así, sin destino, o cuyo destino es tropezar con otro, hacerlo saltar.

Arriba, en otra habitación, peleaban los vecinos. La palabra «gasto» caía una y otra vez, como una moneda herida. Pensé en las cosas con que uno comercia sus discordias: el adorno simbólico pulverizado en el espejo. Nosotros ni siquiera habíamos durado lo suficiente para que una cosa tuviese otro sentido que estar ahí, como podría estarlo una piedra. Entonces le dije. Le dije lo que quería que me dijera. Ella repitió una pregunta muchas veces.

Habló a empujones; entre el llanto, escupió unas amorosas palabras resquebrajadas. Tal vez dijo que me quería mucho. No sé. De algún lado me llegó el recuerdo de una muchacha conveniente, que me quiso con discursos articulados, larguísimos, y a cada vuelta de un disco de Silvio Rodríguez proponía «trabajar la relación». Mejor el silencio, el lenguaje latente y cierto –¡no podía haber impostura en la inconexa tibieza con que hablaba Mónica!–, aunque hubiera algo detrás, una zona aviesa y desinformada, un fondo oscuro que no podríamos tocar sin calcinarnos. Prefería su voz, su cuerpo sin historias, apenas un par de huellas clínicas para el médico, ciertas claves que despertar para el amante.

La vi y me dolieron sus manos dóciles en el papel hecho trizas. Fui al refrigerador, serví dos vasos de cerveza. En algún momento de la tarde debió de irse la luz porque la cerveza estaba tibia. Ella bebió sin prisa, recogiendo apenas la espuma, una mancha blancuzca en el labio superior que tuve deseos de quitarle con la lengua. Cerré los ojos, ardientes, con el cansancio de mis noches maldormidas. Mis manos tenían ideas rápidas, ideas de subida y bajada por sus pechos pequeños, duros, y sus costillas de mujer flaca, pero me quedé fijo, con mis zapatos cuarteados, fijo, a una insoportable distancia de la ventana donde Mónica se cortaba contra la tarde polvosa. Un ruido llegó de afuera, un motor nervioso. La miré otro rato, queriendo añadirle algo, un brillo inestable en su mirada, como si entre nosotros mediaran años, calamidades, estorbos importantes, como si le hubiera escrito de muy lejos y ella jamás hubiese respondido. Pero seguimos ahí, quietos, en ese alto agujero de San Lorenzo. Cuando ella movió los labios –muy poco, lo suficiente para acomodar una palabra– vi un gesto mudo porque un avión barrió su voz.

La ventana vibró con fuerza, ella se apartó y resultó que dar un paso era dar tres. La abracé y sentí en su boca una amargura de cerveza y luego un sabor salino. Nos separamos unos centímetros, apenas lo necesario para que mis dedos limpiaran sus lágrimas calientes.

¿Cuántos cambios de opinión se deben a una boca delicada sobre una cutícula sensible? Mónica movió la lengua con una suavidad infinita.

—Casi me ahogas —sonrió, tragando con ostentación.

Quería hacerle mil preguntas, pero ya estábamos en una zona sin palabras, mis manos se entibiaban bajo sus axilas. Sentí una nueva docilidad de su parte, una laxitud extrema, el cuerpo dispuesto a cierta violencia, a hacer las paces con alguna pérdida de su parte. Vi la cicatriz en su bajo vientre y el listoncito rojo en el cuello; por primera vez percibí su valor quirúrgico, semejante a la intensa huella de un escalpelo. Había suficientes elementos para fomentar una agresión y sin embargo cedí a una tentación tal vez mediocre: disfruté como siempre, ella gritó y me dije que no me engañaba. Quizá un médico se equivoque al juzgar un cuerpo en relación con el suyo, pero me cuesta trabajo creer que su entrega fue fingida.

Mónica apretó con fuerza mi antebrazo, luego, lentamente, aflojó los dedos; sus uñas dejaron medias lunas en mi carne. Me recosté sobre su pecho y el pezón embonó en la cuenca de mi ojo.

En el horizonte se alzaba una niebla amarillenta. Unas gotas de agua cansada motearon el cristal. Ferrán no encendió el limpiavidrios; las gotas se impregnaron del polvo que lanzaba el coche de adelante, manejado por el chofer de Ugalde. Entramos a un altiplano seco, golpeado por el sol; había algo cansador en esa opacidad radiante de las cinco y media de la mañana.

Ferrán manejaba con el brazo tenso de quien sabe que puede ir más aprisa. En el asiento trasero dormitaba Solís, el cráneo envuelto en el pelo que se deja crecer desde las sienes. Me pareció ver una liebre entre los nopales; fue el único salto en ese desierto inmóvil.

Bebimos café de un termo que imitaba una tela escocesa. Cometimos el error de no preguntar cuánto duraría el trayecto y viajábamos con el estómago vacío. Un sendero montañoso nos llevó a otro valle, cercado de montañas que a la distancia se veían azules.

–Pirules –explicó Ferrán–; su follaje se ve azul de lejos, por aquí cazábamos venados cuando era niño; antes de que los agraristas los mataran con ametralladoras, sólo falta que talen los bosques en las faldas de esos montes para poner letreros de cal.

En los cerros cercanos a la autopista de cuota habíamos visto inmensos letreros con nombres de políticos. Ahora estábamos en un lugar abandonado. Muy de vez en cuando surgía una casita de ramas, una ranchería sedienta que convocaba el agua con nombres como Jagüey, Aljibe, Saltillo.

Sin consideración al sueño de Solís (imperturbable, por otra parte), Ferrán contó una historia amarga en la que figuraban un coyote y un cuchillo. No le presté atención a mi antiguo maestro; las pocas opiniones que le conozco me molestan; oírlo es como contemplar un animal maltrecho.

Solís despertó con una sacudida del camino.

–¿Ya mero? –preguntó, ladeando la cabeza como si fuera en un bote.

–Ni idea –dijo Ferrán–. ¿Un cafecito, doctor?

–Nos lo echamos.

Le tendí el termo. Hablamos de los inconvenientes de salir de madrugada y las maravillas del aire puro. A esas horas, el aire de San Lorenzo es de una vaga podredumbre; aún no recibe las fumarolas carbónicas, la fragancia de las tortillas quemadas ni el tufo del desagüe. A mediodía alcanza su olor distintivo, a la zona industriosa que no es, a frutas pasadas y frituras sabrosísimas, a excrementos que no logran irse muy abajo.

Eran las seis de la mañana, la hora en que se abren las primeras puertas y, según el humor de turno, se patea o se salta al mendigo en el zaguán. Es curioso que en las calles amanezcan tantos cuerpos grises que no vemos a otras horas; deben de vagar en tribus que se encuentran en lotes baldíos y pasos a desnivel, y levantan sus hogueras festivas en los basureros de las afueras. Las Fumadoras tienen un código inexorable: la miseria, si viene del campo, es buena; si no, hay que combatirla con baldes de agua. Toda la generosidad que le prodigan a los mixes y a los yaquis pobres, se esfuma ante los vagabundos citadinos, de piel tiznada, uñas profundamente negras, el sexo que siempre encuentra la manera de colgar de una apertura, el pelo empastelado (nunca un calvo o un albino), las miradas que ya recibieron suficientes solventes para permanecer en un paraíso suave, inconexo, de hogueras elementales, golpes, señas de que la mudanza continúa.

Hace poco uno de ellos amaneció congelado y los dueños del zaguán no encontraron mejor remedio que meter las manos en bolsas de hule para cargar el cadáver y arrojarlo al otro barrio, como si ahí terminara su responsabilidad. Se sospecha del ayudante de López, que al día siguiente olía a gasolina.

Los remedios de gasolina son un atavismo incluso anterior al doctor Felipe. Felipe decía que los piojos sólo viven en cuerpo sano, de modo que no hay que darse prisa en combatirlos:

–¡Los bichos son seña de salud; sólo huyen de un enfermo o de un cadáver! –pero esta máxima no logró erradicar las friegas de gasolina. A tal grado que durante años se vendió gasolina en las farmacias (tal vez fue entonces cuando, para compensarse, las gasolineras empezaron a vender hielo).

Cuando yo era niño las arañas traían buena suerte y los grillos dinero. Ahora no hay manera de reivindicar insectos. Nuestro primer síntoma burgués, antes de la fiebre por los teléfonos y la sustitución de nuestra única barda de adobe por una de tabiques, fue el odio a los insectos. Las amas de casa demostraron su afluencia fumigando a las hormigas y las cochinillas que antes no le importaban a nadie y paseándose con bombas de flit como signos de categoría. Poco a poco, el ideal de una casa olorosa a insecticida se impuso como los excusados con forro de peluche y los tapices de la Última Cena donde un Cristo de mirada estrábica ofrece un pan lleno de costuras que lo hacen ver peligrosamente integral.

El refinamiento de vivir sin insectos trajo desventajas. Con el exterminio de las arañas patonas proliferaron los alacranes. «¡Ya lo decía el doctor Felipe!», exclamó la gente, como si cada escorpión fuese una carta de ultratumba. La verdad sea dicha, a Felipe no le interesaba tanto la cadena ecológica como la salud en bruto, el hombre pleno que sabe soportar sus insectos. Tampoco era muy amigo del baño con zacate y piedra pómez y consideraba que el único ejercicio adecuado era un movimiento que jamás alcanzaba el perverso grado de deporte. No necesito decir que odiaba a los basquetbolistas por partida doble.

A pesar de tener las manos enguantadas en bolsas, el ayudante de López se llenó de piojos que anegó con gasolina. Aunque su olor daba una clave de quién había dejado un muerto insepulto al otro lado de la calzada, nadie le reclamó sus responsabilidades. A fin de cuentas, los nómadas de abrigo se mean en las calles, asustan a las niñas y quizá también dejan en el puente el único saldo intencional de su existencia, ese mensaje deliberado e indescifrable que agobia nuestro paso al otro barrio.

Ignoro cuál fue la charla que Ferrán y Solís sostuvieron mientras me distraje.

–A lo hecho, pecho –dijo Ferrán, y no supe si era la moraleja de su historia o de nuestra situación en el camino.

¿Quién hubiera pensado que el Maestro tenía un refugio en ese laberinto de cactus? He visto muchas fotos de su colección de animales salvajes, pero ninguna de esa agreste rinconada.

Al cabo de una hora la niebla se alzó con un resplandor lechoso y en la nueva luz pudimos ver un brazo flojo que salía del auto de enfrente. Ferrán aminoró la marcha. Tomamos un sendero angosto, practicado junto a la falda de una colina (de cerca, la vegetación brillaba en un verde pálido). El camino fue muy largo: casi no sentimos el declive y al final estábamos en una hondonada, rodeados de vegas fértiles. Nos detuvimos ante una puerta de bambú y el chofer de Ugalde tocó el claxon. Yo tenía urgencia de estirar las piernas, pero Ferrán me impidió salir del auto.

—Espérese –dijo, como si hubiera un protocolo de entrada.

Después de unos minutos un hombre de rostro cansino y sombrero vaquero abrió la puerta.

La primera impresión del lugar fue asombrosa: una jungla desordenada. ¿Acaso las hay de otro tipo? Seguramente no, pero aquella vegetación tenía algo inexacto, y no sólo por establecer un abrupto contraste con el desierto que acabábamos de dejar. A medida que avanzamos supe que lo extraño no era el caos vegetal; había algo forzado, incompleto, como si las plantas se alimentasen de un agua exhausta. No pude creer que las palmas enanas y las enredaderas brotaran por obra de una humedad accidental. Una exuberancia incoherente, obligada. Imposible ver las ramas secas y las puntas amarillas de las hojas sin pensar en el enorme esfuerzo que costaba tenerlas al borde de la muerte.

Escuchamos un rumor a nuestra espalda. El hombre que nos abrió venía en un jeep.

El terreno era inmenso, se diría que Suárez había colocado una puerta arbitraria para modificar el valle a voluntad; el paso de su mano estaba ahí, en los curiosos injertos que no pude entender, en el follaje subtropical que se alzaba como un arduo triunfo.

Un pájaro brilló en un árbol. Ferrán me atenazó el hombro: a unos veinte metros, tras unas varas de bejuco, se deslizaba una mancha canela, pálida, peligrosa (aunque según Ferrán el puma estaba flaco).

Quizá todos pensamos que habíamos vivido al servicio de un demente.

Detrás de unas jaulas vacías, el camino se hundió un poco más. Escuchamos un cacareo impreciso. Estábamos cerca de la casa.

El búngalo blanco desmerecía ante la enorme extensión que acabábamos de recorrer, un rectángulo rodeado de jaulas de hilo de aluminio.

Una gritería de monos y pajarracos acompañó nuestra llegada. Nos tiraron cáscaras de plátano. Ugalde bajó del coche y sonrió despacio, como para sí mismo. Llevaba un sombrero panamá y un bastón con punta de metal.

–Para hacer electricidad –me dijo, golpeando el piso.

La construcción tenía ventanas y puerta de tela de alambre. El vaquero se nos adelantó, corrió un cerrojo oxidado, nos cedió el paso con su palma reseca.

Un ventilador se movía en el techo sin agitar el olor a aire respirado y pájaros en cautiverio. Nos dejamos caer en los equipales de cuero; un descanso estar en esa zona de sombra después del sol difuso de la carretera.

–El doctor no dilata –informó el hombre–. Me encargó que los atendiera.

Colocó hojas de plátano en la mesa de centro y sobre ellas un pan amarillo y tres bolas de queso fresco. Los quesos brillaron en la penumbra. Por poco tiempo: dimos cuenta de ellos con la voracidad abierta por la desmañanada y el camino. Era demasiado temprano para beber cerveza, pero cuando me di cuenta ya llevaba dos Victorias.

Ugalde comió de todo. Ha hecho estómago en las últimas semanas. ¡Cuán distinto al viejo agónico que una tarde de sol denso me ofreció un empleo de burócrata! No se quitó el sombrero; a cada rato tocaba el ala, un excéntrico capitán del caos. Recordó anécdotas de cuando Suárez hipnotizó a su chimpancé.

Entonces les dije que el doctor De Alba había hipnotizado a una amiga mía por televisión. Me escucharon, fumando cigarros lentos, riendo de cosas que en otra situación no habrían sido tan graciosas. Era el ambiente para resaltar algún punto grotesco, la historia de la tenia que mantuvo esbelta a Carolina, pero no llegué hasta ahí. Tal vez por pensar en el apetito sin provecho de la Carolina adolescente, comí más de lo debido. Traté de digerir caminando por la casa.

Busqué en las paredes alguna seña del máximo oftalmólogo del país. Nada. Las pocas fotografías, de un sepia efervescente, no documentaban su gloria. Vi familias, grupos de cazadores, peones de labranza que podían o no tener relación con Suárez.

Los ojos se me habían afinado en la penumbra, pero igual busqué una lámpara. En vano; no había un switch en toda la casa; sin embargo, el refrigerador ronroneaba a dos metros de nosotros. Me pareció típico de Suárez no instalar luz eléctrica. En la cocina encontré un quinqué con el cristal ahumado.

Lo más curioso era que no hubiese libros. Alguien que jura haber leído los 16 volúmenes sobre el pulso de Galeno y que no puede hablar de la muerte sin citar al sumerio Gilgamesh, no podía retirarse al campo sin libros. Tal vez los tenía ocultos en algún baúl.

También busqué en vano las piezas de cerrajería con que mantiene ágiles los dedos.

La espera se prolongó y el café recibió un feliz piquete de alcohol. En eso estábamos cuando se abrió la puerta:

—Caballeros —el Maestro Antonio Suárez agitó una mano enguantada.

Cerró los ojos, como si le costara trabajo acostumbrarse a la penumbra, y tropezó con un mueble antes de aceptar el sillón que le cedió Ferrán.

—Perdonen el retraso. Salí a dar mi vuelta. Si no lo hago me oxido. Setenta y cinco años el próximo agosto —su voz era jovial, fresca, y su aspecto excelente. Ugalde, que es cinco años menor, parece una ruina junto a él. Si estaba enfermo, era de un mal sin consecuencias aparentes.

El subdirector no dejó de advertir el contraste entre ellos dos:

—¡Qué bien le sienta el aire del campo! —exclamó—; en cambio, yo soy un saco de años, un fardo inútil; si no fuera por estos muchachos la clínica se habría hundido. A mí ya me quieren para las momias de Guanajuato.

Suárez sonrió, satisfecho:

—No me he dejado de rasurar un solo día —dijo, como si esto revelara un temple ético.

Conservaba otros modales de la ciudad: la corbata de moño, los puños almidonados. La única concesión campestre eran los zapatos de suela de goma.

—¿Su señora no viene por acá? —preguntó Ferrán.

—Está en España. Odia el campo, las gallinas, los animales crudos. ¿Sigue lloviendo en la ciudad? Tengo un radio de onda corta —señaló un bulto en un rincón, un cubo negro que parecía sacado de un buque de la Segunda Guerra.

Entonces ocurrió lo que siempre ocurre con el Maestro; su llegada nos cortó por completo y se hizo un silencio pastoso que él llenó con la satisfacción que le da hablar de lo que sea. Se refirió a los ciclones que seguía con su radio de onda corta. Por lo visto, los hombres que oyen mucho hablar del tiempo acaban por volverse uniformes; las palabras de Suárez no fueron muy distintas de las de Celestino.

Suárez es ante todo una voz. Más que sus manos prodigiosas y las ideas de sus escritos, tengo presente su forma clara de introducirnos en caminos inexpugnables y de dejar en suspenso lo que ya parecía resuelto. Obviamente es un pésimo interlocutor, pues no toma en cuenta al otro. No nos interesaban las olas que rompían en Montego Bay, el *norte* en Veracruz, ni siquiera la nube oscura que se cernía sobre la ciudad, pero lo oímos como si estuviésemos a punto de botar un barco. Describió rutas de navegación, y creo que no fui el único en pensar que el aislamiento le hacía daño. Suárez se ajustaba a otro tiempo, donde la lejana descompostura de un ballenero podía ser actual.

El Maestro es hombre de tesis y frases categóricas. Después del deshilvanado inicio de su conversación, esperé una alegoría sobre el retiro, la soledad, la anticipación de la muerte; tal vez, y la idea me causó escalofríos, una amañada confesión de que sus alumnos podíamos continuar su causa. Pero no: contó anécdotas de animales menores. Había un contraste curioso entre su semblante saludable y la falta de empuje de sus ideas.

Como de costumbre no aludió a temas personales. Pensé en Sara. ¿De veras se había acostado con el noble anciano que ahora nos aburría en medio de una gran tensión? El paso de la cátedra a la cama está lleno de portezuelas, mínimas contraseñas para seguir adelante. ¿Cómo hizo Suárez, que nunca habla de asuntos íntimos, para conseguir el grupo de palabras en que se cifra una relación? Parecía incapaz de elogiar un peinado, de compartir un sabor favorito, de encontrar el gato, la flor, el disco, el pretexto para acercarse a Sara. Tal vez ella lo embistió y le hizo el amor sin quitarse los lentes, o tal vez fue un simple rumor que quisimos tener para compartir en algo el destino admirable y lejano de alguien que sólo se interesa en las vidas si desembocan en una peculiaridad científica. Suárez, pésimo escucha, puede oír tres horas de plática sobre mariscos si su interlocutor se envenenó con ellos.

En lo personal, nunca le he reprochado su distancia; al contrario, siempre tengo la sensación de quitarle tiempo: el simple hecho de estar conmigo, así sea para discutir un asunto médico, es una distracción gregaria que no puede permitirse un genio. En el búngalo oscuro (absurdo que el vaquero no encendiera el quinqué) pasó su vista frente a mí como si no me reconociera.

Después de un rato se interrumpió y nos invitó a hablar con voz teatral:

–¿Y bien, caballeros?

Ugalde carraspeó; era lógico que le costara trabajo hablar; habíamos ido para un asunto enfadoso, que incluía un muerto ametrallado, un funeral con lluvia, la visita de policías extranjeros. Suárez retomó la palabra:

–Como saben –(nadie lo sabía de cierto hasta ese momento)– estoy retirado. Odio las despedidas largas y los homenajes que lo lapidan a uno antes de tiempo. ¿Para qué soy bueno?

Ugalde se volvió a los lados, como si buscara nuestra complicidad, y empezó su intervención con frases cortas, como si recogiese las ramitas que el otro había tirado al abrir la maleza.

El director lo escuchó con una atención poco comprometida. Sus facciones acusadas, angulosas, mantuvieron un rictus cortés. No había tensión bajo esa piel obsesivamente afeitada. «No he dejado de rasurarme un solo día», éste era el nuevo eje de su vida, una vida simple, donde el repetido filo de la navaja era una forma de integridad.

Interpuso un par de preguntas, tal vez debidas al deseo de que su semblante impasible no pasara por aburrimiento. Curiosamente, a nosotros el relato de Ugalde nos afectó del modo opuesto; conocíamos al centavo esos datos y sin embargo fue abrumador oírlos en presencia del Maestro. Solís tenía un rostro cortado por la emoción; el mismo Ferrán se veía deprimido. Todo cobraba un peso de desgracia consumada, sin misterio posible. Me sorprendió que Ugalde hablara sin tomar siquiera un sorbo de café; dijo suficientes cosas arruinadas para atragantarse, pero siguió con la inexorable historia del caos, la *fayuca*, las maquiladoras, la policía, para quien el asesinato de Iniestra era ya un suceso rebasado por otros actos de sangre:

—No vale la pena insistir en Topacio...

—¿Qué es eso? —preguntó Suárez.

—Los judiciales trabajan en esa calle.

—Bonito nombre.

—La clínica de Tijuana ya fue clausurada y hubo detenciones en San Diego, se firmó un acuerdo de exportación de córneas, por si acaso nos hemos librado de algunos ganapanes que sólo entorpecían el trabajo.

El sueño de Suárez sucedía en un país donde había que vender ojos para comprar el nuevo equipo médico; sin embargo, no parecía tan afectado como nosotros. Su mente estaba en otra parte, en las horas intactas de otra vida.

Antonio Suárez conocía por su nombre a la viuda de Iniestra, preguntó detalles protocolarios del funeral: esquelas, coronas, cosas por el estilo. Ugalde sacó varios papeles engrapados y respondió con excesiva minucia. El Maestro sonrió, de un modo melancólico, como si una vez más constatara las limitaciones de ese hombre tan cuidadoso con los datos.

Ugalde no se dio cuenta; siguió recitando cifras como si nos confiara cristales lujosos; al terminar se quitó los lentes y los frotó con un trapito de franela.

Se oyó la fricción de un cerillo. Al fin: un quinqué se encendió al fondo de la sala.

—¿Hay nubarrones? —preguntó Suárez.

—Sí, doctor. Está encapotado —dijo el vaquero.

Ugalde volvió a hablar:

214

–Queremos que regrese, y yo quisiera ofrecer mi renuncia. No puedo más –produjo un papel donde unas letras de periódico lanzaban una amenaza; habían sido recortadas con dedos vacilantes, enfermos–. He recibido más de diez anónimos.

La hoja circuló de mano en mano. Alguien se la pasó al Maestro, pero él no se dio cuenta; la hoja quedó en su regazo. Al cabo de unos minutos la recogió y la ofreció sin verla.

–Usted es indispensable –le dijo a Ugalde.

–No sin usted. La prensa se ha ensañado con nosotros, nos cancelan consultas cada dos por tres, es hora de que el fundador dé la cara.

–¿Por qué tardamos tanto en enfrentar todo esto? –Suárez seguía hablando con voz pasiva, un simple rebote para que jugara el otro.

–La clínica está llena de errores, lo acepto, pero ha sido la única forma de seguir funcionando, se lo garantizo. Ahora la bomba explotó y hay que cortar por lo sano, asumir responsabilidades...

–La suya está al frente de la clínica –por primera vez Suárez fue enfático, casi diría despreciativo; después de tantos congresos internacionales y operaciones en tres continentes tenía que padecer ese ruinoso regreso a casa. Ugalde, el portero, hizo lo que pudo, pero la casa escurría agua.

–Mi salud está mermadísma –curioso que ese día luciera más sano que nunca.

–Necesitamos que vuelva, Maestro. Sólo soy el segundo de a bordo, el secretario de actas, si usted quiere.

–La mejor forma de dejar de ser secretario es ser un estupendo secretario –dijo Suárez–; perdón por esta digresión chestertoniana, no sería la primera vez que perdiera a un amigo por soltar una paradoja.

–Faltaba más –dijo Ugalde, con la voz superdigna de alguien recién ultrajado.

–Siempre me voy por los cerros de Úbeda, como decía

mi maestro Barraquer. En todos estos años tuve la seguridad de que usted podría suplirme en cualquier momento. Le pedí que mantuviera en silencio mi partida para no crear rumores innecesarios. Supuse que el próximo diciembre el consejo lo nombraría a usted. Con mi voto favorable, por supuesto. Aquí estoy bien.

–Los pacientes nos abandonan..., además, han sucedido cosas que ni siquiera saben los colegas aquí presentes. Ni usted, Fernando, que es de San Lorenzo. El otro día nos llegó comida envenenada, nos han fallado muchos proveedores, nos perdieron cerca de cien batas en la lavandería, es como si todo mundo se sintiera con derecho a vandalizarnos. Estamos en una situación endeble, ése es el punto. Hay amenazas grandes. Necesitamos un líder.

Aquel hombre sentado frente a nosotros, de rostro delgadísimo y dedos largos, inertes, parecía más una deidad que un líder. No sé si por un exceso de vanidad o por genuina renuncia a las pasiones terrenas, el Maestro prefiere predicar con el ejemplo que persuadir a los demás. Detesta el proselitismo:

–Ya hice mi obra, que los otros la juzguen: «Ahí les dejo mi reputación para que la destrocen», como decía un viejo locutor. Soy pésimo político; no tengo ganas de convencer a nadie. Si quieren hacer un taco de sesos conmigo, que me almuercen.

Ferrán intervino, de modo melodramático, vehemente, tal vez eficaz. Pensé en lo mucho que se parecía a Lánder y en lo mucho que se odiaban:

–Perdóneme, doctor, pero usted nos inventó como oftalmólogos. Yo fui su alumno –se picó el pecho con dolorosa intensidad–. Lo hemos seguido hasta acá. No puede saltar por la borda así nomás.

No dijo «el capitán se hunde con su barco», pero fue igual; habíamos llegado a las desesperadas metáforas de naufragios. Ferrán luchó para no decir lo que dijo, o para decirlo de otro modo, pero ya había sido tocado por un fuego gélido, los labios le temblaban, tenía una voz monstruosa. No podía ser obsequioso sin humillarse profundamente. Hay emociones que sólo valen una vez, y ésa fue la vez de Ferrán.

—Por favor —dijo con voz suave, penitente.

—Déjenme pensarlo.

—Nos urge la respuesta —dijo Ugalde—, la conferencia de prensa es el martes, no hay modo de comunicarse con usted, ¡y venir hasta acá!

—Por eso, déjenme pensarlo. Les pido unos minutos —movió sus dedos hacia las persianas.

Salimos del búngalo, hacia la luz molesta de la intemperie. Era ridículo que el Maestro se negara a poner lámparas o a descorrer las persianas. Aguardamos sin decir palabra. No me hubiera sorprendido oír el estruendo de una escopeta; de hecho, nada me hubiera sorprendido. Pero sólo escuchamos la marea imprecisa de los follajes secos.

Ferrán pateó el polvo, Ugalde buscó algo con sus ojos débiles, unas sombras movedizas que tal vez fueran gallinas.

Cuando el vaquero apareció en la puerta lo vi de un modo retardado, como si aquello fuera una representación. Me acerqué despacio, siguiendo el panamá de Ugalde. Fui el último en entrar.

Suárez seguía inmóvil. Esperó a que nos sentáramos y dijo con voz neutra:

—Regreso con ustedes —tal vez mi imaginación puso un brillo en su mirada—. No va a ser tan fácil, se los aseguro. De cualquier forma, vale la pena brindar.

El mozo sirvió dedales de tequila y colocó la charola enfrente del Maestro. Entonces lo vimos sonreír por primera vez, mostrando unos dientes fuertes, apenas amarilleados.

Ni siquiera Ugalde estaba preparado para la escena que vino después: la mano de Suárez vaciló, como si buscara algo

217

en el aire, y tiró tres, cuatro vasos; luego la alzó, con los dedos hacia arriba, como si anticipara el contacto con un foco, y la dejó inmóvil, escurriendo tequila. Entonces soltó una risa grave, rasposa. Se agitó en su silla, con una alegría histérica, como si no hubiera nada más divertido que revelarnos que estaba ciego.

Sentí gran alivio de volver al coche, al olor artificial de los asientos. Ferrán y Solís buscaron al puma entre las ramas. En balde. Yo pensé en Suárez, pensé en todas las convenciones a las que había tenido que ceder (regresar con nosotros era la última de ellas). En cierta forma me arrepentí de tomar parte en la expedición. El Maestro nunca se libraría de los otros. Merecía otro destino, el búngalo solitario donde la ceguera le ofrecía un resguardo, casi una liberación. Cerré los ojos. Dormité un rato. La mano de Ferrán, olorosa a vetiver, me tocó el mentón para que despertara:

—Ya llegamos.

Entrábamos a los intestinos grises, astrosos, el laberinto diverticular de la ciudad de México.

A pesar de su ceguera, o quizá por eso mismo, Suárez reapareció en grande, tras una mesa cubierta con un mantel azul y oro que le regaló el rector de la universidad y bajo el retrato tutelar de Barraquer. Él mismo se encargó de hablarle a los leones de la prensa que desde hace veinte años reciben copiosas canastas navideñas con las felicitaciones de la clínica.

En los primeros quince minutos, habló con voz juvenil y apasionada del arte de devolver la vista. Hubo aplausos dispersos. Luego asumió un tono más pausado, dubitativo, que ejerció una curiosa fascinación en el público. Poco a poco me fui dando cuenta del misterioso efecto que causaba Suárez:

hablaba como si estuviera solo. Se refirió a los sucesos recientes con mayor patetismo que conocimiento de causa (una vez más descartaba las abundantes minucias proporcionadas por Ugalde). Hasta ese momento el auditorio ignoraba su ceguera, aunque ya se había beneficiado del tono íntimo, convincente, de quien se dice las cosas a sí mismo. Un poco antes de terminar, casi como de paso, anunció que tenía un doble desprendimiento de retina y se iba a operar en su propia clínica.

La sala se transformó; algunas miradas se dirigieron al ojo eléctrico en el techo, otras vieron zapatos y colillas, otras más se abrillantaron, tal vez por solidaridad, tal vez por codiciar una noticia; no faltaron las toses autoprovocadas ni los cuchicheos nerviosos.

Los lentes oscuros de Suárez, que hasta entonces le daban un aire algo amenazante, se volvieron trágicos. Sin embargo, habló con considerable buen humor:

–Estuve en Boston para pedir una opinión: me recomendaron la Clínica Suárez –sonrió.

Ugalde asintió con gravedad.

Diez grabadoras rodeaban el micrófono de Suárez, una de ellas color de rosa. Su propietaria pidió la palabra al fondo de la sala; una muchacha de pelo flamígero y uñas con calcomanías:

–Pienso *de* que debe ser difícil enfrentarse a su enemigo de siempre.

Fue la mejor pregunta. Sin embargo, Suárez no cedió a la tentación de las imágenes grandilocuentes: el capitán Ahab al fin ante la bestia blanca.

–Ni modo: una cucharada de mi propio chocolate –volvió a sonreír y nadie se atrevió a compartir su risa.

Este gesto de modestia no impediría que a la mañana siguiente un periodista épico titulara su nota como «La última cruzada de Antonio Suárez».

Alguien le preguntó sobre los posibles culpables del caso Iniestra.

—Estoy muy viejo para tener enemigos. Sé que sólo los muertos alcanzan aprobación unánime, pero soy demasiado inofensivo para despertar pasiones. Ya jugué mis cartas.

Suárez parecía atemperado por la ceguera. Se puso de pie, una alta estatua de sí mismo. El silencio con que lo observamos fue una especie de ovación.

Al día siguiente la clínica se llenó de flores y telegramas, varios de ellos redactados por mi padre, que nunca ha podido comunicar los mensajes de sus héroes favoritos: *Las armas leales se han cubierto de gloria.* Ignoro qué le escribió a Suárez, pero al Maestro le gustó.

—Gran tipo, su padre —me dijo—. Está seguro de que usted me devolverá la vista.

Así supe que Suárez me había escogido para operarlo.

Al día siguiente Ugalde me llamó «para ultimar detalles». Un mechón de pelo, proveniente del parietal, le llegaba hasta las cejas. Otra vez lucía avejentado, descompuesto.

—Suárez se opera el sábado —dijo con voz cansada.

Me pareció un día típico. Según una costumbre que trajo de Cataluña, Suárez dice «hacer sábado» por «hacer limpieza». También me pareció típico que Ugalde usara un verbo reflexivo, como si fuera a operarse solo.

—Necesita un estupendo retinólogo —añadió, con un énfasis sospechoso—. La operación del segundo ojo se hará unas semanas después. Confío en que usted la repita con éxito.

La luz de neón propagaba una iridiscencia violácea.

Estuve tentado a preguntarle por Mónica, pero no podía arriesgarme a un nuevo enfrentamiento con él, no hasta operar a Suárez.

—¿Por qué no opera el nuevo jefe de Retina? —pregunté.

–¡No es cuestión de escalafón! El Maestro está encaprichado en que sea usted –tal vez no me perdona lo de Retina, tal vez Mónica habló con él, tal vez sabe que ella se puso de mi parte, tal vez ni siquiera la contrató y Sara se equivoca, tal vez–. Hay pocas esperanzas, acaso podamos salvar un ojo. Lánder será su asistente, ya hablé con él.

Lánder es un individualista al que le parece simbólico negarse a jugar *dobles* en frontón; sin embargo, había aceptado pasarme las pinzas mientras yo pisaba el pedal del láser. Pensé en lo mucho que había cambiado todo desde aquella plática cortada por la lluvia en La Rogativa.

Ugalde me mostró los análisis de Boston. Hay cosas cercanas que resultan intolerables al acercarse otro poco. El gusto con que espié la desnudez de mis hermanas sólo es equivalente a la repulsión que me dio imaginar a una de ellas con el menonita. Hay una cercanía impúdica en tener al Maestro en la plancha de operaciones. En fin, no sé si esto justifica las palabras desencajadas con que enfrenté el honor:

–¿Qué ha dicho? –pregunté.

–¿Quién?

–El Maestro.

–¿De qué o qué? –Ugalde empezaba a desesperarse ante la falta de sustancia de su interlocutor.

–¿Por qué me escogió?

–Caprichos –Ugalde sonrió; pudo haber inventado un elogio, una frase de otra época que habría girado en mi mente como una moneda imposible: «dice que usted es un águila», pero se limitó a verme con los ojos que hace mucho bajaban un pichón en pleno vuelo y ahora me cedían la gloria de disparar.

Operar al Maestro es una condena disfrazada de honor. Hay pocas posibilidades de éxito, pero si fallo mi descrédito será total. Tal vez por eso me escogieron, para que el riesgo sea corrido por alguien descartado para planes futuros, sin opción de ascenso. El nuevo jefe de Retina no podría ponerse en entredicho con una operación de este calibre.

Más tarde, ya de noche, mientras acariciaba el pelo de Mónica, vi la operación desde otro ángulo: quizá Suárez no me escogió por mis méritos, sino justamente porque cree que fallaré. No puede negarse a ser atendido en su clínica, pero la ceguera le ha caído como una extraña bendición; recuperar la vista lo obligaría a retornar a un mundo que ya no es el suyo. Le interesé como alumno mientras pudo corregirme; ahora debo de serle indiferente; se abandonará a mí como a una forma de la fatalidad; su última obligación hacia la clínica, asomarse al espejo de Tezcatlipoca. Toda la noche me desveló esta paradoja cruel: si aplico lo que he aprendido de Suárez no será en su beneficio. De cualquier forma, estoy seguro de que él detestaría un error de principiante. Complicado como es, se somete a un médico que hará su mejor esfuerzo y al que secretamente le desea un fracaso.

Quizá sólo pensé esto para ver la operación como algo más ambiguo y abordable, no un honor eminente, sino un trabajo duro, contra la enfermedad y los anhelos del paciente. Acaso fuera ésta la última lección del Maestro: demostrarme que dominar todo su saber no servía de mucho.

Mónica dormía a mi lado, la sábana se alzaba acompasadamente sobre su rostro.

Revisar a Suárez tuvo más un sentido ritual que médico. Su enorme consultorio se ha vuelto una oficina lóbrega. Tal vez de tanto pensar en su ceguera virtual, todo me pareció opaco, decrépito, gastado. Esta impresión se agudizó al ver el aparato que el sueco Gullstrand diseñó hace mucho, una reliquia de museo que Suárez conserva sobre un pedestal de granito.

Guardó silencio un rato y luego me preguntó por Ricardo, un loro que tuve hace años. Me sorprendió que recordara a un pájaro que yo mismo había olvidado.

—Murió —le dije.

—¿De qué?

—Se cayó de la azotea, en picada.

—¿No voló?

—No sabía. Creció entre conejos.

Suárez sonrió. Su temperamento se define bien por el uso de la risa: es muy fácil hacerlo sonreír y casi imposible sacarle una carcajada. El «casi» es Lánder; de repente lo asalta con un humor brutal, pedregoso, que curiosamente toca una fibra en el espíritu del Maestro.

Sin dejar de sonreír, habló de la impronta visual: las aves se educan con la primera imagen que ven.

—Ricardo creía que era un conejo —confirmé su tesis.

—Ojalá me pase lo mismo, ¡póngame una buena imagen para que me eduque cuando me quite las vendas! ¿Cómo me encuentra?

—Como a los pacientes del viernes. ¿Por qué no se atendió antes? —sentí que me metía en una zona que no era la mía, pero ya no había vuelta atrás.

—Cuando tenga setenta y cinco años, Fernando, que se lo deseo, decidirá si quiere seguir viviendo con tres traqueotomías o si mejor se calla para siempre. Desde muy joven me interesé en la vejez, todavía era estudiante en Santo Domingo cuando me robé un par de tomos de geriatría de la biblioteca, por ahí debo tenerlos. Pero nunca logré anticipar lo degradante que sería padecer tantos achaques. El organismo es tan complejo que cualquier cosa lo perturba. Ni yo, que fui médico de emergencias, que atendí heridas llenas de estiércol en la plaza de toros, pude anticipar el asco de vivir mis últimos años lleno de disfunciones intestinales, en contacto con mi cloaca; es inmundo –hizo una pausa, el rostro vuelto al grabado de Santorio que no podía ver–. Los términos medios no son mi fuerte, ya lo sabe, las dolencias son para hombres muy matizados. Siempre he creído que una de las tareas fundamentales del médico es ayudar a bien morir. Sí, señor. ¡Lo que hicieron con Brezhnev fue espantoso! Todos esos días enchufado a la máquina de diálisis, setenta litros de sangre cuando todos sabían que al bajar un switch se apagaría. Ante la muerte irremediable, el médico está para acompañar, para llevar al paciente de la mano, de manera digna al fin inexorable. Los médicos de ojos estamos fuera de estos cálculos; no tenemos que hacerle de aduaneros en el tránsito final, pero deberíamos preparar a los ciegos sin remedio. ¿¡Cuántas veces le habré dicho a Briones que hablar con el paciente no es vender billetes de lotería!? ¿Se acuerda de esa leyenda que yo contaba en mis clases, acerca del hombre que encuentra un espejo en el desierto? Hay que respetar al dueño del espejo.

¿Qué me estaba pidiendo? ¿Que me asomara a sus ojos y lo dejara en paz? La descripción que había hecho de sí mismo tenía que ver más con Ugalde, cuyo cuerpo se desbarata por días. Sin embargo, contra todos los obstáculos, el subdirector seguirá en su puesto, con suero y alimentación intravenosa si fuera preciso, sufriendo arrebatos gástricos y flatulencias hasta su último suspiro; en sus minutos finales hará planes como si tuviese décadas por delante, ¡qué tenacidad notable, qué heroico amor a la vida para pudrirse sin escrúpulo ante todo mundo! En Suárez, cuyo aspecto exterior es admirable, hubiera esperado algo del coraje de Ugalde, el tesón contra los achaques, las molestias, los males secundarios. Quizá los grandes hombres son incapaces de esa resistencia menor. No lo sé.

El Maestro se frotó los párpados. ¿Era el momento de hablar de lo mucho que influyó en mi vida, de entrar a las confesiones emotivas que siempre pospuse? No, por supuesto; Suárez aguardaba un comentario con su habitual distanciamiento, no quería un discípulo sensible, sino un médico.

–¿Qué dijo? –preguntó.

–Nada –me limpié la garganta.

–Me pareció...

–No tengo nada que añadir a los análisis de Boston.

–No nos hagamos tontos, Fernando, la operación tiene pocas posibilidades, y le pido mil disculpas por ponerlo en esta situación; por eso fui a Estados Unidos, si me desahuciaban, más valía que fuera en otra clínica, no quiero que acusen de negligencia a mi gente, pero por lo visto me necesitan, aunque sea en calidad de figura de paja. No crea que este teatro me hace gracia, es como el cadáver del Cid que le sacaron a los moros, como Brezhnev irrigado de sangre ajena. Y de todos modos llegarán los moros..., los bárbaros..., los niños amaestrados en Rochester..., ya están llegando.

Antonio Suárez jamás se repondrá de que el eje de la oftalmología se haya desplazado de Barcelona a Estados Unidos. Otra vez despotricó contra la medicina en masa, llena de *paquetes* hospitalarios (como si el paciente se fuera de crucero), de quirófanos rentados por minutos, seguros médicos, sindicatos de enfermeras, algodones aviesamente cobrados en la factura final (probablemente somos la única clínica privada que aún no cobra el hilo de sutura).

–El doctor Ugalde entiende mejor estos tiempos –continuó Suárez–. Su dieta de pastillas es como la de un astronauta; toma aspirinas para prevenir infartos, no bebe, se priva de guisos regios. Sus malestares son un equivalente fisiológico de sus trámites, ¡cuánta molestia sin resultado preciso! ¡Y las vitaminas! ¡Bolitas mágicas, pescaditos de oro! Se descubrieron cuando yo era niño y hasta hoy se confía en sus méritos inciertos. ¿Sabe qué me enerva? –hizo una pausa que sin embargo no tuve que llenar–: Despertar a las seis y saber que millares de cuerpos corren por la ciudad. Todas esas calles corridas, todos esos movimientos inútiles, derrochados, son como si hubiera guerra allá afuera. ¡Y las píldoras, las píldoras, le digo, giran en sus vientres como átomos tontos! Las vitaminas no trajeron nada bueno. Mire, siempre habrá teorías fronterizas, no comprobadas pero plausibles, lo que me molesta es el afán de corregir la biología, de atajar la naturaleza, estoy en contra de las navajas cosméticas: los cirujanos plásticos deberían depender de los bomberos para intervenir sólo en accidentes extremos. Ponerse otra nariz y otros senos puede llevar demasiado lejos. No se puede inflar músculos sin un descrédito mental. ¡Y mucho cuidado con los vegetarianos y los conversos que dejan de fumar! Cuando el hombre se cree tan perfectible pasan cosas muy peligrosas. Ahí tiene a Hitler, ese vegetariano eminente.

Pensé que había llegado el momento de hablar de preparativos menores, la hora de la operación, el equipo de anestesistas, pero el discurso continuaba:

–Desde que estuve en el hospital de Balbuena he creído que no se ha estudiado bastante la mente del mutilado; quien sufre una amputación tiene un afán compensatorio; con los tullidos uno se encuentra ante ideas excepcionalmente ambiciosas, como si el delirio de grandeza desdijera sus cuerpos mermados. Todos esos gimnasios, todos esos cuerpos turgentes en las revistas son el sueño de un tullido. Es como si tratáramos de reponernos de una amputación invisible. Hay un punto en que la fisonomía no se puede alterar sin un daño moral; el hombre debe reconocer su condición inescapable, sus límites. Los míos están en este cuarto. Hice lo que pude, tiré mis dados, me divertí un poco. Tengo alumnos magníficos –trató de señalarme y en realidad apuntó a la cuchara de albañil honorario en la repisa–, pero soñé un sueño de otro tiempo: ¡si recupero la vista será para ver que debemos una factura por 1.349 rollos de papel de baño! La dichosa impronta, Fernando. Prefiero que me deje en tinieblas, aunque usted es demasiado bueno para no tratar. Por lo demás, no lo envidio; es como un tiro penal: anotar es una obviedad; fallar, una canallada. Quizá es peor, hay quien se alza como héroe por resolver un pénalty; si el gol importa mucho y hay testigos suficientes. Por desgracia el heroísmo necesita público, Fernando; no creo que haya muchos actos de heroísmo solitario. Sé que disparará lo mejor que pueda —extendió su mano, como si buscara la mía; se la di y la palmeó un par de veces—. Lo metí en una bronca bestial —sonrió.

Sara y Lánder me esperaban en El Inactivo.

—¿Cómo lo viste? —el aliento de Sara olía a un dulce químico—. Tiene desgarro bilateral, ¿verdad?

—Lo encontré pésimo, hay vitreorretinopatía proliferativa; ya afectó la mácula y la retina casi está en embudo. Si logramos salvar un ojo será un prodigio.

—¿Por qué se esperó tanto? —Lánder me apretó el antebrazo.

—Eso mismo le pregunté.

—¿Y qué te dijo?

—Habló de Hitler, de los vegetarianos, ya lo conocen.

—¿Una alegoría que no captaste? —sonrió Sara, las encías moradas por el dulce.

—El muchacho no está para eso —Lánder me palmeó la nuca—; aquí el que piensa pierde; no puedes *pensar* un saque as; a puro instinto, manito, como en el zen, tirar la flecha sin ver el blanco: ¡que la fuerza te acompañe!

—El que piensa pierde —dijo Sara, y se tragó el dulce.

Me sorprendió que Carolina me pidiera que fuera a verla. Su casa no es tan grande como exige mi memoria. La

227

mansión solariega de mis recuerdos luce disminuida por los años y el pasto alto que la rodea. De cualquier forma, el jardín, los balcones soportados por unas pilastras más bien toscas y, sobre todo, la barda coronada de vidrios rotos, como si ahí hubiera cosas que robar, le dan un aire de antiguo señorío.

La casa sugiere una época de lujos definitivamente perdidos. Cuando los Requena entraron ahí, ya era una noble ruina; sin embargo, la imaginación popular les atribuye el pasado principesco que tal vez tuvo su casa. De niño me mandaban a jugar con Carolina para que me rozara con gente superior. La verdad sea dicha, el señor Requena nunca tuvo el temple trágico de un monarca en el exilio. Se conducía con la vulgar prepotencia de cualquier padre de San Lorenzo. Gracias a su risa Carolina se salvó de infinitos pescozones y los transfirió a sus amigos, pero no se salvó de lo peor que podía sucederle: una vida común.

Para refutar su destino detenido, me gusta recordar escenas de la levedad con que Carolina vivió en otro tiempo. De niños subíamos a la azotea para soltar globos a los que atábamos cartas con insultos. La idea de ofender a gente lejana nos pareció inofensiva hasta que su padre interceptó un globo: me ordenó que sacara la lengua y me propinó un castigo que habría parecido azteca si la piedra pómez no hubiese estado rociada de detergente azulblanco. En aquellos años debo de haber tenido la lengua más lavada en muchas calles a la redonda; acaso admiraba tanto la caseta de los bañistas porque ahí se lavaba todo menos la lengua; el vapor que salía de las ventanas rotas establecía un fascinante y precario contacto con el cielo al que yo mandaba mis insultos.

Ahora el señor Requena es un viejo con cáncer de vejiga y hace poco sufrió una metástasis en pulmón. Tuvo un puesto contable en un banco y de ahí sacó al segundo marido de Carolina (el primero oficial, según los papeles sellados que anulan el matrimonio al vapor con Julián). Esos 62 kilos de mediocridad fueron la mejor forma de frenar a su hija; por desgracia, Carolina se venga de su vida mediana con hombres ramplones que más bien enaltecen a su marido. No encuentro otra virtud en su esposo que ser un poco menos malo que los amantes con que ella lo engaña. En una ocasión coincidimos en la peluquería y no pude evitar su cháchara: trabaja en una sucursal en las afueras de la ciudad pero ha encontrado «una ruta bellísima» para ahorrarse tráfico.

Toqué el timbre calculando que el marido ya estaría en su ruta bellísima. Una sirvienta de rebozo y delantal me abrió la reja. En mis recuerdos lejanos el jardín es verde; en los cercanos, amarillo. Ahora encontré un pasto muy crecido, verde a la altura de mis rodillas, amarillo en mis zapatos. «El verde se alimenta de amarillo», ¿dónde leí eso? A unos metros, en un claro recién podado, un jardinero trabajaba en cuclillas; lo vi sostener un mechón de pasto entre sus dedos, como si fuera el cabello de una mujer, y segarlo con la tapa de una lata de conserva.

El padre de Carolina estaba en la puerta de la casa, llevaba unas pantuflas peludas, aparte de esto, todo en su cuerpo era pobre, enjuto.

—¡Fernandito! —me dijo en un tono desvalido, y abrió sus brazos.

Su cuerpo despedía un tufo rancio; el cabello y las cejas mostraban los estragos de la quimioterapia.

—'orita viene m'ija —salió de la sala, deslizando sus enormes pantuflas.

El mueble más nuevo de la casa debe de haber entrado cuando los rifles obregonistas seguían calientes. Más que antigüedades son vejestorios, sillas con patas donde varias generaciones de perros y de niños (yo incluido) han practicado muescas con sus dientes. El aire de los cuartos es denso y flotan pelusas que en otra colonia serían atribuibles a los gatos.

Sobre una cómoda encontré un ábaco. Carolina tardaba y pude recordar otra faceta de su padre que detesto más que ninguna otra, pues me simpatiza y compromete la odiosa imagen que me he hecho de él. Requena indaga su destino en una lotería particular. No puede vivir sin contar números de los que deriva valores trascendentes. Las cuentas de madera le dan esperanza o desconsuelo. Una vez mi madre le preguntó si creía en Dios.

—Según el día —contestó.

Dios es una especie de variable estadística, una combinación que a veces se presenta en sus alambres. Su ábaco es como un rosario sin recorrido fijo, un rezo combinatorio que en vez de convocar a la deidad prueba su llegada. La figura que contemplé debía de significar algo bueno, pues fui recibido como pocas veces.

Una pelota de goma llegó botando y tras ella un pastor alemán; la prendió en el vuelo con gran salivación y regresó por el pasillo, moviendo la cola:

—¡Ven acá, desgraciado! —oí el cariñoso insulto de Carolina y la risa delgadita que parece haber acabado con todos los objetos de cristal de la casa.

—¡Uy! ¡Qué carita! ¿Te desmañanaste? —fue lo primero que me dijo.

—Algo —otro insomnio y dos operaciones tempraneras me habían fulminado. Además, los días para operar a Suárez empezaban a volverse horas.

—¿Un cafecito? Ya está hecho.

—Bueno.

Carolina bebió refresco.

Empecé a sentirme incómodo, a notar demasiados detalles, la piel levemente hinchada bajo sus ojos, el esmalte mordido en el meñique, el brilloso reloj pulsera, la media corrida en el empeine, el cuerpo basto que ya abre las costuras del vestido (un fondo verde pálido), las manos quietas, con dorsos suaves de mujer llenita. Algo ha ganado con el tiempo: sus senos tienen una nueva plenitud, lo cual hace más agraviante el hecho de que no haya podido tener hijos.

Sus pechos oscilaron suavemente; tal vez estaba nerviosa, tal vez el cigarro ya cobró su cuota. Sentí alivio cuando empezó a hablar, mirando el delfín de porcelana en la mesa de centro:

—Julián quiere verte —su voz era otra; una voz firme, responsable.

—¿Y qué?

—Te quiere hacer algo.

—¿Qué?

—No sé. Está muy mal. Lo desahuciaron. Es capaz de lo que sea.

—¿Cómo sabes?

—Anoche dormí con él —sus ojos seguían fijos en el delfín.

Pensé en su padre: tal vez espiaba desde un cuarto vecino. Es de esos hombres que te miran de lado, como si te conocieran intimidades esquinadas: que al llegar a casa te pones medias con ligueros, que le sigues echando alpiste al canario muerto hace años. Es una lástima que le conozca la manía del ábaco en vez de alguna de las debilidades privadas que le atribuye a los demás.

—No me preguntes —continuó Carolina—. Fue por lástima. Servicio social, si tú quieres. No sé, tal vez por lástima a mí misma —dos hilos de lágrimas bajaron por sus mejillas; no hizo el menor intento de limpiarlas; luego habló con voz entera, como si no hubiera conexión entre sus palabras y su rostro—; Julián regresó a ver médicos.

—Ya lo sé. Se ve del carajo.

—Hizo todo ese barullo en casa de tus papás para checarte, para «medirte», como él dice.

Entonces recordé la profecía de doña Cano. Tal vez la adivina tenía razón: nada en Julián era directo, sus odios rebotaban de un sitio a otro, como las carambolas del billar; el enemigo del enemigo.

—Deberías ver cómo huele —dijo con voz ajada—. ¡Y pensar que estuve a punto de irme con él!, ¿te acuerdas? Me imagino que ahora tendría mucho dinero y estaría jodida por la droga. Tal vez ni eso: Julián no tiene dónde caerse muerto; pero hubiera visto cosas, no pasé de un cuarto de azotea. Estuve a punto de mandarte una postal de una playa, para que creyeras que estaba lejos.

—Te hubiera creído.

Encendió un cigarro. Tenía las uñas demasiado largas; por alguna razón pensé que esas garras pintadas la avejentaban.

—¿No te parece una mierda engañar a tu marido con un moribundo? —me preguntó.

—Me parece una mierda que sea Julián —empezaba a fastidiarme haber ido ahí. Me molesta saber tanto de Carolina, tantas cosas precisas, difíciles de acomodar en una mujer que no es tuya.

—Él tampoco te traga —dijo, como si esto mejorara a su amante.

—¡Primera noticia!

—Sí, pero él está mal.

—¿Y qué pasó con Iniestra? Saliste con él de casa de mis padres. Tienes buena mano —pensé, con cierta repugnancia, en la idea de Suárez de acompañar a bien morir.

—Me siguió, pero no hubo nada. De veras.

Tal vez su vida me fastidia más a mí que a ella; la niña idolatrada que me daba a beber sus orines es esa señora pretendida por hombres terminales, a punto de caer.

—Julián es peligroso —dijo.

—Un hijo de puta, eso es. Aquí arrebató lo que pudo; a ti, entre otras cosas...

—Gracias por lo de cosa.

—De nada.

—Es peligroso —insistió.

Pensé en el apodo que le puso Maximiano: el 99. «Quiere cerrar la cuenta.» No, imposible que debiera tantas vidas. Julián era un maestro de la transa menor, la violencia no era lo suyo, en todo caso una agresión sin riesgos, un tanto gratuita, como aquel botellazo que lo volvió héroe unas horas. Entonces un recuerdo se abrió paso en mi mente, poco a poco, hasta condensarse de un modo molesto, semejante al delfín de porcelana en la mesa. En una ocasión el doctor Felipe y yo subimos a una azotea donde agonizaba una cabra. Le habían encajado una aguja de tejer en la oreja. El doctor le inyectó un sedante definitivo y me miró con ojos violentos: «hay que encontrar la otra aguja», dijo, en el tono con que pedía encontrar al otro alacrán después de capturar uno. No fue fácil dar con ella. Los alacranes viajan en pareja pero la aguja fue cuidadosamente abandonada en los billares y sólo apareció muchos meses después, cuando ya era imposible asociarla con nada. Julián se había ido a Tijuana y nunca lo vinculamos con esa crueldad, pero ahora, al oír a Carolina, supe que había sido él. Sin embargo, hablé como si la causa de mi agitación estuviera en otra parte:

—¿Qué quieres que te diga? En estos momentos la clínica está muy mal, nos presionan de todas partes.

Carolina ignoró lo que dije:

—No conoces a Julián, tiene cada idea; aunque sea para su sepelio quiere dinero.

—¿Te va a dejar algo?

No contestó. Aspiró rabiosamente su cigarro, se mordió el meñique. Julián Enciso se hundiría en la tierra con el lujo de un boxeador, en un ataúd dorado con incrustaciones de diamante; le dejaría algo a Carolina, tal vez lo necesario para salir de San Lorenzo.

—Quiere dinero —repitió con impaciencia—; le han ofrecido bastante para joderte.

—¿A mí?

—¿Qué no oyes? Fue lo primero que te dije.

—¿Quién?

—¿Quién qué?

—Le ofreció dinero.

—¿Crees que me dijo? Además es lo de menos, se comunica con un recadero, ni sabe quién lo contrata; lleva años sin saber para quién trabaja. ¿Crees que ahora le importa? Tampoco es la primera vez que se escabecha a alguien.

—¿Por qué no vas a la policía?

—No seas pendejo. Julián está muy mal, pero quiere joderme antes de irse al otro barrio.

—¿No que te va a dejar algo?

—Yo no dije eso, y en todo caso quiere dejarme algo y joderme.

—¿Joderte a ti o a mí?

—A mí, principalmente. No te odia lo suficiente.

—Puta, ¡qué lástima!

Carolina se puso de pie. Caminó de un lado a otro, las duelas de madera rechinaron. No falta quien me incluya entre los hombres que poseen a Carolina en un cuarto de azotea. Aunque no creía en los celos de Julián, dije:

—A lo mejor sólo te quería probar, ver si me buscabas.

—Él no prueba nada. Hace las cosas y punto —en esto tenía razón; Julián ignora las escaramuzas, las fintas, los sentidos figurados. Sus corruptelas podrán estar llenas de dobleces, pero no su mente ni sus ojos impositivos, dispuestos a corregir las cosas que ven, sin saber por qué o para qué. Tal vez fue esto lo que le dio el éxito de los billetes rápidos del contrabando y de las mujeres como Carolina.

—¿No dijiste que le ofrecieron dinero? —pregunté.

—También. Dos pájaros de un tiro. Estoy hablando en serio, no me veas con esa cara de borrego idiota. ¡Quieren tronar la clínica!

–¡¿Quiénes?!

–Gente de fuera, muy poderosa, picudos que no se tientan el corazón. Ya ves lo que le pasó al pobre Siniestra.

–Iniestra.

– A comosellame.

–Tu pretendiente.

–Carajo, Fernando, cállate, hazme caso.

–No estoy hablando...

–Tú cállate –aspiró el cigarro con fuerza, como si contuviera un valor nutricio–. Sal de aquí, de volada. Date unas vacaciones –exhaló el humo sobre mi rostro, tal vez para correrme del sillón, de la sala, de San Lorenzo.

–No puedo –vi mi reloj; tenía que volver a la clínica.

Las pantorrillas me dolieron al ponerme de pie. El cansancio me pesó en las sienes, en las piernas entumidas.

En mis sueños de niño, Carolina aparecía como la jefa de una banda que me victimaba maravillosamente; ahora estaba ante una mujer que se veía seis o siete años mayor que yo y procuraba mantener un tono sensato para avisarme que me iban a matar. Era demasiado irreal. Hubiera esperado, según mi lógica de infancia, que Carolina se buscara suficientes problemas para que la mataran. Mi destino, como todos, bien merece una bala perdida, el ladrillazo accidental, pero no la mira, el rifle de las figuras notables.

–Haz lo que quieras. Me vale madres –me vio con ojos inyectados.

Luego, un poco más tranquila, me acompañó a la reja. El jardinero había apilado un montón de pasto; el amarillo ganaba terreno; la hoja oxidada seguía segando con un siseo apenas perceptible. Pensé en todos los agujeros que había escarbado ahí. A lo lejos, vi la estatua del *Tenista*, demasiado pequeña. Los helechos, hinchados, rebosantes, la cubrían hasta la cintura.

–¿De veras te vale? –le pregunté.

–Qué idiota eres –me dijo, muy cerca de la oreja.

Las estatuas no han tenido gran suerte en San Lorenzo. El zurdo en el jardín perdura como el legado de un tiempo misterioso en el que se consideraba agradable que un sapo de piedra escupiera agua en una fuente. Carolina me dejó un olor afrutado en la mejilla; desvié la vista a la mano de piedra que no acababa de cerrarse (¿cuál fue el objeto desasido?, ¿un cetro, una copa de oro, la raqueta tan imaginada?).

Por un momento pensé en pasar a la peluquería para confirmar la información de Carolina. No tenía caso, mi antiguo patrón diría lo mismo que hace unas semanas: «Te busca el 99.» La amenaza era tan fanfarrona como aquel fragante billete de 100 dólares. Seguramente fue un alarde de Julián para llamar la atención sobre sí mismo. Yo no puedo interesarle, sería grotesco que una rivalidad alcanzara toda su pasión veinte años después de perder su causa.

El clima de inquietud ha llegado a todos los que me rodean. ¿O soy yo quien se lo impone? Mónica habla todo el tiempo de Cuernavaca: quiere respirar, tomar el sol, ver buganvilias, pavorreales (aparentemente hay un hotel que los tiene); no incluyó hacer el amor, aunque los dos sabemos que lo haríamos mejor si saliéramos un poco.

—Después de la operación —dije.

—Claro.

Me habló a los pocos minutos. Reservó un hotel para el sábado.

—Operas y nos vamos —añadió una palabra extraordinaria que sería ridícula si la escribiera.

Mi madre, por su parte, ha descubierto la palabra «neurasténico» y me la aplica cada cinco minutos, como si se le fuera a evaporar.

—Ve a ver a doña Cano —propuso.

—Ya fui —contesté.

Entonces me pidió que la acompañara a misa. Acepté porque me sobra tiempo a todas horas; a pesar del retorno de Suárez seguimos teniendo cancelaciones, quienes pueden sacan pasajes para Houston, donde Vélez Haupt cobra su venganza de platino; los hospitales de la competencia hacen su agosto y nosotros empezamos a odiarnos de otro modo: ayer me sorprendí contando los pacientes en la sala de espera de Ferrán (más que los míos).

Mi madre se puso su camisa de franela, de cuadros grises y rojos, y su chaleco verde, como si fuéramos a cazar patos. Habíamos caminado una cuadra cuando advirtió que llevaba el trapo para fregar; lo guardó en el bolsillo.

Al llegar a la iglesia, sacó los lentes que le receté y que casi nunca abandonan su estuche de estambre. Ella fue hecha para mirar de lejos, para mirar paisajes anchos y ríos lentos, pero se detuvo en San Lorenzo. Llegó a México como Reina del Desierto, en un carro alegórico lleno de lingotes de queso de tuna. Mi padre era abanderado de los normalistas. Se enamoraron entre nubes de confeti tricolor. Aún tienen fotos de esa época: mi padre sostiene un jarrito de barro y sonríe como si el mundo le perteneciera; mi madre lo mira como si él fuera el mundo.

Se puso los lentes para ver el angelote en la fachada, se persignó (sus dedos pulidos por el detergente trazaron un rosáceo arabesco) y se cubrió con una mantilla tejida entre un programa de televisión y otro. Nunca me cansaré de admirar sus manos fuertes, capaces de tejer cosas leves, casi ingrávidas. En comparación, mis manos parecen las de las mujeres inútiles que tanto detesta.

Las piedras frías, los adornos sacados de cualquier parte, la cercanía de mi madre me hicieron sentirme tan bien que quise arrepentirme. Un arrepentimiento sincero y difuso, como si me supiese culpable y aún no conociera la causa. Mis ojos se cubrieron de las lágrimas dignas que nunca resbalan mientras el sacerdote hablaba en su tono españolado. Pronunció un sermón austero que hizo sonreír a mi madre y reveló mi estado informe, poroso, abierto a las emociones fáciles. La operación iba a requerir lo contrario: dureza, una mente reconcentrada.

Mis manos se veían bien sobre la madera, tenían algo parejo, standard; no quise levantarlas: el más leve temblor me hubiera hecho sentirme como un ladrón incapaz de abrir su propia caja fuerte.

Comulgué aunque hace siglos que no me confieso. Lo hice para quitarle un peso de encima a mi madre, y al regresar en verdad caminó con una nueva ligereza; mi neurastenia era ya un pecado venial, atribuible a las malpasadas en la clínica, la novia equivocada, algo que se alivia con vitaminas, una sopa sustanciosa, una Mujer de Verdad (aunque todas parecen perder realidad en presencia de mi madre).

No le dije que operaría al Maestro. Tampoco a mi padre (no quiero oírlo hablar de premios de consolación por mi fracaso en Retina). Me despedí en la puerta.

—Trae acá —dijo mi madre, como si pudiera desmontarme la cabeza.

Me dio la bendición con trazos seguros mientras yo cerraba los ojos. ¿Cómo supe, entonces, que sus trazos eran seguros? Lo ignoro, como también ignoro qué me sacó tantas lágrimas. Al llegar a la esquina me limpiaba la cara con las palmas de las manos.

Vi al Maestro por última vez antes de la operación. El encuentro tuvo un aire lunático. Suárez estaba de espaldas a los 16 monitores de televisión que rastrean los quehaceres de la clínica, una luz violácea bañaba su nuca; absurdo que estuvieran encendidos. Un ruido anunció la entrada del subdirector. Suárez lo esperaba; antes de oír su voz dijo:

—Estábamos hablando de usted, doctor Ugalde.

—Con razón me zumbaron los oídos en El Inactivo.

—Las teles —señaló vagamente hacia atrás— no sirven para nada. ¿Cuántas pistas del asesinato han salido del video?

—Seis tipos de negro, con gorras de alpinista. Es todo —Ugalde se dejó caer en una silla.

—Nos equivocamos, Ugalde.

—Tal vez. Pero nos ayudó a descubrir el hurto de unas toallas —me vio a los ojos, lo suficiente para que recordara mi bata extraviada.

—Por lo visto se necesitan aparatos de la edad atómica para atrapar a un ladrón de toallas.

—Un error, como usted dice —Ugalde estaba dispuesto a conceder cualquier cosa. Tenía la uñas recién barnizadas, percutió sobre la mesa con un resplandor nacarado. La mesa de Suárez es de un cristal negro que la hace ver como un bloque de basalto, una plancha para exponer sus figuras mayas; curioso que sólo tenga útiles de escritorio.

Pasaron unos minutos largos, luego la secretaria anunció a Ferrán, Briones (que ha engordado y envejecido con una cura antialcohólica), Lánder y a un tal Filandro, que resultó ser el nuevo jefe de Retina, un hombre de unos cincuenta años bien llevados, con clara pinta de sudamericano; el pelo rígidamente echado atrás, un elegante perfil moreno:

—Tanto gusto —dijo, con un acento suave.

La secretaria se hizo un lío con las tazas de té y café. Ugalde decidió hacerse cargo del azúcar. Sirvió con pulso endeble, espolvoreando la mesa.

El sudamericano era un hombre pulido, de palabras exactas y semblante avenible. El pelo negrísimo abría un paréntesis inquietante en su edad: tal vez porque me pareció simpático le atribuí cincuenta años, suficientes para excederme en experiencia y justificar su puesto. Su presencia me hizo pensar que hasta entonces habíamos sido los rudos de la clínica; en Glaucoma, Estrabismo y Córnea hay médicos más equilibrados, nada como estos broncos exploradores del ecuador del ojo; aunque tal vez Filandro fuera capaz de administrar cierta violencia: lo único molesto en su cortesía era que recordaba algo la del Procurador.

Durante unos minutos Filandro fue suficiente novedad. Habló poco pero mostró un vocabulario cuidado: uno de esos hombres superpulcros que perfuman su pañuelo. Su origen siguió incierto; había vivido en Montevideo, en Rosario, venía de Harvard. Me fijé en los botones en las mangas de su saco; no estaban ahí como los de todos nosotros, dando una ilusión de ojales, los de él realmente cerraban la manga. Ignoro la importancia de arremangarse el saco, pero resulta obvia la psicología de alguien que compra prendas tan bien acabadas. Si Suárez recupera la vista, se solazará hablando con él de vestimentas.

Comentamos la operación con una superficialidad pasmosa para quien no supiera que llevábamos días de discutir en los pasillos, los vestidores de los quirófanos, los restoranes. Filandro parece no conocer el asombro; asintió a todo, interpuso alguna pregunta discreta, mostró un interés medido.

Lo único desagradable del nuevo titular de Retina fue que me obligó a darme cuenta de lo lejos que yo hubiera estado de manejar la jefatura en esa forma fluida, calmosa, sin aristas. Entonces fue como si Suárez adivinara el estado de mi autoestima porque exclamó sin ton ni son:

—¡Estoy en las mejores manos! —me señaló sin vacilar (había adquirido una notable memoria auditiva, pues sólo coloqué una frase en la reunión).

Ferrán me apretó el antebrazo, Briones abrió otro poco su sonrisa, Lánder y Ugalde comentaron algo en voz baja y se volvieron hacia mí, contentos, como si me elogiaran de un modo inconfesable. El extranjero me vio con un afecto firme: mi amigo más antiguo en ese cuarto. Tipo simpático, Filandro. Buen olfato de Ugalde.

—Ni modo —Suárez se volvió hacia mí—, lo tenemos en capilla.

Habló de los estudiantes de Salamanca que pasaban una noche en vela antes de su examen final. En la capilla. De ahí venía la expresión.

Con frases algo arrastradas, Briones elogió la erudición de Suárez. Resultó que el dato venía de un taxista de Barcelona. ¡Cuántas veces escuché con arrobo las palabras de Suárez sólo para que mostrara una superioridad adicional al desbaratar sus conocimientos!

—Le tocó bailar con la más fea, Balmes —insistió el Maestro.

—Al contrario: es un honor —hablé con una voz estúpida, pomposa, que rebotó en todos lados, como si estuviéramos en un hueco eclesiástico. Mi inseguridad no debió de escapar a Filandro.

—Lo peor que puede pasar es que luego lo linchemos. —Ferrán mostró el abusivo filo de oro de sus dientes.

Todo mundo rió. Nos pusimos de pie. Suárez me dio uno de esos abrazos descompuestos que da la gente muy alta.

Ugalde me tomó del brazo:

—Lo espero mañana a comer, en los gallegos.

—Pensaba salir después de la operación.

—¡Graciosa huida! —dijo Ferrán.

—Unos días a Cuernavaca —expliqué—. Ya cancelé pacientes —(con este eufemismo ocultamos que son los pacientes quienes nos cancelan a nosotros).

Ugalde sonrió, con suavidad extrema, como si no diera una orden:

—Lo espero mañana. A las dos y cuarto.

La frase de Suárez —o del improbable taxista que se la dijo— ha surtido su efecto: me siento en capilla, frente a horarios interminables. Los pacientes siguen cancelando. Pasé la tarde mirando los caballos azules en la sala de espera; tienen el cuello craquelado, ¿desde cuándo? Lo ignoro. ¿Cuántas señas de descomposición pasan inadvertidas?, las pequeñas grietas, las fisuras, el progreso imperceptible de un tumor, la decadencia pausada que dura, ¿cuánto tiempo?, lo suficiente para tener un nombre, y el caballo azul se convierta en la pintura craquelada, el ciclista Celestino en un reflejo zambullido en un espejo, Iniestra en las verduras que llevaba dentro.

Conchita me veía con desconfianza. Es incapaz de padecer la reflexión ajena, le da vértigo que alguien guarde silencio en su presencia. Por suerte el teléfono la mantuvo ocupada; hablaron de dos periódicos y de la famosa estación de radio que transmite desde un helicóptero. Conchita se esforzó en descifrar los mensajes: la Asociación de Albañiles, el Ministro Consejero de la Embajada de España, doña Edu y varios desconocidos con apellidos compuestos (¿Pérez Loría, Santos Gómez?) me mandaron «parabienes», «salutaciones» y otras flores retóricas. Estoy seguro de que hubiera recibido menos llamadas en caso de asumir la jefatura de Retina.

A las doce me harté del consultorio sin pacientes, de los párpados verdes de Conchita que hacían juego con los formularios recién llegados del Seguro Social.

Lancé una mirada al cuarto donde he revisado tantos ojos: el *Peyman* arrugadísimo, los libros no leídos, todo cubierto de una opacidad polvosa. Tomé la moneda que me dio Mónica, la lancé al aire, cayó en *sol*. Buena señal, tal vez.

Caminé por el pasillo, frotando la moneda; tenía un relieve duro; me olí el pulgar y percibí un dejo de cobre, una moneda de antes, de las que hacían un ruido metálico en los bolsillos, no el sonido muerto, la revoltura de fichas de parkasé que ahora llevamos. En el futuro, las columnas de mármol serán forradas de formica. ¿Qué haría Ugalde al frente de la clínica? Los hombres a los que les quedan un par de años suelen volverse muy dramáticos; abriría ventanas y claraboyas, rasuraría bajorrelieves: más luz y menos signos, las ideas de tullido que tanto teme Antonio Suárez. Su mundo fronterizo, sus muchas sombras, su gusto por el claroscuro y las verdades intermedias sería arrasado por ese fanático del blanco absoluto.

Si Suárez sale bien de la operación sobrevivirá a Ugalde. El subdirector no está muy lejos de la rotura de un aneurisma, el paro respiratorio, la oclusión intestinal. Los males de Suárez contra los de Ugalde, ¿vale la pena perpetuar esta disputa biológica? ¿Y quién vendrá después? Las manos lejanas y secretas que ya intervienen en la clínica. Los ricos se abrirán los ojos en Houston, los pobres en alguna institución de misericordia con paredes de tabla-roca, seguramente continuará el correo de córneas, la clínica será parte de una infinita cadena de sanatorios, imposible detener la maquinaria. Éste era el péndulo de mis pensamientos cuando llegué a los elevadores. Un vahído me hizo volver a la realidad, una respiración siniestra, subacuática. Me volví: Julián Enciso se chupaba el meñique.

–Vamos abajo –me dijo.

En la luz dorada del elevador lo vi peor que nunca, los pómulos hundidos, la nariz afiladísima de la que salía su respiración mellada, lo blanco de los ojos empezaba a insinuarse bajo sus pupilas, la boca abierta para jalar más aire, unas arrugas desesperadas en el entrecejo, un gesto bajo, vencido, que iba mal con los colorines de su ropa y la joya en el diente. Llevaba una camisa de gruesas rayas azules y blancas y corbata roja. He visto el mismo afán por combinar rayas y colores en el arquitecto que de vez en cuando rectifica los desperfectos de la clínica; sin embargo, las telas de Julián parecían salidas de una fábrica de banderas. Sus zapatos estaban rotos. Fue al ver estas terminales tristes cuando pensé en la forma desigual en que la vida nos había tratado: el muchacho capaz de tantas glorias deshonestas, que asombró con su absurda guitarra de doce cuerdas, logró que los grandes del billar toleraran sus tiros flojos, arrebató lo que pudo y desfloró a Carolina, era ese cuerpo disminuido, esa mano –glauca en la caja del elevador– que me tomaba del antebrazo. Desvié el rostro de manera instintiva para no recibir su aliento:

–Tenemos que hablar.

–¿De qué?

–Me encargaron una chamba.

Volvió a chuparse el meñique, la uña larga que en los días buenos tenía cocaína.

–Vamos a mi consultorio –propuse.

–No. En la juguetería. A las cinco –me miró de frente–. Hazte un favor: no faltes –sonrió y junto a su diente de lujo pude ver el pésimo trabajo de un dentista rural. Pensé en un embarque en el desierto, un terrible dolor de muelas, el médico del municipio obligado a curarlo a punta de pistola.

Caminó al estacionamiento, con un andar despacioso. Sus palabras habían buscado la amenaza; en realidad, era su aspecto el que hacía el trabajo. Extrañé a Irving de Vries. El negro hubiera sido buena compañía en ese momento.

Me quedé un rato ahí, sin pensamientos precisos. Estaba por volver al edificio principal cuando una camioneta cromada con placas de California se estacionó cerca de mí. Vi descender a dos hombres de camiseta azul celeste. Abrieron las portezuelas traseras y observé una curiosa emanación, el vaho de un compartimiento refrigerado. Sacaron recipientes metálicos, de forma oblonga, y los metieron en bolsas de hule acolchonado. Tal vez transportan córneas. La muerte de Iniestra sirvió para eso, para que el negocio prosperara, ahora con eficiencia ejemplar. Recordé lo que Suárez había dicho de la impronta. Una de las primeras cosas que podría ver: esa placa de California. Con razón prefería el alto desierto, las noches pobladas de ruidos bárbaros.

¿En la juguetería? Vete a la mierda, pensé, mientras almorzaba en La Rogativa, frente a dos tipos de aspecto policiaco. Por alguna razón insondable los matones andan en parejas desiguales: un hombre de pasado atlético y presente de inmensa obesidad y un flaquito de mirada siniestra. Más vale caer en manos del gordo. Quizá durante un tiempo Julián fue uno de esos crápulas delgadísimos a la sombra de un golpeador enorme y metódico. El gigante comió con sabrosa calma hasta que detuvo su mirada en mí; me vio como si me reconociera, o tal vez fui yo quien lo vio con demasiada insistencia. Desvié la vista a la estatuilla que preside el local. Cada año le colocan un ropaje adicional. Una virgen ampona y ahumada. Pedí la cuenta.

En la acera me encontré a Lánder:

–Vengo a encargar las tortas para mañana.

Habló de la operación como de un picnic. Nadie se malpasaría: una bolsa de salsa verde adicional para Del Río, otra de crema para la madre Carmen.

–¡Ánimo, muchacho, que tocas a las puertas de la gloria! –me dijo–. Por cierto, ¿te acuerdas de Celestino? Ya anda otra vez en pie. Pasó por la clínica para saludarte. Como siempre, aprovechó para darnos el reporte del tiempo. Se va a soltar un ciclón de aquéllos.

En efecto, era una tarde de viento y animales amarrados en las azoteas. Me despedí del vasco y caminé por una calle en la que flotaban papeles. Al fondo, vi un auto negro, con antena; avanzaba muy despacio. Doña Edu, de seguro.

Di vuelta en Capulines y algo me hizo pensar en la juguetería, de pronto no quería faltar a ninguna cita, como si los cabos sueltos pusieran en riesgo la operación del día siguiente. La calle vacía, con zaguanes cerrados y ventanas ciegas, me hizo sentirme en desventaja, una calma excesiva que anunciaba algo avieso, algo roto a la vuelta de la esquina. Sentí que me vigilaban. Si alguien quería hacerme daño podía jalar el gatillo desde cualquier azotea. No, Julián me había vendido protección hasta las cinco de la tarde.

En alguna parte se cerró una cortina de metal. El auto negro volvió a aparecer, avanzando apenas con sus llantas gordas. ¿Dónde estaba la vida tumultuosa de San Lorenzo?, ¿dónde sus vendedores de lotería, sus demagogos nunca cansados de vaciar cervezas, sus incontables líderes de una tarde? Escuché mis pasos, el eco de mis pasos. Lejos, muy lejos, divisé a unos niños. Parecían jugar con piedras: restos de una vida distante, diluida en el sol denso. Entré a la juguetería.

–Buenas –dije.

–Pásele, mi jefe –dijo un hombre de cejas canosas. Nunca lo había visto; debe de vivir en otra colonia y comer en el mostrador. Había mala luz, pero él estaba absorto en una historieta: las aventuras, probablemente africanas, de una mujer de pelo rizado y pezones de hierro.

El lugar me era desconocido; no tengo hijos y rara vez me fijo en los monstruos de plástico que agobian el escaparate.

No parece irle muy bien al juguetero, las cajas están cubiertas de polvo (alguien quiso limpiarlas y sólo dejó plumas púrpura por todas partes). Me entretuve ante un estante con juguetes de palo, luego desvié la vista al mostrador: un plumero larguísimo recargado en la pared, el hombre lo pasaba sobre los estantes sin apartarse de ahí. Se ensalivó el pulgar, siguió leyendo.

Oí un ruido a mis espaldas, una risa serruchada. Me volví. Julián Enciso jalaba el cordón de un juguete, un hombreesfera, sin otra gracia que producir esa risa cortante. Vi la puerta de reojo, busqué el coche negro: nada.

—Mira nomás —me mostró un carrusel, como si hubiéramos ido a ver juguetes.

Luego la tos lo venció. Sacó un pañuelo que despedía un perfume fuerte. Cuando volvió a hablar, sus palabras olieron a lavanda:

—No tengo mucho tiempo —sacó un sobre y lo puso en mi mano, pesaba lo suficiente para ser sospechoso—. Sólo te pido un favorcito: un desliz, *paf*, el nervio óptico.

—¿De qué hablas?

—De Suárez, pendejo. No le conviene recuperar la vista. Hazlo por él —puso su mano en el dinero; me apretó los dedos, suavemente—. Es mucha lana, Fernando.

—¿Quién te manda?

—¿Crees que sé? Alguien más quiere la clínica.

—¿Quién te lo dijo?

—La voz que me contrata, corazón —su dedo meñique me rasguñó apenas.

—Vete a la chingada.

—No me hables golpeado, papá.

Sacó una pistola escuadra y me la puso en el escroto, la movió suavemente:

—Si te niegas, te lo vuelo —me recorrió los genitales; su mano bajó por mi entrepierna—: quieto, Nerón —me palpó despacio, reconoció un testículo y lo apretó con fuerza, sentí que lo trituraba hasta que conseguí arrodillarme, transido de dolor. Abrí la boca, los ojos llenos de lágrimas, no pude decir nada. Cuando logré enfocar, el caño de la pistola me daba en los labios—: dale un besito, ándale —empujó el caño y sentí que me fracturaba un diente—; así me gusta, papá.

Julián tiró unos muñecos con cascabeles. El dueño no se acercó. Me quedé arrodillado unos minutos. Tenía la boca llena de saliva y sangre. Escupí sobre una bolsa con avioncitos. El sobre seguía absurdamente en mi mano. Me limpié la boca con él y lo empujé en la bolsa de la bata. Me levanté. El dependiente seguía absorto en su revista.

La marea volvía a empujar de fuera. ¿Realmente existían rivalidades entre gentes nunca vistas que sin embargo intervenían en nuestros asuntos? El regreso de Suárez significaba una vuelta al pasado, sólo podía servir para frenar la inercia de las últimas semanas, para imponer un orden ya rebasado. Quizá lo más desesperante fuera que las agresiones conservaran su misterio, estaban ahí, latentes, como un magnetismo inmotivado: imposible detectar los focos de odio. Simplemente nos estrangulaban, cedíamos al ahogo, cada vez más suave, de los hilos tirados de muy lejos.

Estaba harto, jodido de perpetuar esa guerra sin frentes. ¿Había algo peor que no poder odiar a alguien en concreto? Sí, lo había. Yo era otra figura de humo, tan insustancial como el enemigo: las amenazas de Julián no iban dirigidas a mí sino a algo que yo representaba, un azar profundo me había convertido en eso, el contratiempo que impedía una vaga estrategia. Habían escogido bien a Julián: si me ultimaba parecería un crimen de barrio, una de esas riñas locales que sólo entienden los involucrados. Además, le quedaban semanas, tal vez horas; moriría antes de que el pastoso sistema judicial se pusiera en marcha. De cualquier forma, ni siquiera al salir de la juguetería, con la boca llena de sangre y un dejo de lavanda en la mejilla, lo creí capaz de una violencia de la que nunca me consideró merecedor. Mi única certeza era la humillación; me sentí tan vejado como el día en que vi la ciudad desde el puente de calzada Anáhuac y pensé en tirarme, incapaz de soportar que el cuerpo de Wendy fuera penetrado por otros cuerpos, entre ellos el de Julián. Tal vez por eso me dirigí al paso a desnivel.

Fue como si la ciudad esperara mi ascensión: cuando llegué arriba, se encendió el alumbrado de la calzada. Las calles flotaron allá abajo. Caminé entre los excrementos, vi el cielo a través del enrejado, me aferré a los rombos de metal, y quise hacer algo extremo, desesperado, pero como tantas veces la tentación, la simple tentación, fue superior a cualquier otra cosa; regresé a mi departamento, saqué el sobre que me dio Julián, pasé el pulgar sobre el dinero, y lo arrumbé en un cajón.

Estaba del peor humor para una fiesta de despedida, pero eso fue lo que encontré en casa de mis padres. Se habían enterado por Lánder, por Sara, por quien fuera. ¿Cuántas veces no he cedido al gusto de un garibaldi remojado en café con leche? Mi conducta se verá siempre afectada por vivir tan cerca de mis padres y su dotación de pan dulce. Mis hermanas son víctimas de la misma atracción. En ocasiones pesco una oreja imperfecta que revela el paso de Amira: vive en una dieta eterna pero no resiste la tentación de pellizcar lo más sabroso. La casa de mis padres es, ante todo, la bolsa de papel estraza que en los peores días al menos tiene una *banderilla*. Me sentía jodido, sin ganas de otra cosa que no fuera lavarme la boca, estar un rato frente a un líquido caliente, con mucho azúcar, dejando que mi rabia se recuperara poco a poco en un buen pan, la caricia ocasional de mi madre, olorosa a trapo húmedo, la certeza de operar al Maestro, así fuera para chingar a Julián Enciso. Pero la casa, Dios santo, tenía un aire de peña taurina: siluetas recortadas contra las ventanas, la algarabía de un gustoso hecho de sangre.

–¡Doctor! –gritó López al verme llegar; una nube de aguardiente salió de su boca.

–Festinamos por ti, hijo –mi padre tenía las mejillas encendidas y su boca escupía elogios notariales–; modestia apar-

te, señores, en este asunto hay que justipreciar la buena si-
miente de nuestro héroe –me señaló, ebrio de remate.

–¿Una copita? ¡No!, ¿verdad? –preguntó y contestó Félix
Arciniegas.

Me escabullí al baño.

Hasta ahí me alcanzaron unas frases que sólo podían pertenecer a mi padre, pues nadie más tenía la desvergüenza de
hablarle a sus amigos como si fueran un pelotón al borde
de una hazaña mayestática. ¿Cuántas veces lo he visto llorar
en el clímax de los discursos en los que pasa de Pedro Infante
a la fundación mítica de San Lorenzo, y de ahí a quejarse un
poco de todo y hablar de actos heroicos que no sucedieron
aquí y de mujeres hermosas que acaso no sucedieron en absoluto? Cinco o seis papalinas al año le dan fuerza para soportar
el mundo donde sus historias de paladines son una obligación para los niños que aún no dominan la tabla del nueve.

Me vi al espejo. Me sorprendió conservar la dentadura.
Abrí la llave de agua, más que para lavarme para acallar el
barullo intolerable. Si la ventana hubiera sido más grande no
habría vacilado en romperla para huir. ¿Qué sucedía, con un
carajo? La clínica estaba enferma y el mal venía de algún ór-
gano lejano, inencontrable. Me tocaba arreglar una parte mí-
nima, fijar un modesto grupo de células, eso era todo; a fin
de cuentas mi tarea era provisional; entre la operación del
primer ojo y la del segundo se abría un intervalo inquietante.
Si yo fallaba, otro haría la última jugada.

Vi los azulejos cuarteados como si encerraran un mensaje hermético, la cifra de una vida. ¿Qué destino era ése, cuya
última escala sucedía en una caja de mosaicos? Estaba con
ánimo de infligirme cualquier desastre, como si fuera necesario joderme hoy para operar bien al día siguiente. Por suerte
llamaron a la puerta.

Salí y vi a Lánder; su cabeza casi tocaba los focos con
pantallas en forma de alcatraz. Sara estaba junto a él, vestida

de negro, con pantalón y saco de intenciones posmodernas que la hacían ver como una joven viuda.

–Venimos a saludarte un ratito –Sara me besó la mejilla–; ¿cómo va la nerviolera?

–Todo bajo control.

Lánder no dijo «¡eres mi gallo!» pero su mirada tuvo esa excesiva connotación.

–Vamos a un coctel –explicó el vasco, y sacó una corbata de la bolsa del saco para mostrar que era cierto.

Por lo visto todo mundo tenía algo que celebrar esa noche. Pasé dos horas escuchando relatos espesos y rechazando el puro que insistía en darme mi padre. Otra vez constaté su proverbial capacidad de beber dedales de aguardiente sin perder el hierático aplomo de las estatuas que tanto le chocan.

Me despedí con un vago ademán en el aire. Busqué a mi madre y la encontré dormida en la cocina, la mejilla sobre una piña; sólo alguien como ella podía descansar sobre esa rugosa superficie. No la desperté.

La casa pequeña y ruidosa quedó a mis espaldas. ¿Qué pasaba en otros cuartos? Tal vez Ugalde quemaba un expediente, Sara besaba a Suárez, Julián se inyectaba la dosis suficiente, Carolina se entregaba en un cuarto rentado en otro barrio. De algún modo, todos esos actos fugados me constituían, me llevaban hasta mi puerta numerada.

Encendí el radio para borrar las voces que colmaban mi cabeza: un virtuoso chapoteo, arreglos sin melodía, un jazz resbaladizo que me acompañó a la regadera como un anticipo del vapor y la delicia de una pastilla nueva de jabón. Me mojé largamente, hasta que se hizo tolerable estar ahí, en el cubo de mosaicos blancos, escuchando el chorrear del agua, la música y, más lejos, la marea de los motores en calzada Anáhuac, las sirenas habituales a esa hora: alguien agonizaba, alguien era golpeado, alguien hincaba sus dientes en la mierda, alguien probaba el filo de un cristal o la justicia blanca de un cuchillo. Una ciudad como cualquiera, abierta y poderosa bajo la noche en la que yo también tenía reservado mi disparo, mi porción de lumbre.

Ya en la cama, en el duermevela del somnífero, vi unas figuras luminosas, algo que en la entrada al sueño valía por el mecanismo del mundo, una fábrica superior e inescrutable en la que sin embargo me correspondía un instante, el instante en que debía disparar y, también, en que me quedé dormido.

De nuevo amaneció nublado. En las azoteas gente de bufanda y guantes tejidos recogía sábanas y arrojaba maíz. Encendí el radio: el helicóptero no había podido despegar; transmitían desde una azotea barrida por el viento: un rumor de estación ártica. Olas de doce metros rompían en el Caribe.

Busqué las curvas de los volcanes en el horizonte; si acaso distinguí algo, fue una apertura en las nubes, nada del otro mundo, una raya de luz que indicaba un hueco posible. Un valle más abajo estaban los jardines de Cuernavaca, el sol limpio. Vi el maletín sobre la silla, el bulto de lona desleída con el traje de baño que quizá ya no me quedaba y algunas camisas que en los sesenta fueron psicodélicas y ojalá ahora lucieran tropicales. Vi el reloj, era uno de esos días en que vería el reloj a cada rato, sin fijarme en la hora.

Me servía cereal cuando sonó el teléfono. Mónica habló con una voz alegre y delgada, en la que ya cabía un poco de sol. No le daba tiempo de recogerme en la clínica; me explicó en detalle dónde quedaba la parada del autobús, al otro lado del puente, sí, junto a la fábrica de raquetas, ahí nos vemos, te quiero mucho, chao.

Insistí en que fuera a la clínica: quería estar con ella

cuanto antes, sentir sus brazos, la humedad de su lengua, su pelo castaño, fresco, demasiado fresco para esta ciudad. No podía.

Tuve una rápida visión de Mónica al otro lado del puente, con una pañoleta en el pelo, en el aire nublado de los encuentros y las despedidas.

Colgué el teléfono, vi el reloj, cerré la llave del gas, cerré cajones y gavetas que nunca cierro; tomé el maletín.

Encontré al portero embozado en una bufanda tan gruesa como un rebozo; masculló algo bajo el estambre. Seguí de largo, respirando el olor que indica territorio médico, una atmósfera etílica, recorrida por zapatos de hule y propósitos eficientes. Me bastó caminar unos metros para que mi mente se poblara de imágenes clínicas: vi la cauterización de los vasos de limbo, vi el músculo recto superior prendido con sutura, vi la calibración de un láser. Tal vez por mero ejercicio, tal vez porque las paredes pulidas imponían una precisa higiene, empecé a enumerar las etapas de una intervención de segmento anterior. En eso estaba cuando una imagen adversa se coló de otra parte: recordé los billetes de Julián Enciso, el sobre en uno de tantos cajones cerrados. Sentí un tirón en el estómago.

Busqué el primer baño a mi alcance, acomodé como pude papeles en la taza, defequé un líquido de una fetidez extrema. En cientos de cantinas he visto las blanduzcas y amarillentas cagadas de la dieta mexicana, como si padeciéramos una monomanía vegetariana. Lo mío era un chorro negro, intoxicado. Tenía la frente cubierta de sudor. Las sienes me palpitaban. Me lavé la cara, parte del pelo. Salí al pasillo con lamparones de agua en todas partes. Doblé por El Oculto.

–Buen viaje –dijo alguien al ver mi maleta.

Lánder me saludó tras un humeante vaso de cartón.

—Ya lo inyecté —dijo.

—¿No hay Pepto-Bismol?

Una enfermera me sirvió la suspensión en una taza de peltre; parecía el atole que ofrecen las Fumadoras.

No había acabado de amarrarme la filipina cuando Ugalde y Filandro llegaron a desearme buena suerte. El subdirector me dirigió una mirada acuosa. Está tan atrapado como todos nosotros, pero aparenta tener el control. Me dio lástima aquel viejo con mala puntería y afanes napoleónicos.

—Buena suerte, Fernando —el pasillo tenía algo de andén, de franja de despedida para pronunciar cosas que no se volverán a oír.

Filandro dijo una frase lenta y diplomática. Me puse el tapabocas.

El Maestro estaba en una cama de ruedas en el pasillo. Otra vez pude ver la compleja orografía de venas en su frente, el rostro detenido en una falsa sonrisa. Empezaba a brotarle una barba cenicienta. Sus facciones se habían afinado en una máscara de piel descarnada, los pómulos acusados cubrían un destino lleno de logros nerviosos. Ante mí estaba la cáscara célebre —y ya algo museográfica—; la mente estaba en otra parte, en la noche salvaje de su búngalo, en alguna de las escalas de su gloria, en los muchos momentos que excedían las horas en que dependería de mí, de Lánder, del anestesista Del Río que probaba sus manivelas. Sólo el rostro comparecía ante nosotros: «ábranme».

Lo llevamos al quirófano. Aunque la anestesia había surtido efecto, el párpado se contrajo al preparar el campo. Suárez no podía sentir la frescura del yodo; en todo caso podía experimentar una presión, la seña de que del otro lado estábamos nosotros.

Del Río masticaba un chicle con paciencia. No creo que haya algo capaz de sorprenderlo. Para él, el mundo es un asunto infinitamente tramitable, esa operación apenas se distinguía de las otras por el nombre del paciente en la muñequera de tela adhesiva. La gente pasa por sus válvulas sin sacarle emociones, y tal vez por eso es bueno. Sin embargo, Sara opina lo contrario. «¿Lo vas a usar a él?», me preguntó, como si fuera indigno que ese hombre refrigerado durmiera el temperamento del Maestro.

Fijamos el estetoscopio en el pecho de Suárez. Quizá por estar junto a Del Río percibí los latidos como un reloj frío.

Poco a poco fuimos entrando a otro clima. La espalda se me cubrió de sudor con actos mínimos: accionar los pedales para fijar la altura de la mesa, revisar el freno del microscopio con el pie izquierdo y enfocarlo con el derecho. Escuché las tijeras triscando gasa, los pasos leves de las monjas. La filipina se me pegó al espinazo y pensé en las flamas lentas del patrono, en los cinco fuegos que herían con la misma calma; la crueldad de aquel calor estaba en su lentitud. Quise que Lánder terminara de revisar el instrumental y se apostara de una vez en el otro visor del microscopio. Pero no, los segundos no contaban. De nada servía saber cuántos instantes dedicó Velázquez a aplicar cierto color. Otra vez Suárez, otra vez Barraquer.

—¿Se le ofrece algo, doctor? —me preguntó una monja.

—No, madre.

Esa mañana vivíamos con un decoro excesivo: Ugalde dispuso que operáramos en el 5, el único quirófano que no tiene mirillas para atestiguar la intervención. El ojo enormemente expuesto de Antonio Suárez hacía su efecto.

Lánder trabajaba con una modestia insólita; me preguntó si había preparado bien el campo, puso su mano en mi espalda, la sostuvo a pesar del sudor.

Entonces, bajo un estante cromado, vi el destello rugoso

de una cáscara de mandarina. Seguramente Ferrán habría alzado los brazos como un banderillero: «¡detengan el video!». Está convencido de que es una señal de genio dejarse estorbar por minucias que no afectan a los seres más burdos: ante el menor desperfecto reacciona como si las enfermeras usaran los escalpelos para preparar sus sándwiches. A mí la cáscara me sentó bien. Me acomodé en el visor, confortado por la normalidad de tener una basura a la vista. Estaba más cerca del doctor Felipe que recibía en pago un ramo de cilantro que del Maestro inalcanzable.

Las enfermeras me miraban con ojos inmóviles, y sin embargo todo me pareció ajeno a mis designios: la cánula de irrigación y la endoiluminación penetraron el ojo de Suárez y me costó trabajo asociarlas con mis manos.

Soy un lector bastante pobre, pero como cualquiera he sentido la sorpresa de no ver las palabras. Si todo marcha, veo imágenes e ignoro los renglones de tinta, los puntos, las comas; si algo falla, vuelvo a las páginas numeradas, al papel que cada vez es de peor calidad. Quizá esto me asombra más como oftalmólogo que como lector. La cartilla de lectura que coloco frente a mis pacientes es un ejercicio de vista porque no dice nada; en cambio, lo mejor de la lectura es la magia que borra las letras y hace visibles otras cosas. Algo semejante me ocurrió entonces. Quiero decir que me olvidé de los signos externos, de mi estómago devastado y las tres aperturas en el ojo de Suárez. Avancé como guiado por un acuerdo previo, el ocutomo devoró el vítreo, el líquido subretiniano fue drenado como si no hubiera otra intervención posible, y al mismo tiempo, sin pensar mucho pensaba en mi cuarto vacío, en los helechos filosos, a punto de tocarme en el sueño donde soy la estatua.

La retina afloró ante el microscopio, perlada y débil. La vi como si la viera por primera vez, curiosamente fija, aun antes de colocarle la banda de identación. El líquido había sido eficazmente evacuado. Sentí el pie dormido de tanto controlar el ocutomo, por suerte ya no había que cortar. El endoláser de argón entró de manera dócil, como si en verdad respondiera a su nombre de inerte. Lo ajusté, muy despacio, y me separé un momento del visor. La madre Carmen me pasó una gasa por la frente. Sólo entonces me di cuenta del sudor que me cubría las cejas y empezaba a gotearme por la nariz. La gasa me trajo un olor a cuarto encerrado. Pensé en la cáscara bajo el mueble. Volví al visor. Mi pierna se tardó en responder; una extremidad con un tiempo propio, como si dependiera de otro cuerpo. Finalmente algo se animó en mi zapato: disparé cuatro, cinco, ocho veces. Un crujido agradable, tenue. Suárez volvería a ver. Es pura magia decirlo ahora, puede haber complicaciones, pero la retina quedó en su sitio. Mientras ponía gas en la cánula de irrigación, le dije mentalmente a Julián: «Te jodiste, hermano».

El maletín me esperaba en los vestidores, un bulto grisáceo que parecía aguardarme desde otra vida. Me sequé el sudor. Una ducha me hubiera sentado bien, pero tenía prisa.

Al salir de los vestidores sentí una corriente de aire helado. El sonido local requería a un médico. La vida continuaba.

Encontré a Ugalde inclinado sobre un bebedero; oyó mis pasos, se volvió. Guardó silencio, la boca chorreando agua.

–Todo bien –le dije.

Sonrió con su costosa porcelana:

–«Tenemos luz.»

–«Tenemos.»

–Entonces, ¿qué? En los gallegos, a las dos y cuarto.

–No puedo.

¿De qué quería hablar? ¿De la operación del otro ojo? Estaba agotado y el asunto no terminaba; la simple idea de retomarlo me pesó más que toda la tensión de operar a Suárez:

–No puedo –repetí.

Pareció profundamente decepcionado, pero no insistió.

–Pase por la ventanilla –dijo, y me dio la espalda.

No había pensado en eso: la operación de Suárez me sería pagada, como cualquier otra. Filandro llegó a saludarme con una cortesía aceitosa.

Salí de los quirófanos. En una banca del pasillo estaba Sara, junto a una mujer vestida de gris que podía ser familiar de Suárez. Aparentemente su mujer seguía en España.

Sara corrió hacia mí. Se quitó los lentes; me vio como si todo fuera posible.

–Está bien –dije.

Si algo valía la pena era ver esos ojos defectuosos que se endurecían y ganaban brillo.

Me abrazó:

–Estás empapado. No te vayas a resfriar. Afuera hace un friazo –entonces reparó en mi maletín–. ¿Adónde vas?

–Cuernavaca.

–Gracias por todo –tenía los puños apretados, como una niña ante un regalo indescifrable.

No podía estarse quieta; fue a la banca, le dijo algo a la otra mujer, lanzó un pequeño bulto al aire, sonrió, hacia ningún sitio, contenta y nerviosa.

No tomé el elevador. Recorrí el pasillo en espiral, las paredes negras, los símbolos precolombinos, los pedernales que me gustaron más que nunca.

Afuera el cielo mostraba los efectos de un nuevo ciclón. Supuse que al regresar de Cuernavaca haría sol, sería como traerse un trozo de clima. Entonces me di cuenta de que no había pasado por la ventanilla. Subí, esta vez por el elevador. Me atendieron de inmediato.

–No necesita dar recibo, doctor, sólo firme aquí.

Era la primera vez que me pagaban en efectivo. No conté los billetes que abultaban el sobre; se me había hecho tarde con tantos ires y venires.

Entonces ocurrió algo extraño: los dos agentes que investigaron el caso Iniestra salieron del elevador; por alguna razón pensé que venían por mí, pero siguieron de largo. Los vi apostarse en la ventanilla de cobro. Seguramente les pagaban por dejarnos en paz. No quise seguir averiguando. Salí deprisa.

Una nube se alzaba sobre San Lorenzo como un cobalto adverso.

De día, los tubos de neón de la fábrica de raquetas no son más que unas espirales gastadas. Los vi mientras subía el puente, luego desvié la vista a los excrementos; nunca descubriremos a la banda que disfruta cagando en las alturas, lo único cierto es que es una de las razones para no cruzar al otro barrio.

Palpé los billetes en mi bolsa. Una curiosa simetría, estar otra vez ahí, forrado de dinero. Caminé con cuidado, esquivando mojones. De repente oí un grito a mis espaldas. Me volví: ahí estaba él, perfilado y atroz. El revólver le abultaba la mano de un modo informe. No me apuntó; el cañón vacilaba, como si buscara algo que liquidar en el piso. Tal vez hubiera podido correr al otro extremo del puente. No lo hice. El cemento vibró con los coches de allá abajo. Las casas se recortaban a lo lejos, tras un aire gris; un barrio tomado por el humo, el polvo.

Julián se acercó; insistía en sonreír a pesar de sus pasos inseguros, del rostro que había envejecido años en una noche. Lo esperé hasta escuchar su respiración rasposa, el pulmón destrozado.

Dijo una frase, una frase molesta, cordial, como si ése fuera el primer encuentro en mucho tiempo, como si no llevara un revólver, como si sus palabras desconocieran su mirada impositiva. Luego expectoró sobre un pañuelo. Me mostró el esputo con sangre.

No me preguntó acerca de la operación; el resultado parecía importarle un carajo; nada perturbaría esa mueca definitiva: Julián sonreía al aire nublado, a la ciudad difusa que soltaba ruidos y encendía sus primeras luces.

Entonces tuvo un acceso de tos; se aferró a los rombos de metal, el revólver vaciló en su mano. Hubiera podido derribarlo lanzándole el maletín. No me moví.

Julián se repuso al cabo de un momento, se irguió, los ojos vueltos hacia mí. Un brillo maniaco le endureció los ojos. Supe que ninguna mentira me salvaría de ese duelo; Julián estaba ahí con una altanería de muerte, echándome en cara su cuerpo decaído: aun en esa orilla fatal podía decidir sobre mí. De nada serviría inventar algo, decirle que había cumplido su encargo. Ya nadie lo mandaba. Su rostro tenía otra urgencia, ya no se atenía al tiempo de los demás. Movió la pistola, como tentando el aire, y jaló el gatillo.

Sentí un tirón en el omóplato. Lentamente, como si todo ocurriera en minutos, vi la bata rasgada, un jirón de sangre. No me dolió gran cosa. Un rozón solamente.

Julián siguió moviendo el caño del revólver, volvió a disparar: pulverizó un mojón de mierda.

Luego apuntó con esmero; sostener el arma le costó un esfuerzo indecible, acaso el último de su vida. Cerré los ojos.

–Así me gusta, quietecito.

Disparó: ya no tenía balas. Se dobló de risa, sobre las inmundicias del puente.

No pude seguir viéndolo. Alcé la vista: un avión atravesaba el cielo con sus luces rojas.

Empecé a caminar. No sé si Julián me perdonó la vida, dudo que tuviera fuerzas para controlar sus disparos; en todo caso, su perdón consistió en dejar los tiros al azar, a un azar profundo, el mismo que me hacía caminar deprisa, hacia el otro lado del puente. Me volví una última vez: la risa de Julián se mezclaba con una tos siniestra. Quizá disparó sin cuidado para salvar algo, lo que fuera, una vida ajena, detestable, pero una vida al fin en el momento en que él perdía la suya. Quizá había ido a recuperar eso, el recuerdo de los años buenos en los que fui el enemigo vencido.

Un trueno partió el cielo. Cayeron gotas gruesas, frías. Julián tenía el pelo embarrado en la frente; una mueca sardónica, seca, le cruzaba el rostro. Una saliva acre me subió a la boca. Escupí sin fuerza, sobre mis zapatos. Julián recibía la lluvia con la boca abierta. No me pareció ruin dejarlo ahí, vencido en una ciudad vencida por la tormenta.

Llegué al final del puente. Abajo, en la acera, estaba Mónica. Me vio con asombro, un rostro hermoso y descompuesto; sus labios temblaron en el aire pulverizado por el tráfico y la lluvia; un frío interno, exacto, me recorrió la espalda: su sorpresa era verme vivo. Me detuve, preso de una inmovilidad sanguínea, nerviosa: ella conocía a Julián y le había avisado que cruzaría por ahí. ¿Había manera de escapar a ese límite fatal, al frenético azar que me imponía Mónica? Vi su cuello frágil, el pelo revuelto por el aire, y me pregunté si tendría fuerza de arrancarle aquel cordón de cuero gastado. ¿Quién era? ¿Qué quería? Aún estaba a tiempo de regresar a las calles que desde siempre imitan la parrilla de San Lorenzo. Cerré los ojos: otra vez Julián y su sonrisa muerta, Julián que no me mata, Julián y su disparo sin bala. Mónica gritó algo, una palabra que no entendí pero me caló hondo; me fijé en su pelo castaño, en sus labios suplicantes, vencidos, y de algún modo logré recordar de otra forma lo que acababa de ocurrir, logré darle valor a un detalle y me aferré a él como a una carta final: Julián llegó detrás de mí, no me aguardaba, no podía conocer la ruta trazada por Mónica, me siguió desde algún sitio, acaso desde la clínica misma.

A la distancia, los ojos de Mónica tenían un brillo inseguro. «Ojos de charco», decía mi madre. Más que verlos pensé en ellos, *pensé* su color: azulverde, azulgris. Tal vez recordé la historia del espejo encontrado en el desierto. Tal vez fue esto lo que me estremeció en el límite del puente.

Un ruido rompió el aire saturado por la lluvia. Otro avión en el cielo. Miré hacia abajo, a los escalones que llevaban a Mónica. Ella extendió una palma, mojada por la lluvia; entreabrió los labios: una sonrisa diagonal nacía en su boca. ¿A cuántas coincidencias peligrosas podía llevarme?

La miré el tiempo necesario para que su imagen decidiera por mí, y con una emoción en la que ya cabía el espanto, bajé del puente.